Isabelle BRUHL-BASTIEN

Les Secrets du Cylindre

Roman

Série Citron mystère
Les Éditions du Citron bleu

Nous remercions chaleureusement Anne Forno pour la couverture de ce roman, réalisée à titre gracieux.

ISBN : 979-10-90998-05-6

À mon père,

1

En observant la nuit étoilée, Julie but lentement une gorgée de sa tisane brûlante, ce qui répandit en elle une sensation de chaleur et de douceur. Elle tenait dans l'une de ses mains le pendentif que son père lui avait offert à Noël, une demi-lune en verre suspendue à une cordelette noire. Elle resserra son lainage autour de ses épaules, car la nuit était plutôt fraîche. Elle laissa cependant la fenêtre ouverte. Elle avait besoin d'air. La vue des étoiles la rassurait, comme lorsqu'elle était enfant. La nuit l'effrayant, son père lui laissait les volets de sa chambre ouverts, afin qu'elle puisse surveiller les astres. Ses yeux, engourdis par le sommeil, finissaient alors par se fermer. La jeune femme repensait aux paroles énigmatiques de son père : *« Ce bijou n'est pas dans son entièreté. Lorsque le moment sera venu, tu trouveras les morceaux manquants. »*

Elle l'avait pourtant questionné après avoir déballé et ouvert la boîte qui contenait le pendentif. Il lui avait souri, mais s'était tu.

Elle se décida enfin à se coucher. Depuis son lit, elle pouvait observer les astres, avec la même impression ressentie dans son enfance, que certaines étoiles lui faisaient des clins d'œil. Elle s'endormit.

Le vent léger pénétrait dans sa chambre par la fenêtre restée ouverte. Un souffle caressait la peau de Julie et lui susurrait des mots doux au creux de l'oreille. Elle dormait profondément. Le sifflement et la fraîcheur l'emmenaient de plus en plus loin et la portaient dans cet univers qu'elle étudiait chaque jour. Depuis son télescope, les étoiles lui paraissaient vivantes. Mais là, elles lui semblaient encore plus animées et munies d'une âme. Puis une voix l'appela par son prénom. Une voix douce et féminine, une voix qu'elle n'avait entendue qu'en rêve. La jeune femme se laissa guider dans l'univers par cet harmonieux son. À cet instant, elle vit le visage d'une femme, souriante, débordante d'amour. Elle comprit que c'était sa mère. Elle lui tendit les bras, mais la femme s'éloigna et laissa Julie seule, angoissée, terrorisée. Elle avait froid. Elle grelottait. Elle voulut courir, mais ses jambes ne la portaient plus. Alors elle cria, ce qui la fit sursauter. Elle était dans son lit et venait une fois de plus de faire un mauvais rêve. Ou était-ce un joli rêve? Elle ne savait plus. Lentement, elle se leva et se dirigea vers la salle de bains, afin de prendre un calmant. Elle avala le comprimé avec un verre d'eau, puis se recoucha. En attendant que le sommeil revienne, elle prit la revue posée sur sa table de nuit, un hors-série de *Ciel et Espace* consacré aux origines de l'univers. Ce n'est que vers trois heures du matin que Julie s'endormit à nouveau.

Lorsque la jeune femme se réveilla, elle fut éblouie. Les rayons du soleil inondaient sa chambre. Elle se redressa, s'asseyant dans son lit. Elle était invitée à déjeuner chez un collègue. Christophe Lefèvre vivait dans la banlieue de Lyon, avec son épouse Sylvie et leurs deux filles, Manon et Justine. Julie se faisait une joie de passer un moment avec eux.

Elle prit sa douche après avoir rapidement avalé un café, se maquilla légèrement, surtout pour masquer les cernes qui témoignaient de la nuit qu'elle venait de passer.

*

Absorbée par ses pensées, Julie ne se souvenait pas de son trajet en voiture, hormis ce chauffard qui lui avait refusé une priorité et qu'elle avait évité de justesse. Arrivée à Écully dans la banlieue lyonnaise, chez les Lefèvre, la jeune femme ne fut pas surprise d'être accueillie par les deux petites filles de six et huit ans qui se jetèrent aussitôt dans ses bras. Christophe s'approcha à son tour de sa collègue et amie et la fit entrer. Sylvie devait certainement s'affairer en cuisine pour préparer le repas qui allait tous les régaler. La jeune femme fut surprise de découvrir le regard triste de son ami mais, par discrétion, elle ne posa aucune question. Après un bref échange, ils s'installèrent au salon et ne purent s'empêcher de parler de leur travail. Sylvie entra, les yeux rougis de quelqu'un qui avait pleuré. Elle sourit à Julie, mais cette dernière sentit que ce n'était pas sincère. Gênée, elle ne savait que dire, pensant que la meilleure chose était justement de ne pas relever. Le repas se passa, moins gai que ceux qu'elle avait connus auparavant. Elle pressentait un malaise dans le couple. Les fillettes, quant à elles, étaient très bavardes.

Après le repas, Sylvie prétexta une visite qu'elle devait rendre à ses parents. Elle s'excusa et embrassa ses deux filles, puis partit. Dès que la porte fut refermée, un silence plongea Christophe et Julie dans un profond malaise. Quelques minutes s'écoulèrent, le père des deux filles leur proposa de regarder un DVD. Les fillettes, conscientes que quelque chose se passait entre leurs parents, avaient perdu leur sourire. Elles préférèrent monter dans leur chambre pour jouer ou pleurer.

Restée seule avec Christophe, Julie n'osait rien dire. Elle pensait qu'il était temps pour elle de s'éclipser. Elle se leva, prit son sac, mais Christophe lui déclara sans la regarder :

- Sylvie souhaite divorcer.

Julie, stupéfaite, se rassit.

- Mais c'est impossible ! Pas vous ! s'exclama-t-elle, une vive émotion dans la voix.

- Elle a un amant, depuis six mois ! Je n'ai rien vu venir. On se dit que ça n'arrive qu'aux autres.

Julie ne pouvait parler. Ses amis représentaient le couple dont elle avait toujours rêvé. N'ayant pas connu sa mère, elle avait été élevée par son père. Quant à sa propre vie sentimentale, c'était un véritable désastre. Elle ne pouvait entendre que ce couple allait gonfler les statistiques du nombre de divorces.

- Et toi, comment te sens-tu ? l'interrogea-t-elle, retrouvant ses esprits.

- Je ne sais pas. Je suis à la fois malheureux et en même temps soulagé !

- Soulagé ? Mais comment ça, soulagé ? Ta femme se barre avec un autre mec et toi, tu te sens soulagé ? Ça peut encore s'arranger ! C'est une passade, une crise, comme certains couples peuvent traverser ! Vous étiez si… si… si…

- Si quoi ? Agacé, Christophe posa enfin son regard sur sa collègue. Je n'avais plus beaucoup de sentiments pour elle.

- Quoi ? Pour Sylvie ? Mais pourquoi ?

- Attends, Julie, comment veux-tu que je te réponde ? Ça ne s'explique pas ! Tu es bien placée pour le savoir, parce que de ce côté-là, c'est pas terrible !

La nouvelle avait anéanti Julie. Elle comprit que cela la ramenait à elle. Un désastre ! Le néant le plus total ! Le trou noir ! Devant son collègue elle ne voulut pas se plaindre. Il était malheureux, elle souhaitait l'aider.

- Qu'est-ce que je peux faire ? lui demanda-t-elle, avec douceur.

- Rien ! Tu es là, c'est déjà beaucoup. Ta présence me fait du bien.

- Si tu veux prendre quelques jours, j'en parle à Meyer demain. Je peux bosser sur le projet toute seule en ce moment.

- Non, non, sûrement pas ! Travailler m'évite de penser. Et surtout, pendant ce temps-là, je suis avec toi. Il lui sourit.

Julie, surprise, comprit qu'il avait besoin d'elle pour le réconforter.

- Pas de soucis ! Je serai toujours là pour toi ! Allez, je pense aussi que tes filles ont besoin de leur papa. Tu devrais monter et t'occuper d'elles. Je vous laisse tous les trois.

Elle se leva et partit, encore stupéfaite par ce qu'elle venait d'apprendre et emplie d'un sentiment étrange concernant son ami. « *Ta présence me fait du bien* », « *Pendant ce temps-là, je suis avec toi* » lui avait-il dit. Il allait très mal. Mais elle ne pouvait rien faire de plus. Il savait qu'elle était là s'il avait besoin de parler.

Sur le chemin du retour, elle éprouvait des difficultés à se concentrer pour conduire. Elle pensait que la vie était surprenante. La veille, Marie, son amie d'enfance, l'avait appelée pour lui annoncer qu'elle était enceinte et aujourd'hui, le "couple modèle" pensait divorcer, parce que la femme parfaite n'était pas si parfaite que ça. Julie devait se détacher de cette histoire qui n'était pas la sienne. Il lui fallait prendre du recul.

En rentrant chez elle, elle eut envie d'appeler son père. Cela faisait plusieurs semaines qu'elle ne l'avait pas fait. Mais il était toujours très occupé depuis qu'il était retraité.

- Bonjour, ma Fille ! lui dit-il dès qu'il reconnut sa voix. Heureux de t'entendre ! Comment te sens-tu ? Ça n'a pas l'air d'aller ? s'inquiéta-t-il.

- Si, ça va ! Et toi ?

- Et bien, un peu fatigué, mais je pense que je fais trop de choses en ce moment… Et puis je n'ai plus vingt ans !

- Tu devrais te reposer. Et ton amie… Thérèse ?

- On ne s'est pas beaucoup vus ces jours-ci. Elle a souvent ses petits-enfants… Et moi, tu sais, les gamins, j'ai du mal à les supporter en prenant de l'âge ! Il riait sur cette déclaration.

Julie savait qu'il regrettait qu'elle n'ait pas encore d'enfants et que pour ses propres petits-enfants, il aurait une patience extraordinaire. Elle n'osa pas lui annoncer la nouvelle concernant Marie.

- Bon, je te laisse, j'ai un truc à faire pour mon boulot. Prends soin de toi, Papa !

- Je t'embrasse, ma Chérie ! J'ai hâte que tu reviennes me voir ! Ça me fait toujours plaisir !

- Papa… Mais il avait raccroché.

Julie reposa le combiné et s'installa devant son ordinateur. Elle ressentait le besoin de se plonger dans ses recherches. Elle relut le document qu'elle avait écrit en collaboration avec Christophe en étudiant le cosmos, puis recalcula certaines données. Mais il lui manquait des éléments. Elle devait retourner au laboratoire de l'Université. Elle décida de remettre cela au lendemain, se disant qu'après tout, profiter de son dimanche pouvait lui être bénéfique.

Après de brillantes études, une licence en Sciences et Technologies, un master Recherche en Sciences Physiques, avec comme spécialité l'Astronomie, Julie avait parachevé son cursus par une thèse de doctorat. Elle avait réussi aisément le concours d'entrée au Centre de Recherches Astronomiques de Lyon. Elle était reconnue auprès de ses pairs comme l'un des meilleurs chercheurs astronomes. Christophe Lefèvre avait ressenti un peu de jalousie au début, puis il lui avait confié qu'il l'admirait. Mais désormais, son collègue n'avait plus à l'envier, ils évoluaient ensemble, sur différentes missions. Ils étaient complices et se complétaient.

Cependant, en dehors du travail, Julie assurait nettement moins. Elle allait avoir trente-cinq ans. Des hommes, elle en avait connus. La plupart avaient fui au bout de quelques semaines. Certains, très rares, avaient tenté de partager leur vie avec elle. Cela aurait pu fonctionner, si la chercheuse n'avait confondu vie privée et vie professionnelle. Elle était incapable de passer un week-end complet sans repasser au laboratoire. Il lui était impossible de regarder les étoiles, tendrement enlacée avec son amoureux du moment, sans y voir une lecture scientifique. Elle évaluait alors à combien d'années lumières pouvait se trouver telle ou telle planète dont le scintillement perceptible depuis la Terre datait de millions d'années. C'était d'ailleurs ce qui la fascinait : cette notion d'espace et de temporalité. Se dire qu'à l'aide de radiotélescopes millimétriques, on pouvait observer un rayonnement fossile datant du Big Bang et que cette image avait été émise quand l'univers n'avait que quatre cent mille ans. N'était-ce pas fascinant ? Alors, ses histoires d'amour et de petit confort n'étaient rien à côté. Certes, elle n'était pas mariée, n'avait pas d'enfant et n'était pas prête à en avoir, mais sa vie lui convenait. Et puis, repensant à son collègue, elle se demandait à quoi pouvait mener une vie de famille dite "normale", si on n'était certaine que cela puisse durer. Si Christophe et Sylvie venaient à divorcer, que deviendraient les deux fillettes ? Comment s'en sortiraient-elles ? Encore des enfants qui allaient souffrir de la séparation de leurs parents, partagés entre les deux. Elle espérait que le couple ne se déchirerait pas et ne se servirait pas de leurs filles comme boucliers.

Enfant, Julie n'avait pas vécu ce genre de situation. Sa mère était morte en la mettant au monde. Elle ne l'avait donc jamais connue. Son père l'avait élevée, comme il avait pu. Lui aussi finalement était passé à côté de sa vie. Peut-être pour protéger sa fille, il était resté discret sur d'éventuelles aventures amoureuses. La jeune femme savait combien il avait été affecté par le décès de son épouse. Il ne lui en avait presque jamais parlé. Sans doute était-ce trop douloureux pour lui. Elle connaissait si peu de choses sur sa mère. Julie avait vécu ces dix-sept premières années avec son père, puis l'avait quitté pour suivre ses études sur Paris, avant de s'installer à Lyon. Les occasions de le revoir étaient rares, mais lorsqu'elle retournait chez lui, à Lure en Haute-Saône, c'était un immense bonheur pour l'un comme pour l'autre. Elle ne l'avait pas revu depuis fin décembre. Alors qu'elle venait de rompre avec son nouveau petit ami, elle avait passé Noël avec lui. Six mois s'étaient écoulés depuis. Julie avait prévu de séjourner un peu chez lui à l'occasion de ses prochains congés. Cette idée lui fit du bien. Elle ressentait le besoin de se ressourcer, retrouver ses souvenirs, le quartier où elle avait grandi et surtout les longues conversations avec son père, qui s'intéressait à ce qu'elle faisait, même s'il lui avait avoué ne pas toujours comprendre.

Elle laissa là ses pensées, regrettant qu'il ait raccroché trop vite. Elle n'avait pas eu le temps de lui dire « Papa, je t'aime ! » Mais qu'à cela ne tienne, elle le lui dirait la prochaine fois.

Julie prit un livre sur son étagère, s'installa confortablement sur son canapé et se plongea dans la lecture. Le dimanche touchait à sa fin. Pour la première fois depuis longtemps, elle s'était autorisée à prendre du temps pour elle.

2

Chaque matin, Rosette Magnani avait l'habitude de rencontrer Jean Bertin à la boulangerie de l'avenue Carnot, non loin de leur quartier. C'était pour elle l'occasion de discuter des rumeurs dont elle était si friande. Son voisin était très agréable, il avait de l'humour et était toujours prêt à rendre service. Depuis que son mari était cloué dans un fauteuil roulant à la suite de son accident vasculaire cérébral, elle se sentait bien démunie. Elle avait deux fils, l'un vivait à Paris et l'autre à Montpellier. Ils n'avaient donc pas souvent la possibilité de venir voir leurs parents. Elle ne devait compter que sur Monsieur Bertin. Lui, avait une fille. Elle s'était installée à Lyon pour son métier. « *Mais qu'avaient donc tous ces jeunes à partir dans les grandes villes pour faire carrière !* » répétait-elle sans cesse. La fille de son voisin, Julie, était charmante, comme son père. Elle l'avait vue grandir. La pauvre enfant n'avait jamais connu sa mère, morte en couches. Jean Bertin était venu s'installer à Lure après le décès de son épouse. Il avait élevé sa fille remarquablement, toujours disponible pour elle. Prise par son travail, elle en oubliait parfois son père. Elle s'oubliait elle-même d'ailleurs. Bientôt trente-cinq ans et toujours pas mariée et encore moins d'enfants en vue. Rosette était trois fois grand-mère. Jean était fier de sa fille, elle était astronome-chercheuse, enfin, quelque chose comme ça ! Bref, elle était très intelligente. Dès que Monsieur Bertin parlait de sa fille, ses yeux pétillaient.

Ce matin-là, son voisin n'était pas venu à la boulangerie. La commerçante lui avait certifié ne pas l'avoir vu de la matinée. Il était peut-être parti chez son amie Thérèse. Cependant Rosette aurait bien aimé le voir, parce qu'elle avait un souci avec sa chaudière qui ne produisait plus d'eau chaude. Ce n'était peut-être pas grand-chose, mais avant de téléphoner à un chauffagiste, elle aurait souhaité que Monsieur Bertin puisse venir faire un saut. Elle décida de lui rendre une visite.

Son portail n'était pas fermé à clef. Lorsqu'il partait, il le fermait toujours. Il devait donc être chez lui. Elle pénétra dans la propriété. Elle adorait ce petit paradis de fleurs. Cet homme savait entretenir son jardin. Les roses, le lilas et le seringua diffusaient une combinaison de parfums extraordinaires, presque envoûtants. Elle se dirigea vers la porte d'entrée et sonna. Elle dut appuyer sur le bouton à plusieurs reprises, personne ne vint. Était-ce une curiosité malsaine, ou simplement un pressentiment qui la poussa à ouvrir la porte ? Le verrou n'était pas tiré. Elle appela, mais personne ne répondit. Elle entra dans le salon et poussa un cri en voyant son voisin étendu sur le sol carrelé. Elle se précipita vers lui, affolée. Elle tremblait. Il ne bougeait pas. Il ne respirait plus. Il était froid. Elle s'empara du combiné téléphonique et composa le numéro des urgences qu'elle connaissait par cœur.

Quelques minutes plus tard, les secours étaient là et s'affairaient autour du corps sans vie de Jean Bertin. Rosette pleurait dans le jardin, assise sur le banc qui trônait devant l'entrée du pavillon. Un médecin sortit, lui demanda si elle était de la famille, ce à quoi elle répondit par la négative.

- Je suis sa voisine ! précisa-t-elle.

- Où pouvons-nous joindre son épouse ? Ses enfants ?

- Docteur… Est-ce qu'il est… ?

- Vous le connaissiez bien ? interrogea le médecin.

- Oui, enfin, comme un voisin que l'on voit tous les jours. J'étais venue lui demander un petit service. Mais, est-ce qu'il est… mort ?

- Il a fait un infarctus. Le décès remonte semble-t-il à plusieurs heures, peut-être à hier soir. Je suis désolé, Madame ! Étant donné les circonstances, je dois appeler la police. Même si je suis persuadé qu'il s'agit d'une mort naturelle, un officier de police doit effectuer le constat d'usage. C'est la procédure. Il examinera en l'occurrence s'il n'y a pas eu effraction. Puis-je vous laisser prévenir sa famille ?

Rosette restait abasourdie. Et dans un sanglot, elle murmura « oui », avant de questionner le médecin :

- Est-ce que monsieur Bertin va rester là ?

- Non, il sera transporté à la morgue d'un funérarium.

3

La journée commençait plutôt bien pour Julie. Christophe était venu travailler, comme si rien ne s'était passé. Peut-être s'était-il réconcilié avec Sylvie. C'est en tout cas ce que Julie espérait du fond du cœur, mais elle ne posa aucune question. Ils se plongèrent dans les données qu'ils avaient relevées lors de leur mission de trois semaines à l'Observatoire du Mont-Mégantic au Québec. Une chance inespérée que cette mission qui avait eu lieu l'année précédente dans le cadre d'un échange franco-canadien ! Après maints calculs, Julie certifia qu'une erreur s'était glissée dans les chiffres de Christophe. Il était certain de la véracité de ses données. Ils revérifièrent sur Intranet en comparant certains éléments avec leurs homologues du CNRS. Deux heures plus tard, Christophe capitula. Une fois de plus, la brillante Julie Bertin avait raison. Il était impardonnable ! Une erreur de débutant, une virgule mal placée…

Ils n'avaient pas pris le temps de déjeuner. Ils se rendirent à la cafétéria de l'Université, afin de prendre un café. Le sujet de conversation tournait évidemment autour de leurs chiffres et du projet sur lequel le Centre devait très prochainement s'investir.

Avant de retourner au laboratoire, Christophe regarda son téléphone portable. Il y avait un message de Sylvie. Elle lui annonçait qu'elle était allée voir un avocat. Elle souhaitait que ce divorce se passe en douceur, intelligemment, pensant avant tout à l'équilibre des filles. Christophe remit l'appareil dans sa poche. Un voile de tristesse dans les yeux, il leva la tête, observa Julie et lui révéla le contenu du message. « *Ce n'est donc pas qu'une passade !* » pensa-t-elle. Machinalement, elle prit à son tour son téléphone pour combler le malaise qui envahissait à nouveau les deux collègues. Il y avait cinq appels en absence et trois messages sur répondeur. Elle fut surprise, regarda le numéro de celui qui avait essayé de la joindre. Il commençait par 03 84. Elle ne connaissait pas ce numéro, mais il venait forcément de Franche-Comté. Ce n'était pourtant pas le numéro de son père. Se disant que la personne avait insisté, elle commençait à s'inquiéter. Elle interrogea sa messagerie. Au milieu des sanglots, elle reconnut la voix de la voisine de son père, Rosette. Elle ne comprenait rien au message. Les deux autres étaient d'elle également. Elle demandait à Julie de la rappeler de toute urgence, car elle ne voulait pas laisser la triste nouvelle sur son répondeur. Julie se mit à trembler, elle devint livide. Christophe s'en inquiéta.

- Un problème ? Qu'est-ce qu'il se passe ? Julie… Dis-moi ?

Mais la jeune femme ne pouvait émettre aucun son. Elle fit le numéro qui s'affichait et dès que Rosette eut décroché, elle trouva la force de lui demander ce que son message signifiait.

- Julie ? C'est ton père, il est… Il est… Elle pleurait tant, qu'elle ne pouvait poursuivre.

Entre agacement et angoisse, Julie lui cria :

- Il est quoi, Rosette ?… Il est quoi ? Je ne comprends rien à ce que vous me dites !!! Bon sang !!!

- Il est mort ! s'écria Madame Magnani.

Julie fit tomber son portable. Elle était blanche, ne pouvait bouger. Elle ne comprenait pas. L'image de son père s'affichait, souriant devant elle. Elle entendait encore sa voix, la veille au téléphone :

- Je t'embrasse, ma Chérie ! J'ai hâte que tu reviennes me voir ! Ça me fait toujours plaisir !

Elle ne pouvait y croire. Cela ne pouvait être qu'une erreur. Rosette avait quatre-vingt-quatre ans, elle commençait certainement à perdre la tête. Son père ne pouvait pas être… mort ! C'était une chose impossible, inconcevable ! Julie n'entendait pas Christophe qui essayait d'attirer son attention. Il posa une main sur son épaule. Elle le regardait et, sans entendre sa propre voix, elle lui annonça :

- Mon père est mort !

Elle n'arrivait pas à pleurer. Ce n'était pas normal. Lorsque l'on perd un être cher, on pleure !

Christophe la prit dans ses bras. Elle se laissait faire, tel un pantin. Elle était incapable de réagir.

- Mon père est mort ! répéta-t-elle, comme pour constater l'effet que ses paroles auraient sur elle.

Incrédule, elle ne pleurait toujours pas. Il y avait un décalage entre ces mots « *Mon père est mort !* » et la réalité. Il ne pouvait pas être mort. Elle lui avait parlé la veille…

Elle sentait son cœur battre très fort. Ou était-ce celui de Christophe ? Elle ne savait plus. Pourquoi la tenait-il si fort ? Elle sentit sur son épaule une humidité tiède. Elle se dégagea doucement et vit qu'il pleurait. C'était un comble ! Aucune raison de pleurer, puisque c'était une grossière erreur. Puis, reprenant ses esprits, elle pensa que ses larmes étaient pour son divorce. C'était tout à fait légitime. Elle lui sourit, puis se leva. Son ami l'interrogea du regard. Elle se dirigeait vers la sortie de la cafétéria, lorsqu'il l'interpella :

- Où vas-tu ? Qu'est-ce que tu vas faire ?

- Je retourne au boulot ! répondit-elle, interloquée pas sa stupide question.

- Julie, tu viens d'apprendre que ton père est décédé et tu ne penses qu'à retourner au travail ?

Elle s'arrêta net sur ces paroles. Tout ceci n'avait aucun sens. Christophe s'approcha d'elle et d'une voix douce l'interrogea :

- Comment est-ce arrivé ? Où est-il ?

- Chez lui… Il est chez lui ! Pourquoi ?

Il ne comprenait pas la réaction de sa jeune amie. Peut-être était-ce le choc de la nouvelle.

- Qui était-ce au téléphone ?

- Sa voisine ! Elle raconte n'importe quoi ! Tiens, pour preuve je vais appeler mon père, il va décrocher et être même surpris que je l'appelle, alors que je l'ai eu hier !

En parlant, Julie composa le numéro de son père. Elle laissa sonner un moment, mais rien. Personne ne décrochait.

- Il est sans doute sorti. Tu sais, mon père n'est pas le genre de retraité à rester enfermé chez lui ! Sa voix tremblait, mais elle essayait de sourire pour masquer son trouble.

- Rappelle tout de même sa voisine !

- Hors de question que j'appelle cette vieille folle ! Je l'apprécie beaucoup, mais en vieillissant elle devient cinglée !

- Appelle ! lui répéta Christophe avec douceur.

- Non !

- Tu veux que je le fasse ?

Sans comprendre son insistance, elle lui tendit son portable. Il fit le dernier numéro composé et attendit.

Une voix saccadée lui répondit :

- Allo !

- Bonjour Madame, excusez-moi de vous déranger. Je suis un ami de Julie Bertin. Vous venez de lui parler au téléphone, il y a quelques instants !

- Oui… Comment se sent-elle, la pauvre petite ?

Il n'eut pas à demander de précisions, la femme expliqua tout.

- C'est moi qui l'ai trouvé ce matin. Vous vous rendez compte ? Quel choc pour moi ! Il était là, par terre dans son salon, près du téléphone. J'ai vite appelé les secours. Mais il était déjà trop tard ! Il est décédé hier soir, selon le médecin. La police est venue enquêter pour voir si ce n'était pas… Oh mon Dieu ! Elle fit une pause, comme si elle constatait l'ampleur de ses révélations… Si ce n'était pas un meurtre ! Mais, non, pas d'effraction, pas de traces de violences sur le… sur le corps ! Rosette suffoquait. Puis elle ajouta :

- J'ai dit aux policiers que je me chargeais de prévenir sa fille. J'imagine que le choc aurait été plus violent si c'était eux qui le lui avaient annoncé.

Devant la pâleur de Christophe, les jambes de Julie vacillaient. Elle dut s'asseoir à nouveau. Il remercia son interlocutrice.

- Monsieur… Dites-lui… Dites-lui que son père était fier d'elle !

- Je transmettrai ! Au revoir, Madame ! Puis il raccrocha.

Il regarda Julie, s'approcha d'elle, la prit une nouvelle fois dans ses bras. Et au creux de son oreille lui murmura : « Elle m'a dit qu'il était fier de toi ! ». Sur ces paroles, il sentit le corps de Julie tressauter. Elle pleurait.

4

Au volant de son véhicule, Julie s'apprêtait à partir, lorsque Christophe lui proposa pour la seconde fois de l'accompagner. Devant le refus de son amie, il obtempéra. La jeune femme lui précisa :

- J'ai prévenu Meyer que je reviendrai le lendemain des obsèques.

- Prends ton temps !… Julie…

Elle venait de lancer le moteur de son véhicule.

- Quoi ?

- Non... Rien. Appelle-moi si tu as besoin de quoi que ce soit.

- Merci ! Elle lui sourit. Embrasse les filles et Syl...

Gênée, elle interrompit sa phrase.

- À bientôt !

Elle accéléra et partit. Christophe était resté sur le trottoir et observait la voiture qui s'éloignait. Il rentra au laboratoire et se remit devant son ordinateur. Il comptait travailler tard ce soir-là. Mais il ne pouvait se concentrer. Il repensait à tout ce qu'il vivait depuis quelques jours. Sylvie qui lui avait annoncé quelques jours auparavant l'existence d'un amant et son désir de divorcer, Julie qui venait de partir enterrer son père. « *Tu me manques déjà !* » se surprit-il à penser, sans trop savoir s'il songeait à sa femme ou à sa collègue.

Il consulta une nouvelle fois le message de son portable. Lui non plus ne souhaitait pas faire de vagues. Cela faisait dix ans qu'il était marié avec Sylvie. Ils avaient vécu des moments formidables. Julie disait toujours : *« Ta femme, elle est parfaite ! »* Trop parfaite peut-être. Trop tout... trop douce... trop calme... trop bonne cuisinière... trop mère... trop... lisse. Quant à Sylvie, elle lui reprochait de passer trop de temps au laboratoire. Petit à petit, leur couple s'était essoufflé. Il la désirait moins. Et au fil des années, lorsqu'il était avec elle, c'est à une autre personne qu'il pensait. Il se sentait soulagé en effet. Peut-être par lâcheté, il ne voulait pas la quitter. Finalement, c'est elle qui prit les devants.

Il travaillait au Centre de Recherche depuis douze ans. Cinq ans après son arrivée, une jeune femme avait été engagée. Christophe ne l'avait pas accueillie avec enthousiasme. Loin de là ! Il la trouvait fière, presque arrogante. Il est vrai qu'elle était très intelligente, avait la répartie facile et savait séduire son auditoire. Petit à petit, il avait appris à la connaître. Elle le fascinait. Il aimait travailler avec elle. Elle lui apportait une intense énergie.

Il repensa au coup de fil et à la réaction qu'elle avait eue. Il s'inquiétait pour Julie. Il savait qu'elle n'avait pas connu sa mère. Étant fille unique, elle n'avait que son père. Il envoya un mail que son patron attendait, prit ses affaires et sortit. Il avait besoin de prendre l'air, de marcher, de réfléchir et pourquoi pas d'aller boire un verre. La nuit commençait à tomber sur Lyon.

5

Sur l'autoroute, Julie roulait à vive allure. Elle imaginait son père à ses côtés, la sermonnant et lui demandant de ralentir.

« Tu vas te faire flasher ! Ou pire, je n'ai aucune envie de venir te voir à l'hôpital et promener ma fille dans un fauteuil roulant, si tu t'en sors vivante !

- À quoi bon, papa ! s'exclama-t-elle en pleurant. Tu n'es plus là ! Tu ne seras plus là, plus jamais ! »

Ses larmes l'aveuglaient. Elle songea à s'arrêter dès qu'elle verrait une aire de repos avec une station-service. Elle avait besoin d'un café. Elle était fatiguée. Ses jambes lui faisaient mal. De violentes douleurs lui brûlaient la cage thoracique. Elle éprouvait des difficultés à respirer. Sa gorge lui semblait irritée. Elle dut rouler quelques kilomètres avant de trouver de quoi faire une pause.

Devant le distributeur, elle rêvassait et ne s'était même pas rendu compte que son café l'attendait. Il fallut qu'un routier, qui attendait son tour, la sorte de ses pensées en toussotant. Elle se retourna et s'excusa. C'était un homme plutôt jovial, barbu et bien enveloppé. Le regard presque moqueur, il secoua la tête d'un air de dire « *Ah ! Les femmes !* »

Elle s'était éloignée et accoudée à une haute tablette, elle remuait machinalement son café non sucré. Elle repensait à son père. Son image était ancrée dans ses pensées et sa voix résonnait au plus profond de sa chair. Son décès lui paraissait irréel et en même temps la terrorisait. Une angoisse lui serrait la gorge et la poitrine. Elle avait mal au ventre, à la tête, mal partout, ses yeux rougis par les larmes la brûlaient. Le routier la regardait. Que devait-il penser ? Qu'elle avait pleuré en raison d'une rupture sentimentale ?

« *Non, Monsieur !* pensa-t-elle. *C'est plus grave que ça. Je viens de perdre mes repères. Mon re-Père ! Le seul homme avec lequel je me sois sentie bien. Le seul qui ne m'ait jamais culpabilisée de passer autant de temps au travail et ne m'ait jamais fait de remarques si je restais plusieurs semaines sans l'appeler. Le seul homme qui se soit intéressé à ce que je faisais. À présent que me reste-t-il ? Pourquoi continuer ? Il était fier de moi, c'était bien le seul. Même moi, je ne suis pas fière de moi ! Le nez dans les étoiles, je suis passée à côté de la vraie vie !...* »

Elle se demandait si cet homme avait des enfants, peut-être même des petits-enfants. Le café lui brûlait l'œsophage. Elle avait mal en elle. Une envie de crier, d'exploser, de tuer même tous ces gens qui eux étaient en vie, alors qu'à moins de deux cents kilomètres son père était sans vie, au funérarium, tout seul. Un sentiment d'injustice, de révolte, de colère contre tous, contre elle et contre son père. « *Un infarctus* » avait dit la voisine : pourquoi n'avait-il pas pris sa fatigue au sérieux ? Et Thérèse, pourquoi n'avait-elle pas été plus présente ? Elle aurait pu être là, près de lui. Peut-être que, soigné à temps, il aurait été sauvé. Au lieu de cela, il était mort tout seul. Pour la rassurer, Marie, qu'elle avait appelée pour lui annoncer la nouvelle, lui avait dit : « Au moins, il n'a pas souffert et il est mort chez lui… »

« *Tu parles d'une consolation !* pensa-t-elle. *Ce qui me consolerait, serait qu'il soit encore en vie !* »

Elle reprit la route. Elle en voulait à la Terre entière. Puis au-delà de la Terre, elle en voulait à l'Univers. Cet Univers qui lui était familier…

Au fil des kilomètres, sa colère s'estompa et la peur ressurgit. Elle n'avait jamais vu de mort avant cela. Il lui faudrait embrasser son père, parce que c'est ainsi que cela se fait. Qu'allait-elle ressentir ? Et si elle flanchait ? Si en le voyant elle perdait tout contrôle ! Elle avait peur de ce qui allait se passer ensuite. Fille unique, elle devrait tout gérer. Les obsèques, les papiers, la maison… Elle se sentait désemparée, fatiguée. Elle aurait dû accepter que Christophe l'accompagne. Elle aurait eu quelqu'un sur qui se reposer. Mais elle devait se montrer forte, comme elle l'avait toujours fait. Les apparences, toujours les apparences : une femme qui réussit sa vie doit se montrer forte ! La boule au niveau de l'estomac était toujours là.

Elle avait quitté l'autoroute et empruntait la voie rapide qui la menait à Lure. Lorsqu'enfin elle arriva devant la maison de son père, rue Marsot, il était minuit passé. Le quartier était calme. Elle porta un regard furtif vers la porte d'entrée, n'espérant qu'une chose, qu'il sorte de sa maison et lui dise en riant : « *Qu'est-ce qu'il ne faut pas faire pour que tu viennes me voir… Rosette est une excellente comédienne, tu ne trouves pas ?* »

Mais non, rien. Toute lumière était éteinte. Les fenêtres, la porte d'entrée et le portail restaient désespérément clos. Sans faire de bruit pour ne pas réveiller le quartier, Julie pénétra dans la maison.

En regardant tous les objets que son père avait touchés avant de décéder, elle éclata en sanglots. Il avait fait son infarctus près du téléphone, c'est en tout cas là que sa voisine l'avait trouvé. Et son décès remontait à la veille, dans la soirée. Elle en avait déduit que cela s'était produit juste après son coup de fil. Elle frissonna à cette idée. Dans la salle de bains, sa serviette de toilette et son gant étaient étalés près du radiateur, sa brosse à dents était posée sur le lavabo. Dans la cuisine, une tasse de café traînait dans l'évier, son dernier café.

Elle n'avait presque pas dormi cette nuit-là, et pour la première fois, elle ne pensait plus à son travail. Elle était même à des années lumière de ses recherches. Le lendemain matin, elle allait affronter ses angoisses. Voir le corps sans vie de son père.

6

Rosette Magnani était sortie de chez elle pour la prendre dans ses bras. Elle avait proposé à Julie de l'accompagner au funérarium.

- Viens, entre ! lui proposa-t-elle, en la poussant doucement à l'intérieur. Tu veux boire un café ?

- Non merci, Rosette !

Regardant autour d'elle, elle observait que rien n'avait changé. Puis dans un coin, elle vit René, dans son fauteuil roulant. Il était calme, le regard dans le vide. Elle avait oublié qu'il avait eu l'année précédente de graves problèmes de santé. Elle eut un pincement au cœur de voir ainsi cet homme autrefois si vigoureux et aujourd'hui inerte, sans aucune réaction. Elle se dit que cela aurait été terrible qu'il arrive la même chose à son père. Cette réflexion la ramena à sa propre réalité. Rosette ouvrit un tiroir de son buffet et en sortit une enveloppe qu'elle tendit à Julie. Devant son regard interrogateur, elle lui précisa :

- Ton père m'avait remis cette lettre après l'accident de René. Il m'avait dit que cela l'avait fait réfléchir et qu'il lui fallait prévoir de te laisser certaines consignes pour le jour où... enfin tu vois... Il m'avait dit qu'il ne pouvait pas te la remettre en mains propres parce que tu l'aurais envoyé bouler...

Julie arriva à sourire. Elle mit l'enveloppe dans son sac sans l'ouvrir, ce qui déçut Rosette. Elle aurait souhaité connaître le contenu de cette lettre, même si cela ne la concernait pas. Enfin pas tout à fait, car après tout c'était bien elle qui avait trouvé le corps et elle était proche de Jean Bertin, elle pouvait bien en savoir un peu plus. Elle ne fit cependant aucun commentaire.

Julie se leva.

- Je préfère y aller tout de suite, si ça ne vous ennuie pas !

- Pas du tout ! Je dois juste appeler Madame Royer qui doit garder mon mari pendant que je t'accompagnerai. Tu as pris de quoi habiller ton père ?

- Oui, son costume et une chemise blanche.

Un quart d'heure plus tard, les deux femmes partaient pour le funérarium. Dans la voiture, elles ne dirent pas un mot. Julie était incapable de prononcer quoi que ce soit, trop angoissée par ce qui l'attendait.

Elles arrivèrent enfin devant les pompes funèbres. La jeune femme gara la voiture et entra, suivie par Rosette.

7

La voisine de Jean lui avait proposé de dormir chez eux durant cette période difficile. Mais, préférant rester seule, Julie avait refusé. Elle souhaitait retrouver sa chambre, ses souvenirs et surtout s'imprégner de l'univers de son père.

Le responsable des pompes funèbres l'avait accompagnée dans toutes les démarches auxquelles elle n'était pas préparée. Elle avait lu la lettre remise par Rosette. Son père, entre autres choses, lui signifiait son intention d'être incinéré et souhaitait que ses cendres soient dispersées sur le plateau des Mille Étangs, au cœur des Vosges saônoises.

Christophe l'avait appelée le lendemain pour prendre de ses nouvelles. Elle avait menti en partie en lui assurant qu'elle gérait au mieux, qu'elle se surprenait elle-même, que ça allait plutôt bien et qu'elle n'était pas seule, que la voisine était souvent là. En réalité, elle se sentait très mal. Elle avait presque défailli en voyant le corps de son père, en le touchant, en l'embrassant. Comme il était froid ! À ce souvenir, elle frémissait encore. Puis, comme un automate, elle s'était laissée guider par l'employé des pompes funèbres. Les obsèques avaient été émouvantes. Un monde fou s'était déplacé pour y assister. Son père était apprécié, ce qui lui avait fait plaisir. L'église n'avait pas pu recevoir tout le monde, beaucoup étaient restés sur le parvis. Elle avait reçu de nombreuses condoléances, elle avait été prise dans des bras, embrassée. On lui avait dit combien son père était estimé. Elle était restée sans réaction. Elle connaissait très peu de personnes. Ne sachant pas à quoi ressemblait Thérèse, elle avait été incapable de voir si elle était présente. Elle n'avait rien à lui dire, de toute façon. Puis il y avait eu la crémation. Dans cette étape, elle avait souhaité être seule. Cela avait été insupportable, douloureux. Malgré la musique ambiante, elle avait entendu le crépitement du four dont les flammes mordaient le cercueil et donc son père. C'était atroce ! Curieusement, une odeur d'éther lui avait donné des nausées.

Ressassant tous ces moments, la jeune femme sanglotait.

8

Ce soir-là, Julie était installée dans le jardin de son père, sur le banc devant l'entrée. Le parfum des premières roses venait titiller ses narines. À ses côtés, se trouvait un cylindre en aulne qu'elle observait. Elle relut une nouvelle fois le courrier.

« Ma Chérie,

Lorsque tu recevras cette lettre, je ne serai plus là. J'espère que cela sera le plus tard possible. Je ne sais pas ce qui m'attend là-haut. Nul ne le sait d'ailleurs. Mais cela ne me fait pas peur. Et toi non plus tu ne dois pas avoir peur. Surtout ne sois pas triste, ne pleure pas !

Je souhaite que tu saches avant toute chose que j'ai fait tout mon possible pour t'élever, seul. Je ne sais pas si j'ai réussi, mais je suis fier de ce que tu es devenue. J'ai toujours cru en toi.

Je ne t'ai jamais parlé de ta mère que j'aimais tant, car ma blessure ne s'est jamais refermée. Heureusement que tu as survécu. Si vous m'aviez quitté toutes les deux, je ne sais pas ce que je serais devenu. Une chose est certaine, tu m'as donné cette pulsion de vie, cette énergie, cette envie de me battre. Je t'en remercie.

Désormais, je souhaite que tu penses à toi. La vie est belle parce qu'elle s'arrête un jour. C'est lorsqu'on a conscience de cela que la vie prend toute sa valeur. Tu travailles beaucoup, tu as toujours le nez dans les étoiles, tu es une passionnée, c'est formidable ! Mais apprends aussi à regarder au sol. Regarde ton corps. Écoute ta respiration, sens ton cœur battre. C'est aussi magique que Mars, Vénus ou Pluton.

Le bonheur est peut-être tout près de toi et tu ne le vois pas. Tu me répètes sans cesse que tu es heureuse, je ne demande qu'à te croire. Mais ton regard te trahit.

Nos routes se séparent aujourd'hui, mais ce n'est pas une fin en soi. C'est un chemin vers autre chose.

Vis, ma Fille ! Vis !

Revenons à ce qui m'amène à t'écrire cette lettre. Un jour, tu me parlais de poussières d'étoiles, eh bien je souhaite être poussière également. J'aimerais que tu fasses incinérer mon corps et que mes cendres soient dispersées sur le plateau des Mille Étangs : tu connais, nous avions fait de superbes balades là-bas tous les deux. Laisse ton intuition te guider.

Je prévois tout en ce qui concerne les pompes funèbres. Tu n'auras rien à débourser. Je joins à ce courrier les coordonnées et les renseignements qui te seront nécessaires.

Je t'embrasse, ma Chérie, mon Ange, ma Princesse que j'aime grand comme l'Univers (ça te parle, ça !)

Papa »

Elle replia la feuille, y déposa un baiser et la remit dans l'enveloppe. Des larmes glissaient le long de ses joues et se frayèrent un chemin jusque dans sa bouche. Leur goût salé lui titilla le bout de la langue. Elle avait froid en elle. Elle ressentait un vide au plus profond de son corps. Elle se retourna et vit le cylindre, dressé fièrement à ses côtés.

« *Quoi ! Qu'est-ce que tu as à me regarder comme ça ? Ok, tu me dis de ne pas pleurer, mais il ne faut pas trop m'en demander. Et puis t'as vu tout ce que tu m'écris là ? Je ne peux pas rester de marbre ! Allez, on rentre à la maison, je frissonne !* »

Elle prit le cylindre et rentra.

9

Julie composa le numéro de téléphone de Christophe. Elle lui révéla qu'elle avait une mission à accomplir.

- Une mission ? Ne me dis pas que Meyer t'a déjà donné du boulot à distance ?

- Non, ce n'est pas professionnel, mais personnel. Justement, je t'appelais avant d'en parler à la hiérarchie, afin de t'annoncer que cela prendra plus de temps que prévu.

Elle grimaça, attendant une réaction plutôt négative de son collègue.

- Pas de soucis. Je peux me débrouiller tout seul. J'ai même trouvé ce que l'on cherchait, je comptais t'appeler. Tu veux savoir ?

- Non, non, c'est bon ! Je te fais confiance !

- T'es certaine que ça va ? s'inquiéta son collègue.

- Oui, ne te fais pas de soucis. Et toi, au niveau perso, t'en es où ?

- Et bien, ça avance. Nous allons divorcer par consentement mutuel, c'est ce qu'il y a de mieux. C'est plus rapide aussi… Julie, est-ce que tu souhaites que je vienne à Lure le week-end prochain ? tenta-t-il.

- Je ne serai peut-être pas chez mon père, je t'ai dit que j'avais une mission à accomplir et je préfère être seule. Je t'appellerai.

- Et bien, au moins j'aurai essayé.

Il était navré. Il aurait tant souhaité être auprès d'elle. Ils vivaient tous les deux des deuils, bien que le sien soit entamé depuis plus longtemps. Ils raccrochèrent. Julie prévint le laboratoire de l'Université.

Robert Meyer appréciait Julie. Elle était intelligente et dynamique. Elle travaillait beaucoup. Il était au courant qu'elle venait au laboratoire même pendant les week-ends. Il ne savait pas grand-chose de sa vie. Il ressentait presque de la tendresse pour cette jeune femme, sans arrière-pensées, de la tendresse comme un père pouvait en avoir pour sa fille. Lorsque Julie l'appela afin de lui annoncer qu'elle resterait un peu plus longtemps que prévu, il fut presque soulagé. Elle avait besoin de prendre du recul, de se poser… elle était donc "normale" !

*

Julie regardait le cylindre posé sur la table de salon. Depuis l'annonce du décès de son père, elle était passée par tous types d'émotions. À commencer par le déni, l'anéantissement, puis la colère, le chagrin. Tous ces sentiments, elle les avait ressentis dans son corps. À présent, dès son réveil, elle décida de se redresser. Son père souhaitait que ses cendres soient dispersées. Rosette lui avait proposé de l'accompagner, mais elle avait refusé. C'était à elle, et elle seule, qu'incombait cette tâche. Elle avait prévu de l'accomplir dès le lendemain. Elle profitait encore un peu de la présence de l'urne à ses côtés et, en quelque sorte, de son père.

Elle laissa le cylindre sur la table basse, pour se promener dans la maison. Elle découvrit ou redécouvrit quelques objets. Certains ravivaient en elle des souvenirs de son enfance ou de son adolescence.

D'autres lui étaient totalement inconnus. Elle les examina, se demandant quand et à quelle occasion son père avait bien pu se les procurer. L'odeur de la maison lui était familière. Chaque maison a son odeur. Dans la salle de bains, elle déboucha l'eau de toilette de son père, en aspergea un peu autour d'elle et ferma les yeux. Elle se sentit transportée par les effluves, il lui semblait se trouver à ses côtés. Puis elle revint vers le cylindre et vaporisa un nuage de parfum. « *Voilà, c'est mieux !* ». Elle se surprit elle-même : « *T'es complètement tarée, ma pauv'fille !* »

Elle partit dans la chambre de son père : le lit était fait. C'était l'une des premières tâches qu'il accomplissait en se levant. Bien que peu exigeant lorsqu'elle était enfant, il insistait pour qu'elle agisse de même. Elle devait faire son lit avant de partir en classe. Qu'est-ce qu'il avait pu l'ennuyer avec ça ! S'il voyait son appartement à présent ! « *À quoi bon faire mon lit, ce soir je vais l'ouvrir pour me coucher ?* » lui rétorquait-elle.

Dans l'armoire, tous les vêtements étaient suspendus. Les chemises avec les chemises, les pantalons ensemble et à côté, les vestes. Sur les rayonnages, on se serait cru dans une boutique. Les pulls, les tee-shirts : tout était impeccablement plié. Son père aimait l'ordre.

Julie se rendit dans sa chambre afin de chercher son portable. Elle ne savait plus où elle l'avait posé après avoir appelé son patron. Elle regarda autour d'elle et vit un carton près de son bureau. Elle sourit en le prenant. Il s'agissait du télescope que son père lui avait offert pour ses dix ans. Elle sortit la lunette, le support et le caressa, laissant monter en elle une émotion proche de celle qu'elle avait ressentie ce jour-là en déballant son cadeau. Comme elle avait été heureuse ! Elle allait pouvoir observer les étoiles, son rêve ! Elle avait sauté au cou de son père. C'était le plus beau présent qu'il pouvait lui faire.

Aussi loin que pouvaient remonter ses souvenirs, sa passion avait été l'univers. Il dégageait pour elle une part de mystère. Elle pensait connaître la cause de cet engouement. Son père ne lui parlait guère de sa mère. Lorsqu'elle était enfant, il lui avait dit que sa mère était au ciel. Très vite, le soir, en observant l'immensité céleste, elle fixait les étoiles, persuadée que celle qui scintillait le plus était sa mère et qu'elle lui faisait des clins d'œil, comme pour lui dire : « *N'aie pas peur mon ange, je veille sur toi et sur ton papa !* »

Ça la rassurait de penser cela. En grandissant, cette idée avait germé en elle. Elle rêvait d'observer de plus près les étoiles. Peut-être verrait-elle alors plus précisément le visage de sa mère. Jean lui avait donné la seule photo d'elle dont il disposait. Elle était belle, les cheveux blonds, longs, le visage doux. C'était lors de leur mariage. Le jour de son anniversaire, lorsque son père et elle avaient installé ce télescope et passé des heures à régler, observer, commenter, oubliant même de déguster le gâteau, elle avait été déçue de ne pas voir le visage d'Anna Bertin. Mais elle se disait que sa mère se trouvait certainement encore plus loin, ou se cachait derrière une autre étoile. Un jour, elle saurait comment la voir. À ces souvenirs, des larmes tièdes coulèrent le long de ses joues. Désormais, deux étoiles scintillaient pour elle. Elle remit le matériel dans son carton et le reposa délicatement à sa place. Une angoisse la prit au ventre. Qu'allait-elle faire de la maison, des meubles, des affaires de son père et de tous ses souvenirs ? Ne souhaitant pas répondre dans l'instant à cette douloureuse question, elle quitta sa chambre, après avoir repris son portable qui se trouvait sur la table de nuit.

Elle revint au salon : le cylindre trônait toujours sur la table. Il l'observait, elle lui sourit.

« *Dis-moi, papa, que se passe-t-il, après ? L'âme existe-t-elle ? Où es-tu à présent ? D'ailleurs le terme "présent" n'a peut-être plus de valeur pour toi ! La scientifique éprouve quelques difficultés à envisager la possibilité d'une vie après la mort. Pourtant la femme qui a été cette petite fille persuadée que sa mère était une étoile, envisage d'autres possibilités. C'est peut-être... une intuition...* »

À ce moment, elle entendit un bruit dans la cuisine. Elle sursauta. Elle alla voir ce qui s'y passait. La fenêtre était ouverte et des miaulements se firent entendre. Julie fut surprise, son père n'avait pas de chat. Puis elle entendit ronronner. Un matou noir et blanc vint se frotter contre ses jambes, alternant miaulements et ronronnements.

- D'où viens-tu, toi ? lui demanda-t-elle, sans espérer de réponse.

Julie le prit dans ses bras. Il était doux, se laissait caresser et en redemandait dès qu'elle s'interrompait. Elle le reposa au sol : il sentait et scrutait tous les recoins. Peut-être avait-il faim. Mais, n'ayant jamais eu de chat, elle ne savait pas quoi lui donner. Elle prit une brique de lait qui se trouvait dans le réfrigérateur et lui en servit un peu dans une coupelle.

- À qui appartiens-tu ?

Après avoir lapé le lait, il leva la tête pour regarder sa bienfaitrice, le museau et la moustache couverts de gouttelettes du liquide blanc. Il miaulait toujours. Il visita à nouveau la maison, laissant son odeur sur tous les meubles et les murs. Puis il sauta sur la table de salon. Julie n'eut pas le temps de retirer le cylindre, auquel il se frottait en ronronnant. Puis il se lova autour. Julie l'observait. Son comportement était surprenant. Ce chat semblait connaître les lieux comme s'il y vivait.

10

« J'aimerais… que mes cendres soient dispersées sur le plateau des Mille Étangs : tu connais, nous avions fait de superbes balades là-bas tous les deux. Laisse ton intuition te guider… » lui avait écrit son père.

Dans son véhicule, Julie regardait le paysage, tout en conduisant. Elle s'était promenée maintes fois en ces lieux avec son père lorsqu'elle était enfant. Ce site avait été façonné après la disparition des glaciers, il y a douze mille ans. La formation de cuvettes datait de cette époque. Au Moyen Âge, les paysans et des moines venus d'Irlande avaient travaillé ce décor exceptionnel. Ils étaient à l'origine de l'aménagement des étangs, pour la plupart réserves piscicoles. Julie adorait lorsque son père lui racontait toutes ces histoires. Il était passionné, très cultivé et surtout il savait conter. Jean Bertin lisait énormément, c'est ainsi qu'il avait enrichi ses connaissances, tout au long de sa vie. Il était de plus observateur et à l'écoute des autres, notamment des anciens.

Julie stoppa le moteur, descendit de sa voiture, fit quelques pas. Où pouvait la guider son intuition ? La jeune femme observait le décor qui l'entourait. La magie que dégageait ce site et son immensité lui provoquèrent un vertige tel, qu'un instant, elle fut saisie de panique. Elle prit son temps, ferma les yeux, essaya de ressentir au plus profond d'elle-même un signe : mais rien ne vint, seul le néant s'offrait à elle. Elle se sentit comme aspirée par une spirale sans fond. Sa respiration s'était accélérée, puis la sensation de suffoquer l'envahit, peut-être par peur de se tromper de lieu en répandant les cendres de son père pour l'éternité. Il était trop difficile pour elle de faire ce choix. Il lui fallait sentir l'endroit, percevoir une énergie, comme si son père lui insufflait « *Oui, ma fille, c'est cet endroit que je souhaite recouvrir de mes cendres ! Tu as fait le bon choix !* »

Elle serrait le cylindre contre sa poitrine. Dans sa voiture, le chat qui l'avait accompagnée pour cette mission particulière, dormait paisiblement sur le siège passager. Elle se remit au volant et décida de rouler sur les sinueuses routes haut-saônoises. Elle retenta l'expérience quelques kilomètres plus loin. Elle avait reconnu un autre endroit où elle venait avec son père. Mais rien n'y fit. Elle ne se sentait pas à l'aise. Ses mains tremblaient, le cylindre semblait peser très lourd, ses bras commençaient à s'ankyloser. Julie ne pouvait se résoudre à disperser les cendres : pas comme ça, bêtement, n'importe où. Il fallait donner un sens à tout cela.

Elle retourna dans son véhicule, décidée à prendre le temps de réfléchir. Elle caressa le chat, qui ronronna de plaisir, posa le cylindre à ses côtés, puis démarra.

Arrivée à la maison, elle entreprit de chercher quelques indices dans les affaires de son père, le détail qui la mettrait sur la voie. Elle s'assit devant le bureau. Le chat vint s'installer sur le fauteuil club près de la bibliothèque. Il ronronnait et ferma les yeux, en toute confiance. Il semblait maître en ces lieux. Julie l'observa. Elle enviait la sérénité de cette boule de poils.

- Tu m'as choisie, je te garde ! Si seulement c'était aussi simple avec les mecs !

Elle se glissa jusqu'à lui pour le caresser. Il lui apportait tant de réconfort, de douceur et de chaleur !

- Je vais devoir te donner un nom. Félix ? Non, trop banal ! Alfred ? Pas terrible ! Et puis je ne sais même pas si t'es un matou ou une minette. Oh ! Et zut, j'y réfléchirai plus tard !

Se rapprochant du bureau, elle s'exclama :

- Je deviens gâteuse ! Je parle à ce chat comme s'il comprenait tout !

Il miaula, comme pour acquiescer.

La jeune femme se concentra sur ce qui était posé sur le bureau. Il était impeccablement rangé. Une boîte en métal contenant des stylos et des crayons côtoyait une photo d'elle plus jeune. Elle devait avoir dix-huit ans. Dans un bac plastifié gisaient quelques courriers et factures. Un sous-main en cuir protégeait le plateau en chêne du bureau. Un double décimètre, une agrafeuse, un stylo plume dans son écrin étaient disposés sur un côté du meuble. Julie n'osa rien déranger. Puis, elle sourit en se disant que son père n'était plus là pour lui faire le reproche d'avoir déplacé quoi que ce soit. Très vite, elle sentit la mélancolie reprendre le dessus. Il lui manquait. Sa voix, son regard, sa douceur, même parfois son exigence, tout lui manquait. À gauche du bureau, l'ordinateur portable était éteint. Elle caressa le clavier du bout des doigts et l'alluma. Ils communiquaient rarement par mail. Elle savait pourtant qu'il utilisait régulièrement son ordinateur et qu'il lui arrivait de faire des recherches sur Internet. Elle quitta ses pensées afin d'examiner ses différents dossiers. Elle afficha les sites Internet qu'il avait mis en favoris. Un dossier "Jardinage" répertoriait différents sites donnant des conseils sur le passe-temps favori de Jean Bertin. Dans une rubrique "Tourisme", des liens emmenèrent Julie sur des sites de voyages et de divers offices de tourisme. D'autres dossiers tels que "Art", "Histoire" ne surprirent aucunement Julie. Son père était un assoiffé de culture. Parmi tous ces sites, elle en trouva un sur les Mille Étangs présentant les randonnées balisées qu'il était possible de faire. Elle lut attentivement les descriptions détaillées de certaines des balades proposées. Elle ne fut pas plus éclairée.

Elle ouvrit le dossier "Travail" qui contenait différents dossiers, notamment "Comptabilité", "Photos", "Courriers". Un dossier l'intrigua puisqu'il était intitulé "Julie". Il n'y avait qu'un fichier. La main tremblante, elle l'ouvrit. Il s'agissait d'une lettre qui lui était adressée. Il n'y avait aucune date. La jeune femme ressentit une vive émotion l'assaillir, une gêne dans la gorge, sans doute une boule d'angoisse. Avant de lire, elle alla se préparer un thé. Elle appréhendait de découvrir le contenu de cette lettre. Était-ce un courrier que son père n'avait pas eu le temps de lui adresser ? Elle revint s'installer devant l'ordinateur avec sa tasse brûlante. Elle la posa avec précaution sur le bureau et commença la lecture.

« Ma Chérie,

Je souris en commençant cette lettre. Quelle sensation étrange que d'écrire une lettre qui sera lue après ma mort par ma fille. J'espère de tout mon cœur que tu auras l'occasion d'ouvrir ce fichier.

Tu as certainement lu mes dernières volontés. Tu m'as donc fait incinérer. Ensuite tu t'es rendue sur le plateau des Mille Étangs, avec l'intention de disperser mes cendres. Deux possibilités se sont offertes à toi. Soit tu as trouvé un endroit qui t'a parlé et tu as accompli cette tâche. C'est très bien, je t'en remercie. Soit, et c'est cette deuxième hypothèse qui est mon souhait le plus cher, tu n'as pas réussi à le faire. Peut-

être parce que tu n'en as pas eu le courage, ou encore parce que le lieu ne s'est pas révélé à toi. Et là, tu cherches des indices qui pourraient te mettre sur la voie. Je m'amuse comme un enfant. J'imagine ta réaction. De la surprise, tu passes peut-être à la peur. Comment mon père lit-il dans mes pensées ? A-t-il réellement écrit cela avant sa mort ?...

À l'heure où je t'écris, je suis on ne peut plus vivant. J'ai décidé de t'offrir le bien le plus précieux. Je ne devrais même pas employer le terme "bien", car qui dit "un bien" dans le sens le plus couramment utilisé, associe ce terme à la possession, donc à "l'avoir". Or, je te propose "d'être".

Vois-tu, j'ai passé ma vie à m'interroger sur ce qu'était l'existence. Cette vie que j'aime tant ! Je pensais tout savoir, parce que je me documentais sans cesse. Or, je pense que l'on ne "sait" jamais. L'existence doit rester un long cheminement. Tant qu'il y a cheminement, il y a mouvement. S'il y a mouvement, il y a vie. Le savoir apporte une réponse. Mais cette réponse n'est-elle pas synonyme de mort ? Je t'ai laissée faire ton propre cheminement. Comble de l'ironie, tu as choisi une voie scientifique, qui est censée être la voie du savoir. Pourtant, tu as su garder cette sagesse en toi. Tu es humble. Tu laisses la place au doute. Les plus grands scientifiques ont eu cette faculté d'être aussi dans le doute.

Tu ne sais rien de ta mère et peu de choses me concernant. Tu ne m'as pas abreuvé de questions et j'avoue que moi-même je t'ai très peu parlé de nous. J'ai eu des remords à une période de ma vie. Surtout, lorsque tu es partie de la maison. Puis, je me suis dit que ce n'était pas plus mal. Tu devais déjà te lancer sur ce grand chemin de la vie et, à un moment donné, il serait temps pour toi de découvrir qui étaient tes parents. »

Julie, avala quelques gorgées de son thé qui avait refroidi. Elle peinait à lire la suite de la lettre, tant ses yeux étaient voilés par les larmes. Elle frissonnait. L'étonnement, puis l'émotion firent place à l'inquiétude. Qu'allait-elle apprendre sur ses parents ? Que lui avait-on caché ? Elle leva les yeux de l'écran, regarda autour d'elle. Avait-elle été le fruit d'une illusion ? Que voulait dire son père ? Pourquoi n'avait-elle jamais remarqué qu'il était si philosophe ? S'il l'aimait, pourquoi la torturait-il ainsi ? Était-ce par sadisme qu'il avait pris plaisir à lui écrire cette lettre, sachant pertinemment que son contenu allait la perturber ? Elle tremblait. Elle s'aperçut que sa respiration était saccadée. Elle était glacée, de l'intérieur. Ses mains étaient engourdies. Elle posa son regard sur le chat qui dormait paisiblement sur le fauteuil. Comme elle aurait aimé être à sa place. Dormir, sans se poser de questions. « *Pourquoi me fais-tu ça, papa ?* ». Sa gorge était de plus en plus nouée.

Puis elle abaissa son regard sur l'écran. Elle n'osait pas lire la suite. Cependant, elle relut le dernier paragraphe avant d'enchaîner.

« Tu ne sais rien de ta mère et peu de choses me concernant. Tu ne m'as pas abreuvé de questions et

j'avoue que moi-même je t'ai très peu parlé de nous. J'ai eu des remords à une période de ma vie. Surtout, lorsque tu es partie de la maison. Puis, je me suis dit que ce n'était pas plus mal. Tu devais déjà te lancer sur ce grand chemin de la vie et à un moment donné, il serait temps pour toi de découvrir qui étaient tes parents.

Je pense que la mort d'une personne peut insuffler un sentiment de vie à quelqu'un d'autre, à plus forte raison lorsqu'il s'agit de deux personnes proches. Mon amour pour toi est tel que mon désir le plus cher est de t'accompagner sur la voie de cette dynamique existentielle, mais je ne pouvais pas le faire de mon vivant. Je choisis donc ma mort comme déclencheur.

Je me suis questionné sur la manière dont j'allais procéder. L'évidence m'est apparue, après un week-end que tu avais passé avec ton "vieux père". Bon, d'accord, pas si vieux que ça ! Nous nous sommes remémorés tous les deux les jeux de pistes que j'organisais pour toi et tes amies, lorsque tu étais enfant. Tu adorais cela. Mais au bout d'un certain temps, j'étais à cours d'idées et tu en réclamais encore et encore. Et là, j'ai lu dans ton regard la nostalgie de ces moments exaltants. Je peux te dire que je prenais autant plaisir à organiser, que vous à enquêter.

C'est donc ce que je vais mettre en place pour toi, mon Ange, un gigantesque jeu de piste. Point de trésor à trouver, encore moins de vérité, je n'en ai pas la prétention. Non, quelque chose de plus subtil. Mais j'en ai trop dit.

Ce jeu devrait te permettre de t'alléger de quelques fardeaux et t'éclairera sur ce que tu pourras faire de mes cendres. D'ailleurs, à tout moment, tu auras la possibilité de te "débarrasser" de moi. De là-haut, je ne t'en voudrai pas. Je souris encore, en écrivant tout cela. Je m'amuse !

Tout ce parcours risque de prendre du temps. Peut-être devras-tu lâcher temporairement ton travail. La question étant : « Es-tu prête à faire ce sacrifice ? ». Le côté financier risquant de te freiner, sache que je dispose d'une assurance-vie dont tu es désormais l'héritière.

Bien évidemment, je te laisse l'entière liberté de choisir de vivre ou non cette expérience. L'assurance-vie sera de toute façon pour toi, quelle que soit ta décision.

Après la lecture de cette lettre, prends le temps de la digérer. Ne te précipite pas. Réfléchis, ressens les choses. Tu feras ton choix ensuite.

Je terminerai par cet extrait d'un texte de Merleau-Ponty : « En assumant un présent, je ressaisis et je transforme mon passé, j'en change le sens, je m'en libère, je m'en dégage... »

Je t'aime.

Papa »

Julie resta les yeux rivés sur la signature. Il était là, devant elle, toujours vivant, mais pas dans le même instant. Il n'y avait qu'un décalage temporel. Il s'affichait fièrement en bas de la lettre : "Papa". Elle pouvait entendre sa respiration, sa voix. Elle pouvait sentir sa présence. Elle baissa les paupières. Elle voyait son visage, son regard amusé par la farce qu'il lui jouait, les yeux pétillants de malice, sa barbe grise, ses lèvres fines étirées par son sourire, son crâne dégarni sur le dessus et auréolé de cheveux blancs. Il portait le pull-over qu'elle lui avait offert à Noël. Elle sourit, nous étions en juin. Elle le voyait comme elle l'avait quitté, après son dernier séjour chez lui. Il portait un jean et ses chaussons gris. Puis, elle ouvrit les yeux et ne découvrit que l'écran sur lequel était toujours affichée la lettre signée par son père.

Elle écrivit sur une feuille la citation qui se trouvait en bas du courrier *« En assumant un présent, je ressaisis et je transforme mon passé, j'en change le sens, je m'en libère, je m'en dégage »*.

Julie venait de découvrir, après cette lecture une nouvelle facette de son père : une profondeur qu'elle n'avait jamais soupçonnée. Elle le savait intelligent, cultivé, mais là, il l'avait bluffée. Tout s'embrouillait dans sa tête. Elle était incapable de réfléchir. Tel un étau, une migraine commençait à lui serrer le crâne. Ne doutant pas des sentiments de son père à son égard, elle rejeta l'idée qu'il souhaitait la torturer. Toute cette démarche partait d'un bon sentiment. Elle prit le temps de relire en faisant une pause après chaque phrase. Elle décortiqua chaque mot. L'idée était simple. Son père souhaitait l'amener, par le biais d'un jeu, à découvrir qui elle était, d'où elle venait, afin de poursuivre plus sereinement son chemin. La dernière étape de ce jeu étant de se libérer en dispersant les cendres, comme un exutoire pour "être". Était-elle prête à vivre cette expérience ? En avait-elle le courage ?

Dans l'instant, elle était incapable de répondre à ces questions. Et puis, comme le disait son père dans sa lettre, la réponse était peut-être synonyme de mort. Elle avait besoin de temps pour y réfléchir. Elle prit sa tasse de thé, le chat, referma la porte du bureau et retourna au salon. Elle s'installa sur le canapé et fixa le cylindre posé sur la table basse.

11

Au volant de sa *Mégane*, Christophe repensait aux événements de cette journée de vendredi et à la conversation qu'il venait d'avoir avec Robert Meyer.

L'entretien concernait le nouveau projet sur lequel devaient travailler en équipe les agences spatiales européennes et canadiennes. Il s'agissait d'un spectrographe multi-objets qui permettrait d'obtenir les spectres d'une centaine de corps interstellaires et qui s'intéresserait à la formation et l'évolution des premières étoiles et galaxies. Julie et Christophe devaient faire partie du projet. L'annonce officielle venait d'être faite, des subventions avaient été débloquées.

Robert Meyer s'était entretenu au téléphone avec la jeune femme, afin de lui annoncer en personne la nouvelle, puis il avait convoqué son collaborateur.

- Bonjour Christophe, asseyez-vous !

Le scientifique prit place dans un fauteuil, le directeur s'installa face à lui, quasiment assis sur le bureau. Après un long silence, il commença :

- Je vous ai demandé de venir à propos du projet Spectro-Gal. Vous n'êtes pas sans savoir que je mise beaucoup sur Julie et vous. Notre équipe est constituée de scientifiques chevronnés et hautement qualifiés et je me suis porté garant auprès de nos confrères européens et canadiens en ce sens. Je souhaite que tous les deux vous puissiez encadrer l'équipe de notre centre qui devra travailler sur ce projet.

Christophe était partagé entre fierté et angoisse face à l'ampleur du programme. Julie aurait certainement montré plus d'enthousiasme et d'assurance que lui dans de telles circonstances. Il manquait de confiance, surtout sans elle. Il se sentait plus à l'aise à étudier des données sur son PC, que devant son supérieur. Il toussa pour libérer sa gorge et se donner une certaine prestance.

- Julie est-elle au courant ?

- Oui, je viens de l'appeler. Et c'est justement ce qui me préoccupe. Devant le regard interrogateur du jeune homme, il s'expliqua. Elle me semblait étrange au téléphone. Je comprends que la mort de son père l'ait affectée. Je l'ai encouragée à prendre tout le temps qui lui serait nécessaire, mais je crains qu'elle ne déprime. Elle m'a semblé distante lorsque je lui ai annoncé la nouvelle qui aurait dû la rendre folle de joie. Elle tenait un discours incohérent, ça ne lui ressemble pas. Je suis inquiet !

- Je sais qu'elle souhaite prendre quelques jours, car elle a une mission à accomplir, confirma Christophe.

Robert Meyer était sincère lorsqu'il disait se soucier d'elle. Il n'était pas le seul. Christophe proposa donc de l'appeler le soir même.

*

Le portable de Julie sonna, alors qu'elle se préparait un plateau repas pour dîner devant la télévision.

- Ouais !

- C'est Christophe !

- J'ai vu, gros bêta, ton nom s'affiche, c'est magique ! lui répondit-elle en se moquant. Christophe était ému de l'entendre rire. Je suis sûre que tu ne peux pas te passer de ta collaboratrice adorée, que tu t'arraches les cheveux, que c'est le bazar sans moi ! ironisa-t-elle.

- C'est presque ça, ma Belle. D'une part, ma collaboratrice adorée me manque ! Et au centre, c'est le merdier ! Meyer vient de donner sa démission après avoir licencié tout le monde !

Julie redevenant sérieuse s'écria :

- Quoi ? Qu'est-ce que tu racontes ?

- Mais non, je déconne ! Christophe jubilait devant l'effet de sa farce.

- C'est malin ! Tu te crois drôle ? répliqua-t-elle, furieuse.

- En tout cas, je suis content de t'entendre te mettre en colère, c'est bon signe ! Meyer m'a dit qu'il t'avait appelée et que tu lui avais semblé étrange.

- Non, c'est juste que… Ce projet, je l'attendais tellement et il arrive au mauvais moment : c'est tout !

- Tu te rends compte que c'est génial, tout de même. Il nous demande de chapeauter l'équipe du centre ! Tu imagines ?

Contre toute attente, la réponse de Julie ne vint pas, laissant la place à un silence qui parut interminable à Christophe.

- Julie ? Quelque chose ne va pas ? Tu veux que je vienne ?

La jeune femme refusa, pensant qu'il avait déjà fort à faire avec ses problèmes personnels.

- Non, je t'assure, ça me fera plaisir de venir. De plus, sortir un peu de mon contexte me sera profitable. Tu sais, le soir, ce n'est pas évident de rentrer chez moi. Heureusement qu'il y a les filles. Sincèrement, ça serait super pour nous deux. Et puis de toute façon, je ne te demande pas ton avis. Je t'informe que je viens passer le week-end avec toi. Il raccrocha.

Deux minutes plus tard, Julie ne fut pas surprise d'entendre son téléphone sonner et de voir s'afficher le nom de Christophe. Elle décrocha.

- J'ai oublié de te demander l'adresse !

Elle sourit et le renseigna, avant de s'installer comme prévu devant la télévision tout en dégustant la salade qu'elle s'était préparée.

Ce soir-là, elle ne souhaitait plus penser à rien. Comme hypnotisée par le petit écran, elle passait d'un reportage sur la mer à un téléfilm, puis à un débat qui aurait pu être intéressant, mais qui ne la captivait pas. Tombant de sommeil, elle partit se coucher.

12

Julie avait enfin dormi une nuit complète. Elle était en pyjama lorsqu'elle entendit sonner à la porte d'entrée. Se demandant qui pouvait la déranger un samedi matin, elle alla ouvrir. Christophe se trouvait là, les traits tirés. Il avait pris la route dans la nuit afin d'arriver très tôt chez son amie. Surprise, elle avait oublié qu'il lui avait forcé la main en s'invitant pour le week-end. Elle le fit entrer.

- Dis-moi, tu es ravissante dans ton vieux pyjama ! Plutôt sexy !

Il l'embrassa sur le front.

- Tu veux un café ? lui demanda-t-elle en guise de bienvenue. Il accepta.

Elle lui proposa de l'accompagner dans la cuisine. Encore engourdie par sa nuit, elle mit du temps à lancer la cafetière. Savourant son café, elle émergea doucement. La présence de son ami lui fit du bien et la reconnecta à une réalité rassurante. Il lui rapporta tout ce qui s'était passé durant la semaine.

- Et toi, comment te sens-tu ? s'inquiéta-t-il.

- Bizarre... Je me sens bizarre. Il s'est passé tellement de choses depuis le décès. Tout s'est enchaîné si vite que j'ai l'impression de n'avoir fait qu'un rêve. Et je ne sais pas quoi faire !

- À quel sujet ? s'enquit-il.

- La mission dont je t'ai parlé risque d'être plus longue que prévue. Et puis il y a Spectro-Gal. Meyer est bien sympa de me proposer de prendre mon temps, mais le projet, lui, ne peut attendre. D'autant que les canadiens ont prévu dans quelques semaines une vidéoconférence avec tous les centres de recherche partenaires, afin de mettre concrètement en place le programme de travail.

- C'est quoi cette "mission" ? Tu m'intrigues !

La jeune femme lui proposa de l'accompagner dans le bureau de Jean Bertin. Après avoir allumé l'ordinateur, elle ouvrit le fichier concerné, puis laissa sa place à Christophe afin qu'il puisse lire la lettre.

- Nom d'un chien ! s'exclama-t-il.

Il relut quelques passages en riant. Il n'osa pas dire le fond de ses pensées à Julie, mais il était certain que son père était fou.

- Attends ! Tu ne vas pas prendre cette farce au sérieux, malgré tout le respect que j'ai pour ton père que je n'ai d'ailleurs jamais eu l'occasion de rencontrer !

- Christophe ! s'indigna-t-elle. Il ne s'agit pas d'une farce ! Je prends les choses très au sérieux.

- Admets tout de même que ton père était un peu... spécial ! Il n'avait pas toute sa tête le jour où il a écrit ça ?

- C'est une question ou une affirmation ? s'énerva-t-elle. Si tu es venu pour critiquer mon père, tu peux repartir immédiatement !

Honteux de son comportement, Christophe s'excusa. Il avait manqué de finesse et de tact. Julie était encore sous le choc. Depuis une semaine, elle était seule, face à ce deuil. Il craignait qu'elle ne s'enferme dans une situation malsaine en attachant de l'importance à cette lettre. Elle avait besoin d'aide pour avancer, tourner la page. Il la prit dans ses bras afin de la calmer. Elle se laissa faire. Il la berça comme s'il s'agissait d'un enfant. Il sentait son odeur. Il ferma les yeux, caressa ses cheveux emmêlés en y déposant un baiser. Il devint peut-être trop entreprenant au goût de Julie qui recula brusquement.

- Qu'est-ce que tu fais ?

- Excuse-moi. Je voulais juste t'apaiser !

- Pourquoi es-tu venu, Christophe ?

- Je te l'ai dit : j'avais envie de te voir, je voulais te remonter le moral et me changer les idées ! C'est tout !

Au fond de lui, il savait qu'il mentait en partie. Durant le trajet, il avait eu le temps de réfléchir. Ses pensées s'éclaircissaient. Cette personne à qui il pensait lorsqu'il était avec Sylvie, c'était Julie. Jour et nuit, il ne songeait qu'à elle. Comme il avait souffert chaque fois qu'elle lui avait avoué l'existence d'un amant, et comme il avait été heureux lorsqu'elle lui avait annoncé chacune de ses ruptures ! Toute la semaine, il n'avait pensé qu'à elle, alors qu'il était en pleins tourments conjugaux. Son sourire lui avait manqué, son regard, sa voix, tout ce qu'elle représentait. Il était amoureux d'elle depuis si longtemps, mais il était incapable de le lui avouer. Comment allait-elle réagir devant une telle révélation ? Si ses sentiments à elle n'étaient pas les mêmes, et cela semblait être le cas, du moins pour le moment, il aurait trop honte ! Et quelle déception ! Il préférait ne rien lui dire et laisser les choses se faire en douceur. Il ne voulait rien brusquer, mais il était certain d'une chose : Julie finirait par l'aimer !

13

Après la réaction moqueuse de Christophe, Julie avait regretté de lui avoir montré la lettre de son père. Mais elle avait ressenti le besoin d'en parler à quelqu'un. Marie, son amie d'enfance, était dans d'autres sphères. Depuis son mariage, l'année précédente, les deux amies se voyaient beaucoup moins. Désormais, Marie attendait un enfant, leur relation allait encore évoluer. Elle était venue aux obsèques de Jean Bertin, avait serré Julie dans ses bras, puis elle était repartie avec son mari. Julie ne lui en voulait pas, mais elle aurait tout de même aimé la voir plus longtemps.

Sur le canapé, Christophe s'était endormi, assommé par son trajet. Sans faire de bruit, Julie retourna dans le bureau. Le chat vint se frotter à ses pieds en miaulant, avant de s'installer une nouvelle fois près de la bibliothèque murale. Il ronronnait en l'observant fixement. La jeune femme s'approcha et le caressa, à la fois intriguée et déstabilisée par ce regard perçant, qui pourtant lui paraissait bienveillant. Elle détailla les différents ouvrages qui se trouvaient sur les étagères. Beaucoup d'auteurs se présentaient à ses yeux. Parmi eux, Balzac, Victor Hugo, Alexandre Dumas. Ces écrivains en côtoyaient d'autres, plus contemporains. Adolescente, elle avait lu et adoré Barjavel, *La nuit des temps*. Elle fit glisser ce roman avec son index, l'ouvrit, le toucha, le sentit. Elle avait toujours été sensible aux odeurs : or les livres ont la leur. Elle le feuilleta, relut quelques passages. Elle devait avoir seize ou dix-sept ans lorsqu'elle l'avait dévoré. Puis elle le remit en place, en souriant. Elle repensait à l'exaltation ressentie à l'époque. Agatha Christie tenait une bonne place dans la bibliothèque. Il y avait une dizaine de ses ouvrages. Elle se souvenait avoir lu certains d'entre eux. Elle aimait les romans à intrigues, c'est ce qui lui avait plu à la lecture de ceux-ci. Mais la plupart du temps l'effet de surprise était gâché, car elle trouvait les coupables avant le dénouement de l'histoire. Elle se trompait rarement. Sagan, Pagnol, Hemingway, Colette se tenaient blottis les uns contre les autres. Les souvenirs remontaient en elle. Elle aimait lire, même si le temps lui manquait à présent. Depuis quelques années, ses choix étaient davantage dirigés vers une littérature plus scientifique. En haut de l'étagère, ce furent des ouvrages philosophiques qui attirèrent son attention. Elle découvrit avec surprise Platon, Descartes, Bergson et bien d'autres dont elle n'avait jamais entendu parler. Ce qui l'étonna le plus, c'était de découvrir, parmi ces auteurs, un livre d'un autre genre littéraire, la Bible. Elle ne se souvenait pas avoir vu son père en possession de cet ouvrage. Il lui disait qu'il était croyant, mais non pratiquant. Jamais il n'avait fait d'autres allusions à la religion. En vieillissant, son père avait dû développer un intérêt pour la spiritualité et acquérir cette Bible, qui d'ailleurs n'était pas récente, à moins que cela ne soit pour assouvir sa soif d'apprendre. Ordonné comme il l'était, elle se demanda pourquoi il avait classé cet ouvrage avec les philosophes.

Julie ressentit une vive émotion. C'était la première fois qu'elle tenait une bible dans ses mains. Le chat l'observait toujours. Puis il posa son museau entre ses pattes, comme si, rassuré, il pouvait enfin dormir paisiblement. La jeune femme ouvrit le livre, une carte en glissa. Elle la ramassa. Il s'agissait d'une reproduction de la *Madonna della Melagrana* de Botticelli. Le visage de la Madone, magnifique, d'une pureté incroyable, figurait en pleine page. Une bande or et des stries d'une même couleur irradiaient au sommet de sa tête. Au dos de cette image, un mot de son père. Il s'adressait à elle.

« Tu viens de trouver cette superbe reproduction qui m'avait été envoyée par mon père. Je devais avoir sept ou huit ans alors. J'ai retrouvé cette carte, il y a très peu de temps. Son visage m'a fait penser à ta mère, par la douceur des traits et l'expression de son regard. De grandes interrogations subsistent. Est-elle triste ou en profonde introspection ? Lorsque j'étais enfant, c'était à ma propre mère que ce portrait me

faisait penser. Je l'emmenais partout avec moi, cela me rassurait. Après le décès de ta grand-mère, j'avais vingt ans, je l'ai rangé dans cette bible et le tout dans un carton avec divers souvenirs. J'avais trop mal. Je ne voulais pas souffrir davantage. Ma mère faisait partie de ma vie. Elle était tout pour moi. »

La jeune femme prit la carte et fit quelques recherches sur Internet. Elle connaissait certains tableaux de Botticelli, mais pas celui-ci. Elle découvrit que la reproduction qu'elle tenait entre les mains était un détail de l'œuvre originale, qui elle, était circulaire. La Vierge berçait Jésus dans ses bras. Elle était entourée de six anges et tenait dans la main une grenade d'un rouge qui à l'origine devait être éclatant, d'après la description du tableau. L'œuvre était en fait circulaire.

Elle relut le message de son père. Il ne lui avait jamais parlé de son grand-père. Elle ne savait que peu de choses sur sa grand-mère. Ses grands-parents faisaient-ils partie de ces mystères vers lesquels son père souhaitait l'amener par le biais du jeu de piste ? Son grand-père avait envoyé cette carte à Jean. Il s'agissait d'une maigre indication. Il avait sept ou huit ans, c'était donc en 1946 ou 1947, juste après la guerre. Que faisait-il ? Où était-il ? Ne rien savoir sur les parents de son père ne l'avait jamais frustrée. Mais aujourd'hui, elle voulait savoir. Était-ce parce que son père l'avait mise sur la voie ? Elle se souvenait qu'il lui avait toutefois dit avoir été élevé par sa mère. Il lui avait expliqué que la vie était difficile. Il avait commencé à travailler très jeune, à seize ans.

Julie s'attarda sur le bas du verso de la carte. Il y avait des indications au sujet de l'illustration, le nom de l'éditeur, la ville *Firenze*, Florence, puis en dessous, une inscription d'une élégante écriture à la plume.

À cet instant, elle entendit un bruit au salon, puis Christophe qui jurait, comme il savait si bien le faire lorsqu'il s'énervait. Le chat avait déjà bondi et était arrivé sur les lieux de la perturbation avant sa maîtresse. Le collègue de Julie tenait le cylindre dans les mains.

- Qu'est-ce que c'est que ce truc ? interrogea-t-il. Je viens de le faire tomber en me levant.

Julie eut envie de rire devant son air ahuri, les cheveux hirsutes, le tee-shirt froissé, l'urne dans les mains.

- C'est mon père !

Il reposa vite le cylindre sur la table basse. Il se serait agi du Diable en personne, le rictus de son visage n'aurait pas été plus prononcé. Julie ne put se retenir davantage et éclata de rire, tant la scène était burlesque.

- Désires-tu boire ou grignoter quelque chose ? Mon père avait de la bière au réfrigérateur et je peux te trouver un morceau de fromage pour te faire un sandwich. Ça te dit ?

- Très bien ! Merci !

Il regardait l'urne contenant les cendres de Jean Bertin. Il n'en avait jamais vue auparavant et encore moins tenue dans ses mains.

- C'est drôlement lourd, dis donc !

- Eh oui ! Mon père était un grand homme, en taille, mais aussi intellectuellement et j'en suis persuadée désormais, spirituellement ! ironisa-t-elle comme pour faire écho à ses commentaires après la lecture de la lettre.

Christophe prit plaisir à déguster le pain et le fromage préparés par Julie. Elle le regardait manger. Il lui fit penser à un enfant. Elle songea à la manière dont il l'avait prise dans ses bras. Il n'y avait pas d'équivoque. Il lui semblait que les sentiments de Christophe à son égard étaient en profonde mutation. Il était son ami et collègue, elle ne pouvait quant à elle concevoir une relation amoureuse avec lui. Elle n'avait aucune attirance physique pour lui, simplement de la tendresse, comme pourrait avoir une sœur pour son frère. Elle pensait qu'il était malheureux, qu'il ne savait plus où il en était. Cette séparation devait lui monter à la tête.

Il s'était aperçu qu'elle l'observait, le coude posé sur la table, le menton dans le creux de sa main. Le regard tendre de Julie lui fit l'effet d'une caresse. Il frémit de plaisir. Pour lui, il n'y avait aucun doute possible. Au fond de son amie s'éveillait un sentiment amoureux. Il en était heureux. Mais il ne souhaitait pas aller trop vite avec elle. Il lui sourit et lui fit un clin d'œil. Elle rit. C'est alors que le chat sauta sur la table, fit face à Christophe en miaulant dans une confrontation de regards.

Julie n'avait encore jamais entendu ce type de miaulement, presque inquiétant. Elle le prit dans les bras, le caressa. Il ronronna.

- Veinard ! s'exclama Christophe.

Elle ne répondit rien. Afin de changer de sujet, elle suggéra :

- Je te propose de sortir un peu ce soir pour nous changer les idées à tous les deux. On pourrait se faire une toile. Il y a un cinéma sympa à Lure, à l'Espace Méliès. Puis nous pourrions dîner quelque part, qu'en penses-tu ?

L'idée ravit son ami. Ils décidèrent tout de même de passer l'après-midi à travailler sur leur projet, ce qui redynamisa la jeune femme. La vue des données que Christophe avait sur son portable la rassura. Ils se retrouvaient enfin dans un domaine qui était le leur. Julie exultait. Sa voix était plus vive, plus gaie. Son regard pétillait de plaisir.

14

La soirée avait été délicieuse aux yeux de Julie. Ils étaient allés voir un film magnifique, d'une sensibilité et d'une sensualité telles que Julie en avait frissonné. L'éternel sujet d'une belle histoire d'amour, pourtant difficile, voire impossible, en était le thème principal. Était-ce si difficile d'aimer ? Une chanson de Rita Mitsouko disait : « *Les histoires d'amour finissent mal, en général !* » Était-ce une vérité ? Julie avait l'intuition, là dans l'instant, qu'il lui manquait l'essentiel pour être heureuse. Son père avait raison. Elle ne voulait pas se l'avouer. Elle aimait son métier, elle était passionnée, mais sa vie personnelle et sentimentale était un véritable fiasco.

Dans son lit, elle se retournait, ne pouvant s'endormir. Elle repensa à Christophe. Il avait été adorable. Au restaurant, ils n'avaient cessé de converser, se racontant leur vie mutuelle. Il s'était livré en lui parlant de son enfance, de ses parents, de son frère, de ses études. Elle s'était davantage épanchée sur son père, les balades qu'ils faisaient tous les deux, lorsqu'elle était enfant. Elle ne connaissait que peu de choses de Jean Bertin. Elle n'avait pas connu la mère de son père et ne savait rien sur son grand-père paternel. Quant à ses autres grands-parents, elle les voyait rarement. Ils vivaient en Bretagne. Ils étaient froids avec elle. En grandissant, elle ne souhaitait plus aller les voir, pensant qu'ils la rendaient sans doute responsable du décès de leur fille.

Une remarque de Christophe résonnait en elle :

« Finalement, la petite Julie a évolué dans le milieu exclusif et masculin de son père ! Très peu de femmes ont gravité dans ton entourage proche ! »

Il disait vrai. Son père lui répétait : « *Tu es mon soleil !* » Elle se devait de briller pour lui. À présent, qui devait-elle éblouir ? Pour qui devait-elle être étincelante ? Une petite voix lui répondit : « *Sois toi-même ! Brille pour toi !* » Mais elle se sentit mélancolique.

Le chat, couché sur le lit, se redressa et s'étira. Il ronronna en pétrissant de ses griffes le dessus de lit. Elle sentit son souffle contre son visage, il avait rapproché son museau. Ses moustaches lui chatouillèrent la joue. Elle le caressa, il se recoucha, en boule, pelotonné contre elle.

- Quelle drôle de petite chose tout de même ! lui dit-elle. J'ai l'impression que tu lis dans mes pensées ! Tu cherches à me réconforter !

Julie redirigea ses pensées sur Christophe et la soirée qu'elle venait de passer. Elle ne pouvait se défaire de l'image du collègue et ami. Il lui était impossible de concevoir une autre relation avec lui. Elle ne ressentait rien pour lui, contrairement à ses expériences amoureuses précédentes où un regard, un frôlement de main l'avaient fait frémir. Durant le dîner, il lui avait pris la main, elle l'avait très vite retirée, ne souhaitant pas qu'il se mette des idées en tête. La situation commençait à devenir gênante. Elle devait lui parler, dès le lendemain.

Allongé sur le canapé, Christophe ne pouvait trouver le sommeil. Il aurait tellement aimé passer cette nuit aux côtés de Julie, la prendre dans ses bras, l'embrasser, la caresser, la faire frissonner. Mais elle n'était pas prête. Il sentait qu'elle se rapprochait toutefois de lui. Elle s'était laissée aller en lui parlant de son enfance avec beaucoup d'émotion. On aurait dit une petite fille qui revivait, en les relatant, les moments extraordinaires vécus avec son père. Il lui avait pris la main, qu'elle avait très vite retirée en le regardant avec douceur. Elle commençait à ressentir pour lui des sentiments amoureux. Il en était certain. Tout était une question de temps. Il devait lui laisser vivre son deuil pleinement. Mais très vite, elle aurait besoin de lui, de sa présence, de sa chaleur, cela ne pouvait en être autrement. Pas une seule fois depuis son arrivée à Lure il n'avait pensé à Sylvie, ni même à ses filles. Sa vie commençait désormais. Il finit par s'assoupir, le sourire aux lèvres.

Julie dormait profondément. Ou peut-être était-elle éveillée, elle ne savait plus. La Vierge de Botticelli se dressait devant elle. La peinture avait laissé place à une sculpture qui s'était animée. Le visage de la Vierge, mélancolique, était penché vers la jeune femme.

- Maman ! gémit Julie.

La Madone lui tendit les bras.

- Bonjour, ma Chérie ! lui dit-elle d'une voix douce. Ton père est inquiet. Prends soin de toi, mon Ange !

Julie pleurait. Puis la statue disparut, un énorme cylindre roulait sur le sol faisant un vacarme assourdissant. Christophe donnait des coups de pieds dedans en riant aux éclats.

- Non, non, arrête ! Qu'est-ce que tu fais ! C'est mon père ! Laisse le tranquille !

Julie criait. Christophe entra dans la chambre :

- Julie ! Ça va ? Qu'est-ce qui t'arrive ?

- Fous le camp ! lui siffla-t-elle.

- Julie ! C'est moi, Christophe ! Tu as certainement fait un mauvais rêve !

Le temps de réaliser ce qui lui arrivait, la jeune femme se calma.

- Désolée, je ne voulais pas être désagréable. J'ai effectivement fait un cauchemar. Repars te coucher !

- Tu es certaine ?

- Oui, oui, je t'assure !

Il quitta la chambre. Julie se retourna serrant le chat dans ses bras. Ses ronronnements la bercèrent. Elle se rendormit.

*

Le lendemain matin, ils étaient tous les deux dans la cuisine, devant le petit-déjeuner que Julie avait préparé. Elle devait absolument lui parler mais, ne souhaitant pas le blesser, elle ne trouvait pas les mots. Il rompit le silence.

- T'as bien dormi ? Et ton cauchemar, c'était quoi ?

- Oui, j'ai bien dormi, et mon cauchemar... je ne m'en souviens plus, mentit-elle.

Puis avec courage, elle se lança :

- Christophe, il faut qu'on parle tous les deux !

L'espoir éclaira le visage de ce dernier.

- Il me semble que nous nous entendons bien. Nous sommes super potes, quoi !

- Euh oui ! On peut dire ça !

- Je n'ai aucune envie que cela change, tu sais ! Je veux dire, j'aimerais qu'on reste amis, c'est tout !

- Comment ça ? s'inquiéta-t-il.

- Et bien, j'ai l'impression que depuis que tu es là, tu essaies de te rapprocher de moi. Il me semble que tu te fais des idées et que tu souhaites que notre relation évolue ?

- Qu'est-ce que tu t'imagines, Julie ? Mais pas du tout ! Tu es une super copine, c'est tout !

Il était pâle. Honteuse, Julie s'excusa. Son ami n'osait plus la regarder. Ils restèrent silencieux quelques instants. Afin de rompre le malaise, la jeune femme proposa une promenade dans les rues de Lure. Une lueur d'espoir dans le regard, il acquiesça.

« *Elle est accro à moi, j'en suis persuadé ! Il n'y a qu'à voir ses yeux lorsqu'elle me regarde !* » pensa-t-il. Il ne pouvait en dire autant de ce connard de chat qui l'observait.

*

Les deux amis errèrent dans les rues de Lure, inondées par les rayons du soleil. Ils traversèrent à pied l'esplanade Charles de Gaulle afin de rejoindre le lycée Georges Colomb où Julie avait effectué une partie de sa scolarité. Émue, elle lui raconta quelques anecdotes d'une période de sa vie riche en souvenirs. Christophe n'avait jamais entendu parler de Georges Colomb. Elle lui expliqua qu'il s'agissait d'un homme de sciences et enseignant, né à Lure, créateur à la fin du XIXème siècle des célèbres bandes dessinées "Le Sapeur Camember" et "La famille Fenouillard" sous le pseudonyme de Christophe.

- Tiens donc ! s'exclama-t-il. Ton destin est lié de près ou de loin à ce prénom.

Julie ne releva pas, mais sourit à la remarque puérile de son ami. Puis elle compléta son récit, précisant que le célèbre Luron avait publié un grand nombre d'ouvrages illustrés de manière plaisante, traitant essentiellement de sciences naturelles. Ils poursuivirent leur visite. Christophe peinait à suivre la jeune femme, qui s'amusa de le voir courir derrière elle. Ils arrivèrent enfin face à une grande fresque peinte sur un mur. Un personnage moustachu et grisonnant aux traits bienveillants se trouvait au centre.

Il semblait présenter des cartes illustrées d'individus aux tenues chatoyantes. Julie fit connaître à son ami l'hommage rendu à Georges Colomb et son œuvre. La journée était particulièrement chaude, la soif se faisait sentir. Ils décidèrent de faire une halte à la terrasse d'un café avenue de la République et prirent un rafraîchissement. Julie connaissait parfaitement l'endroit puisqu'adolescente, elle s'y rendait avec Marie. Sirotant leurs sodas, elles y rêvaient de leurs vies futures. Ce bar était le quartier général de sa bande de copains.

Après s'être désaltérés, les deux amis reprirent leur visite. Julie entraîna Christophe dans la rue de la Font, puis le square de Gaulle pour rejoindre l'ancienne abbaye de Murbach. Le scientifique, dont les plantes de pieds commençaient à s'échauffer, éprouvait quelques difficultés à marcher, mais n'osait se plaindre de crainte de la décevoir. Ils apprécièrent l'architecture de l'édifice. Julie développa ce que son père lui avait lui-même expliqué. L'abbaye datait du XVIème siècle, mais il était possible qu'elle ait été édifiée au XVIIème par un disciple de Saint-Colomban, Saint-Desle. À l'origine, il s'agissait d'une abbaye bénédictine. Au XVIIIème, elle avait été transformée en église collégiale.

Christophe fut soulagé lorsque la jeune femme lui signifia qu'il s'agissait d'une propriété privée, abritant la sous-préfecture et des appartements privatifs.

Ils regagnèrent la maison de Jean Bertin. Cette petite escapade dans le passé avait beaucoup ébranlé la jeune femme, qui s'était murée dans le silence durant le trajet du retour. Christophe, exténué, était reparti pour Lyon dans la soirée.

15

Non mécontente du départ de son ami, Julie apprécia de se retrouver avec elle-même. Assise sur le canapé, les pieds sur la table basse, le chat sur les genoux, le cylindre sur le fauteuil, elle s'était ouvert une bouteille de Bordeaux, qu'elle dégusta dans cette délicieuse solitude. Elle devait prendre une décision. Elle avait près d'elle les lettres de son père, ainsi que la carte de la Madone. Une chose l'intriguait, mais elle ne savait pas quoi au juste. La veille, à la lecture de la lettre ou de la carte, un détail l'avait en effet interpellée, comme une résonnance. Elle les relut, en se délectant du Château Margaux trouvé dans la cave à vin. Elle se rendit compte qu'elle en était à son troisième verre. Ce vin était divin. Son père avait un excellent goût. Au quatrième verre, elle trinqua avec le cylindre.

- À la tienne, mon p'tit Papa chéri ! J'adore ton vin !

Elle revint sur la lettre et la carte et les relut une nouvelle fois. Qu'est-ce qui l'avait donc intriguée la veille ? Ce qui la dérangeait le plus dans l'instant, c'étaient les lignes qui dansaient devant ses yeux. Elle cligna d'un œil, puis de l'autre. Il n'y avait rien à faire, les lignes oscillaient. Que signifiait cette mascarade ? Elle posa tout sur le canapé à côté d'elle, appuya sa tête en arrière contre le dossier. Elle était persuadée que tout cela était dû à son estomac vide. Se cramponnant à l'accoudoir, elle se hissa sur ses deux jambes, non sans difficultés. Combien de verres avait-elle bus ? Elle était incapable de répondre à cette question. Elle avança jusqu'à la cuisine. Elle n'avait pas l'habitude de boire. Tout tanguait autour d'elle. Elle s'accrocha à la poignée du réfrigérateur et l'ouvrit. Elle attrapa du fromage, des tomates, du jambon et s'installa sur la table afin de grignoter. La tête lui tournait, la cuisine tourbillonnait autour d'elle. Elle but un verre d'eau. Quel gâchis derrière une si bonne bouteille ! Elle regarda l'horloge au-dessus de la porte, il était tard. Elle avait siroté durant au moins trois heures. Se penchant pour avoir une vue sur le salon, elle découvrit que la bouteille était quasiment vide.

- C'est pas possible ! J'ai tout bu à moi toute seule ?

S'agrippant à tout ce qu'elle trouvait sur son passage, Julie revint s'installer sur le canapé, suivie par le chat qui l'avait accompagnée durant tout ce déplacement scabreux. Elle s'assoupit au milieu des lettres de son père. Lorsqu'elle ouvrit un œil, puis l'autre, il était cinq heures du matin. Elle avait très mal à la tête. Prise de nausées, elle hoqueta à plusieurs reprises. Une phrase résonnait en elle. Elle l'avait lue sur la carte : « *Tu viens de trouver cette superbe reproduction qui m'avait été envoyée par mon père.* »

Julie se dressa subitement, alluma la lampe qui se trouvait près d'elle, se dirigea vers le bureau de Jean Bertin et chercha dans les différents documents qu'elle avait récemment classés. Elle trouva l'acte de décès et une copie de l'acte de naissance, sur laquelle était mentionné : "*Jean Bertin, né le 7 février 1939 à Besançon, de Madeleine Bertin et de père inconnu.*" Elle revint au salon, reprit la carte. Elle n'avait pas rêvé, il avait bien noté "*Mon père*". Lorsqu'elle avait eu le certificat en main, elle n'y avait pas prêté attention, trop préoccupée par le décès. Être officiellement déclaré de père inconnu est une mention très forte. Cela avait résonné au plus profond d'elle en lisant la carte de la Madone.

Une violente migraine lui tenaillait la tête. Elle se prépara un cachet d'aspirine, qu'elle but lentement, le regard dans le vide. Qu'est-ce que cela signifiait ? Il savait donc qui était son père. Elle se tourna vers le cylindre.

- Qu'est-ce que tu cherches à me faire découvrir ? Pourquoi tous ces secrets ? Surtout à moi, ta fille ? Pourquoi ne m'avoir rien dit ?

La colère monta en elle, accentuée par cette terrible céphalée. Elle prit la bouteille, la jeta violemment sur le cylindre. Le chat affolé, sauta du canapé et partit se réfugier à l'étage.

Julie était en larmes. Partagée entre la rage, la tristesse, la honte, elle prit le cylindre et le posa religieusement sur le buffet.

- Pardonne-moi, Papa !

16

Sa décision était prise. Même si cette extraordinaire mise en scène lui paraissait des plus insolites et inouïes, elle allait se lancer dans l'aventure que lui proposait son père. Elle pourrait travailler à distance pour le centre de recherche, le téléphone et Internet lui faciliteraient la tâche. Après tout, le télétravail était dans l'air du temps.

Ce matin-là, Julie était en forme. Après une douche tonifiante, elle ouvrit toutes les fenêtres de la maison, afin d'aérer et surtout de chasser toutes les charges négatives qu'elle avait laissées s'imprégner lors de ses moments de tristesse et de colère. Elle avait téléphoné à Robert Meyer pour lui faire part de sa décision. Il n'y voyait pas d'inconvénient. Il lui demandait toutefois d'assurer au maximum de ses possibilités car l'enjeu était colossal : mais il lui faisait confiance.

Elle ne savait nullement ce qui l'attendait, ni où son père souhaitait la mener. Elle était toute excitée par ce jeu de piste, tout comme lorsqu'elle était enfant. Dans le jardin, son père avait maintes fois organisé ce genre d'amusement pour ses amies et elle, lors de ses anniversaires. Il y avait toujours un trésor à découvrir, souvent une boîte remplie de colliers, de bracelets en plastique et de bonbons. Mais pour elle, ces trésors n'avaient pas de prix. C'était merveilleux, voire magique. Peu importait quelle serait la gagnante, puisqu'elles se partageaient le butin.

Se remémorant dans les moindres détails ces événements, il lui semblait entendre les rires et les cris de joie. Partagée entre nostalgie et plaisir, elle sentit son cœur s'affoler. Elle poussa un profond soupir. Elle se souvenait comme si c'était la veille des petits bouts de papier accrochés dans les arbres, avec une devinette. Il s'agissait souvent de questions de culture générale, adaptées à leur âge. Il y avait également des rubans noués aux volets, des flèches dessinées à la craie sur la façade de la maison ou encore de petits cailloux savamment disposés dans les allées en terre du jardin. Tous ces ingrédients leur faisaient passer un après-midi de rêve. Un jour pourtant, aucune d'elles ne trouva le trésor. Julie s'était très longtemps demandé si son père en avait réellement caché un. Il ne lui répondait rien, lorsqu'elle l'accusait de les avoir abusées. Il la regardait, simplement, en souriant, les yeux pétillants de malice, plissés de chaque côté. Parfois, elle le menaçait de fuguer, elle pleurait, mais rien n'y faisait. Puis un jour, ils eurent une conversation "de grands" à ce sujet. Il lui avait dit : « *Si ni tes amies, ni toi n'avez trouvé ce trésor, c'est sans doute parce que vous ne le méritez pas ! Ce que j'ai mis dans la boîte, cette fois-ci, est quelque chose d'inestimable. Seules celles qui sont sages et posées sont en mesure de le découvrir. Peut-être que plus tard tu le trouveras ? Peut-être même lorsque je ne serai plus en vie, c'est-à-dire dans très longtemps !* »

Un frisson parcourut le dos de Julie. Elle crut entendre son père. À l'époque, elle n'avait pas compris le message "sage et posée" : posée sur quoi ? Son père avait ri.

Elle quitta ses pensées et revint à la réalité, car le chat qui était à ses pieds miaulait en la fixant. Elle se baissa pour le prendre dans ses bras, mais manifestement ce n'était pas son souhait à lui. Il s'échappa en se tortillant, courut dehors et s'étendit sur le perron. Le soleil irradiait le jardin. Julie sortit à son tour, exposa son visage aux rayons chauds en fermant les yeux. Elle se sentait si bien, si calme, en paix avec elle-même. Elle n'avait pas ressenti cette sensation de sérénité depuis fort longtemps. L'avait-elle déjà éprouvée d'ailleurs ? Elle s'installa près du chat, assise en tailleur, et le caressa. Il ronronnait de plaisir. Elle aurait voulu en faire autant. Elle regarda le jardin. Les rosiers étaient superbes. De petites étiquettes étaient accrochées au pied de chacun d'eux. Elle se releva, ce qui ne plut guère au chat, et s'approcha. Elle s'accroupit pour lire les noms. Elle découvrit ainsi le rosier "Super star", ce qui la fit sourire. Ces roses de couleur orangée étaient superbes. Les roses "Black Baccarat" attirèrent son attention. Elle eut envie de toucher le velours rouge foncé, presque noir, de leurs pétales. Un autre rosier aux fleurs étincelantes s'épanouissait. La caresse matinale du soleil accentuait leur éclat. Elle ne s'était jamais intéressée de près aux fleurs de son père. Il aurait été certainement heureux de partager sa passion avec sa fille. Le chat vint se frotter à ses pieds et par une roulade se retrouva sur le dos, au milieu des rosiers.

- Dis-moi, serais-tu envoyé par mon père par hasard ?

La question lui parut stupide, cependant elle ne pouvait s'empêcher de fixer l'animal, venu d'elle ne savait où, et qui se manifestait à des moments bien précis de ses pensées.

- Cette idée est farfelue ! Ça ne s'arrange pas, ma pauv'fille ! se lança-t-elle.

Elle reprit la visite du jardin, qui comportait une variété importante de roses. Elle découvrit ainsi que certaines d'entre elles portaient le nom de stars, comme "Lilli Marleen" ou "Catherine Deneuve". Julie était stupéfaite. Elle sentit, caressa, s'extasia à en raviver sa migraine pourtant dissipée. Puis elle se baissa pour lire l'étiquette du rosier près duquel le chat s'était couché : "Sherlock Holmes".

- Ce n'est pas vrai ! s'exclama-t-elle en riant de surprise.

De couleur abricot, dense en pétales, elle avait un parfum plus fort que ce qu'elle avait senti jusqu'à présent. Elle était grisée par tant d'effluves, même subtils. Elle dut se redresser et se diriger vers le banc sur lequel elle s'installa. Elle ressentit des vertiges, comme la veille au soir, après avoir vidé la bouteille. Le chat la rejoignit très vite. Elle le regarda et décida qu'il venait de choisir lui-même son nom. Désormais, elle l'appellerait "Sherlock".

Julie entendit le portail s'ouvrir et Rosette Magnani l'appeler.

- Je suis sur le banc, dans le jardin !

- Bonjour, ma Petite ! Je venais voir si tout allait bien. Comment est-ce que tu te sens ? demanda la voisine.

- Ça va, je vous remercie ! Je viens me ressourcer au milieu des roses ! Julie n'osait dire à Rosette qu'elle les découvrait.

- Elles sont belles, n'est-ce pas ? Ton père s'en occupait chaque jour. Il fallait voir comme il les chouchoutait !

La jeune femme lui sourit, en caressant le chat couché sur ses genoux.

- Tiens, ton père avait un chat ? interrogea la voisine. Je ne l'avais jamais vu auparavant !

- Il est arrivé il y a quelques jours. Je ne sais pas d'où il vient, mais je crois qu'il a choisi sa maison et sa maîtresse.

- Au fait, je t'apportais une part de la tarte aux pommes que j'ai confectionnée ce matin.

Julie la remercia et l'invita à s'asseoir près d'elle. Rosette Magnani en profita pour en savoir plus sur le jeune homme qu'elle avait vu en sa compagnie durant le week-end. La réponse ne la satisfit aucunement. Julie restait en effet très vague, révélant qu'il s'agissait d'un collègue qui était venu, dans le seul but de travailler avec elle sur un projet.

« *C'est cela, un collègue qui passe le week-end complet avec une femme pour travailler ! Ce n'est pas à un vieux singe comme moi que l'on apprend à faire des grimaces !* » pensa la dame, sans pour autant oser s'exprimer à ce sujet. Elle fit tout de même une mimique que Julie remarqua.

- Que savez-vous de l'amie de mon père, Thérèse ? demanda soudain la fille de Jean Bertin.

Surprise, Rosette balbutia :

- Oh, pas grand-chose. Je l'ai vue quelques fois. Une femme élégante, souriante et discrète. La dernière fois que je l'ai aperçue, c'était à l'église lors des obsèques.

- Elle était là ? s'exclama Julie, surprise au point de laisser tomber la boîte en plastique contenant la part de tarte. Elle la ramassa, s'excusa et poursuivit :

- C'est étrange, elle n'est pas venue me voir pour se présenter !

- Je t'ai dit : elle est très discrète. Elle n'a peut-être pas osé t'approcher. Je sais qu'ils se voyaient de temps en temps. Je ne sais rien de plus. Ton père n'était pas très loquace à ce sujet.

Julie lui demanda si elle connaissait le nom de famille ou l'adresse de cette femme, mais Rosette ne savait rien et n'avait même pas un numéro de téléphone. La jeune femme la remercia pour la tarte et ce petit moment de bavardage, puis elle se leva, ce qui obligea cette dernière à en faire autant. Elle la raccompagna jusqu'au portail, l'embrassa afin de clore ainsi la conversation.

Elle revint vers la maison et s'aperçut que le chat était à nouveau sous le rosier "Sherlock Holmes".

- Tu sembles l'aimer, celui-là !

S'accroupissant, Julie remarqua que derrière la plante, dans le fouillis de la végétation, il y avait un talus surmonté d'une pierre recouverte de terre et de mousse. Julie la balaya de la main afin de la nettoyer.

Elle fut atterrée de constater que d'autres cailloux l'entouraient, comme ceux que son père mettait en signe d'indices lors des jeux de piste. Elle courut chercher un outil dans la remise et trouva une petite pelle. Elle revint avec et se mit à creuser. Elle découvrit une boîte en métal rouillé et l'ouvrit. À l'intérieur, une pellicule de terre recouvrait des sucettes et des bonbons, qui avaient tellement fondu que leurs emballages étaient collés les uns aux autres. Des bracelets et des colliers s'entremêlaient à cet agrégat poisseux. Julie les prit du bout des doigts. Une grimace de dégoût lui tordit la bouche. Elle posa le tout à côté d'elle. Au fond de la boîte, elle vit une enveloppe souillée sur laquelle était inscrit "Julie". La jeune femme la prit religieusement, s'installa sur le banc et l'ouvrit. Une lettre manuscrite, sur laquelle elle reconnut l'écriture de son père, retenait un petit objet qui glissa le long de ses jambes et tomba au sol. Julie se baissa en cherchant du regard autour de ses pieds, puis sous le banc. Ses yeux s'arrêtèrent sur une clé. Elle la ramassa et commença à lire.

« Voilà, ma Fille ! Tes amies et toi avez trouvé le trésor. Enfin, je l'espère ! Partage avec elles les bonbons et les bijoux, par contre je te demande de garder cette clé. Elle est pour toi. Elle t'aidera plus tard dans ton cheminement. Elle te permettra de grandir, je te montrerai ce qu'elle ouvre. Papa. »

Julie était abasourdie par sa découverte. La boîte et ses secrets avaient passé tant d'années, enterrés, si près d'elle. Elle tremblait. Que pouvait donc ouvrir cette clé ? Julie repensait à tout ce que son père avait pu lui dire, concernant ce trésor qu'elle n'avait pas réussi à trouver à l'époque. Rien dans ses souvenirs ne pouvait l'éclairer. Une énigme de plus que ce petit objet qu'elle faisait rouler entre ses doigts, et le mot qu'elle joindrait aux autres missives.

Voyant la part de tarte de Rosette, Julie repensa à leur conversation concernant Thérèse. Elle décida de rechercher les coordonnées de cette dernière. Son père les gardait bien quelque part. En entrant dans la maison, elle chercha près du téléphone. Aucun calepin ne s'y trouvait. Seul l'annuaire de la Haute-Saône était rangé dans le tiroir du meuble, avec quelques feuilles et des stylos. Du regard, elle fit le tour de la pièce, puis se dirigea dans le bureau, alluma l'ordinateur, tout en cherchant dans les tiroirs de la table de travail. Aucun nom, aucun numéro de téléphone n'était inscrit. Elle examina une nouvelle fois les fichiers du portable, lança une recherche du mot "répertoire", mais rien ne pouvait l'éclairer. Son père avait une excellente mémoire, il avait sans doute retenu son numéro et le composait de tête. À moins que… Julie prit le téléphone du bureau et fit la manipulation qui lui permettait d'afficher les numéros mémorisés. La première touche correspondait à son numéro de portable à elle. Elle se sentit fière d'être la première sur la liste. En pressant sur la deuxième touche un numéro en 03 84 s'afficha. Elle reconnut celui de Rosette. Puis elle appuya sur la touche "3". Elle ne connaissait pas ce numéro. Elle le composa et attendit. Son cœur s'affolait. Qu'allait-elle dire ? À la quatrième sonnerie, une voix douce lui répondit. Julie ne trouva aucun mot.

- Allo ? demanda à nouveau la voix au bout de la ligne.

La jeune femme raccrocha aussitôt. Il lui était impossible d'émettre le moindre son. Elle s'enfonça dans le fauteuil du bureau. Sa gorge était sèche. Il lui semblait qu'une gêne entravait douloureusement son œsophage. Frissonnante, d'une main mal assurée, elle prit une nouvelle fois le combiné. Elle dut faire un effort surhumain pour recomposer le numéro. Elle se sentait honteuse d'avoir raccroché au nez de son interlocutrice. Très vite, la voix demanda qui était à l'appareil. Julie se lança timidement :

- Thérèse ? Vous êtes bien Thérèse ?

- Oui.

- Je suis… Julie… Julie Bertin… La fille de Jean.

Après un court silence, la voix reprit :

- Bonjour, Julie. Je suis heureuse que vous m'appeliez.

Julie se tut, gênée par la situation. Thérèse reprit :

- Je suis venue aux obsèques, mais je n'ai pas osé vous présenter mes condoléances. Je ne savais pas comment vous prendriez les choses.

- Je sais, dit Julie très émue, vous auriez pu. Mais ce n'est pas grave. J'aimerais beaucoup vous rencontrer… Enfin, si vous le désirez vous-même, je ne voudrais pas m'imposer.

- Mais non, pas de souci, vous ne vous imposez pas du tout. Cela me ferait réellement plaisir. Je crois que nous avons des tas de choses à nous raconter.

Julie sentit des larmes tièdes couler le long de ses joues. Prise de tremblements, elle éprouvait quelques difficultés à tenir le combiné. Les deux femmes décidèrent de se rencontrer le lendemain, dans un lieu neutre. Julie proposa un café du centre-ville. Thérèse accepta. Le rendez-vous fut fixé à quatorze heures.

17

La journée parut très longue à Julie. Elle avait hâte de rencontrer cette femme qui avait accompagné son père lors de ses derniers mois. Elle ne savait rien d'elle, ni à quoi elle pouvait ressembler. Elle n'avait aucune idée non plus de quand datait leur rencontre.

Pourtant, elle avait maintes fois fantasmé sur cette intrigante, la détestant, l'imaginant intéressée, vulgaire. Paradoxalement, elle se doutait que son père n'aurait pas fréquenté ce genre de femme. Elle se disait qu'il avait droit à une vie amoureuse, bien méritée. Elle ne souhaitait que son bonheur. Elle culpabilisait même d'avoir eu de telles pensées. Mais c'était plus fort qu'elle. Au plus profond de son âme, elle haïssait cette femme. Cependant, après avoir entendu sa voix, elle avait ressenti une douce chaleur l'envelopper. L'image qu'elle pouvait avoir de cette personne se transformait progressivement. Elle avait abandonné ses préjugés. Son esprit s'apaisait. Sa colère contre elle avait trouvé sa source dans la peur de se voir une nouvelle fois orpheline : que cette femme lui vole son père, comme la mort lui avait arraché sa mère. Sans l'avoir vue, au simple son de sa voix, Julie avait l'intuition qu'elle avait commis une grossière erreur.

Durant la nuit, ayant des difficultés à trouver le sommeil, la jeune femme n'avait eu de cesse de se retourner dans son lit. Elle s'était levée à plusieurs reprises, avait regardé maintes fois son réveil, s'était agacée que les heures ne passent pas plus vite. Sur le matin, elle avait fini par s'endormir, épuisée.

Excitée comme une enfant, elle s'était préparée, maquillée, parfumée pour se rendre au rendez-vous. Elle souhaitait faire bonne impression. Elle avait retrouvé dans la penderie de sa chambre le tailleur qu'elle avait porté lors de sa remise de diplôme. Elle dut rentrer un peu le ventre afin d'enfiler et agrafer la jupe. Elle se sentait mal à l'aise. Elle s'était fait un chignon. Se trouvant trop stricte, elle défit ses cheveux. Elle fit des grimaces au miroir dans l'espoir de se détendre. Des douleurs abdominales la firent se tordre. Ne sachant s'il s'agissait de l'angoisse ou de la jupe trop serrée, elle se changea. Après avoir essayé certaines robes qu'elle avait portées plus jeune et dans lesquelles elle se trouvait ridicule, elle décida de mettre son jeans et un tee-shirt. Sa tenue était plus confortable. Elle se dit que, si Thérèse était comme elle l'avait ressentie au téléphone, elle l'accepterait telle qu'elle était.

Elle fut surprise par sa pensée. Pourquoi Thérèse l'accepterait-elle ? Pourquoi voulait-elle plaire à cette femme qu'elle détestait encore quelques jours auparavant ? Elle s'inquiéta même de l'importance que prenait l'idée de cette rencontre à ses yeux. Depuis le décès de son père, tous ses sentiments se trouvaient exacerbés. Le moindre événement prenait une dimension démesurée.

Les douleurs de son ventre ne s'étaient pas apaisées. Elle ne tenait plus en place, en proie à la panique. Ne sachant que faire, elle mourait d'envie d'annuler le rendez-vous. Le chat l'observait. Le cylindre, posé sur l'étagère, semblait exulter. Elle devait y aller, pour son père, pour elle. Elle prit son sac, ses clefs de voiture et partit.

*

Julie éprouva quelques difficultés à faire son créneau, cala, redémarra, s'énerva contre le trottoir qu'elle venait de côtoyer et le pare-choc du véhicule qui se trouvait devant. Des passants s'étaient moqués en l'observant manœuvrer, puis s'étaient ravisés et avaient fini par s'éloigner en voyant le regard noir de la jeune femme. Elle tremblait, était au bord des larmes. Elle se trouvait stupide. Elle s'approcha du café dans lequel elle avait rendez-vous. Elle prit sur elle pour ouvrir la porte après deux profondes inspirations.

Elle découvrit quelques hommes accoudés au bar. Certains ne devaient pas en être à leur premier verre d'alcool. L'un d'eux s'était retourné à son entrée, le regard vicieux, faisant du coude à ses copains. Ils se mirent à rire bêtement. Assis à une table, un couple se tenait la main, par peur sans doute de se perdre. Deux vieilles dames discutaient devant une tasse de thé. L'une d'elle se plaignait de son arthrose, alors que l'autre ne cessait de lui dire « Oh, Germaine, vous ne pouvez pas savoir ce que c'est que de souffrir comme moi ! ». Des jeunes gens un peu bruyants jouaient au baby-foot.

Au fond de la salle, assise seule à une table, une femme d'une soixantaine d'années l'observait en souriant. Puis elle lui fit signe. Julie comprit qu'il s'agissait de Thérèse. Elle se dirigea vers elle. L'amie de son père dégageait une telle douceur qu'elle en fut émue. Ses yeux bleus légèrement maquillés se plissaient vers les tempes. Quelques rides aux coins de sa bouche et sur son front lui donnaient une expression de grande humanité. Ses cheveux châtains, coupés au carré, étaient impeccablement coiffés. Elle portait une robe d'un bleu qui mettait en valeur la profondeur de son doux regard. Comme hypnotisée par cette femme dont la présence atténuait celle des autres clients, Julie s'installa face à elle.

Elle ne pouvait défaire son regard de cette femme que son père avait aimée. Comme elle le comprenait à présent ! Thérèse semblait aussi gênée. Elle lui sourit après avoir essuyé discrètement quelques larmes. Ses yeux étaient humides et son maquillage avait maculé ses pommettes.

En proie à une vive émotion, Julie sentit un sanglot poindre et sa gorge se serrer. Elle tenta de refouler ses sentiments au plus profond d'elle-même, mais des larmes brouillèrent ses yeux. Elle ne devait pas pleurer, ne voulait pas se lâcher ainsi devant cette femme. Thérèse lui prit la main et lui dit doucement :

- Laissez-vous aller ! Autorisez-vous à pleurer si vous en ressentez le besoin. Il n'est pas bon de tout garder en soi... Puis avec un sourire navré : j'aurais tant voulu faire votre connaissance plus tôt et dans un autre contexte. Votre père me manque, vous savez !

Fidèle aux conseils qu'elle avait prodigués à la jeune femme, Thérèse éclata en sanglots. Emue, Julie eut envie de la prendre dans ses bras, mais se retint. Les jeunes qui jouaient au baby-foot les observèrent puis se remirent à leur jeu plus calmement. Les vieilles dames à la tasse de thé continuaient à parler *de leur rate qui se dilatait* et de leurs différents maux.

Elle entendit un raclement de gorge. Elle ne s'était pas aperçue que le barman se tenait près d'elles. Thérèse avait essuyé ses yeux puis, après avoir demandé à la jeune femme ce qu'elle prenait, commanda deux cafés serrés.

- Je suis désolée, déclara-t-elle à Julie.

- Ce n'est rien. Ça me fait plaisir ! Enfin... je veux dire, ça me fait plaisir de voir combien vous étiez attachée à mon père ! Ça me fait tout drôle, vous savez ? Depuis combien de temps le connaissiez-vous ?

- Nous nous connaissions depuis trois ans, mais... nous nous fréquentions depuis un peu moins d'un an. Nous faisions partie d'un club de randonnée. Nous nous voyions presque toutes les semaines. Nous échangions quelques idées, mais sans plus. Et puis le club avait organisé un repas dansant, l'an passé. Ce qui nous a permis de faire plus ample connaissance. Nous sommes devenus très amis, puis nous nous sommes de plus en plus rapprochés. Pour ma part, je suis veuve depuis cinq ans.

Le barman les interrompit en apportant la commande.

Julie reprit :

- Comment était mon père ces derniers temps ? Vous a-t-il paru fatigué ?

Thérèse répondit par la négative. Elle souligna même qu'il était plutôt dynamique et heureux que sa fille vienne passer quelques jours de vacances à Lure. Un frisson parcourut le corps de Julie. Mais après quelques minutes de silence, la dame se souvint que le jour du décès, elle l'avait eu au téléphone. Il s'était plaint d'une légère fatigue, qu'il avait qualifiée de passagère. Il lui avait fait promettre de ne pas s'inquiéter. Ils devaient se voir le samedi suivant. Puis elle avait lu l'avis de décès dans le journal. Tout s'était alors écroulé pour elle. Heureusement, ses enfants l'avaient beaucoup entourée. Ils avaient eu l'occasion de rencontrer Jean, deux ou trois fois. Ils l'avaient apprécié et étaient heureux pour leur mère. Jean Bertin était si tendre et de surcroit très cultivé, ce que confirma Julie. Elles étaient animées toutes les deux par un sentiment plus enjoué. Elles n'entendirent même pas les éclats de voix des types accoudés au bar, qui, bien imbibés d'alcool, commençaient à s'énerver. D'autres personnes avaient pris place près d'elles sans qu'elles s'en aperçoivent.

Parler de Jean leur apportait l'impression de lui redonner vie. Elles étaient heureuses, honteusement heureuses ! Il n'était plus là, mais au fond d'elles, elles avaient l'impression qu'il était assis à leur table, qu'il les écoutait, qu'il riait de ce qu'elles racontaient. Elles commandèrent un autre café. Lorsqu'elles réalisèrent qu'elles avaient passé l'après-midi entier à se souvenir, elles éclatèrent de rire. Les types du bar avaient laissé leur place à des hommes en costume cravate et chemise blanche, peut-être des représentants. Les jeunes du baby-foot étaient partis. Le couple et les deux vieilles avaient été remplacés par d'autres individus.

Les deux femmes décidèrent de quitter le bar. Sur le trottoir, Thérèse accompagna la fille de son ami jusqu'à son véhicule. Le sien était garé juste devant. Le pare-chocs était légèrement éraflé. Julie réalisa qu'elle était l'auteure de cette "œuvre d'art". Elle s'excusa et lui proposa un dédommagement. Mais la dame refusa, en riant. Elle lui suggéra plutôt de la revoir, lui avouant que la conversation qu'elles avaient eue lui avait fait un bien fou. Elles se prirent dans les bras pour se dire au revoir. Julie était heureuse.

Elle repartit, plus légère qu'à son arrivée. Elle avait apprécié cette femme et avait très envie de la revoir.

18

Enfournant avec indécence une bouchée de hamburger venant d'un fast-food de Lure, Julie repensait à la longue conversation qu'elle avait eue avec Thérèse. Elle lui avait parlé du jeu de piste et de la dispersion des cendres comme dernières volontés de son père. Cela n'avait pas surpris la dame. Elle lui avait d'une part confirmé que Jean était un amoureux de la nature, qu'il aimait la région des Mille Étangs et d'autre part, qu'il était resté un grand enfant. Il avait un jour fait allusion à une immense surprise à l'intention de sa fille, sans s'étendre davantage sur le sujet. Elle avait expliqué à la jeune femme son souhait de ne s'imposer nullement, lui précisant qu'elle serait là si elle en éprouvait le besoin ou l'envie. Julie avait été touchée.

Elle réalisa qu'elle n'avait pas consulté son portable depuis la veille. Une petite icône clignotait, lui signifiant qu'elle avait plusieurs messages. L'un d'eux était de son patron. Il voulait savoir si elle participerait à la réunion prévue deux jours plus tard, au centre de recherche. Cinq autres messages étaient de Christophe. Il s'inquiétait de ne pas avoir de nouvelles depuis son départ de Lure. Elle commença par appeler Robert Meyer et le rassura, lui confirmant son prochain retour. Puis elle composa le numéro de son collègue. Elle lui annonça qu'elle prendrait la route le lendemain pour Lyon. Au son de sa voix, elle comprit qu'il en était ravi.

Sherlock la regardait. Il semblait inquiet.

- Quoi ? Ne me regarde pas comme ça ! Je ne t'abandonne pas, je rentre juste deux ou trois jours à Lyon. J'ai des trucs à faire là-bas. Je demanderai à Rosette si elle peut venir te donner à manger.

Il miaula si fort qu'elle se sentit mal à l'aise. Elle n'avait pas plus envie que ça de quitter la maison. Plus que jamais, elle s'y sentait chez elle. De plus, elle n'avait guère avancé sur le projet de son père.

Elle décida de réunir toutes les pièces du jeu de piste dans une boîte. Elle trouva son bonheur dans un placard. Son père y rangeait des boîtes de toutes tailles annotées au feutre. Certaines contenaient des photos, d'autres des prospectus, de vieilles revues, des souvenirs divers. Des cartons contenaient des boîtes vides. Cela l'amusa. Elle reconnaissait bien là son père, maniaque du rangement. Puis elle découvrit un carton avec sur l'étiquette la mention "Décorations de Noël". Elle grimpa sur un tabouret pour avoir accès à ce qui, autrefois pour elle, était un véritable trésor. Elle l'ouvrit. Une vive émotion l'assaillit en voyant les guirlandes et boules étincelantes aux multiples couleurs. Tout était démodé, mais les souvenirs de son père et d'elle faisant le sapin, l'excitation de ces délicieux moments, la remuèrent. Tout son corps tremblait. Son père ne décorait plus depuis quelques années. Mais lors de sa venue pour le précédent Noël, il lui avait fait la surprise. Il était allé chercher un sapin tellement grand, qu'il avait dû couper la pointe pour le faire entrer dans la maison. Il ne savait pas alors qu'il s'agissait de son dernier Noël. Frissonnante, elle remit le carton à sa place et trouva une boîte vide dont les dimensions convenaient au rangement des indices. Elle en profita pour chercher si quelque chose pouvait s'ouvrir avec une clé dans tout ce que contenait le placard. Elle ne trouva rien qui aurait pu la mettre sur la voie.

Elle rechercha dans la chambre de son père, dans la commode, dans l'armoire, sous le lit, sous le matelas. Puis dans le bureau, elle ouvrit tous les tiroirs, inspecta toutes les étagères. Elle fouilla le salon, la salle à manger, la cuisine. Elle ne savait toujours pas ce que pouvait ouvrir cette fichue clé. Elle était découragée et doutait même de la décision qu'elle avait prise.

Christophe avait sans doute raison. C'était une idée complètement folle, surréaliste. Son travail, son équipe, son patron, son télescope l'attendaient. Sa place était là-bas. Sa vie se trouvait dans son appartement du centre-ville de Lyon. Elle s'y sentait vivante, alors que dans cette maison, elle résidait avec le fantôme de son père. Hantée par des souvenirs à dépoussiérer, elle était la proie du spectre d'une histoire dont elle avait très peu d'éléments, mais dont elle percevait les relents rances du passé. Un brouillard envahissait ses pensées. Depuis son arrivée ici, elle déraillait : elle parlait à un chat qu'elle ne connaissait pas la semaine précédente, elle s'adressait à une urne en forme de cylindre, elle avait fait la connaissance de Thérèse, une femme qu'elle rejetait la veille et qu'elle idéalisait peut-être un peu trop maintenant. N'y voyait-elle pas le visage d'une mère trop tôt disparue ? Ou peut-être était-ce le seul lien vivant qui la reliait à Jean Bertin ? À cet instant, elle se sentait seule. Il y avait trop de questions en suspens. Elle avait besoin de se sentir protégée.

Elle prépara ses affaires, appela Rosette pour lui confier le chat et décida de prendre la route le soir même.

19

Julie se réveilla tranquillement et sentit quelques rayons du soleil tiédir son bras. Sa fenêtre était ouverte. Elle s'étira dans son lit. Elle était heureuse de se retrouver chez elle, au milieu de ses affaires, dans son désordre. L'après-midi, elle décida de se promener dans sa ville, grouillante de vie. Elle erra dans le vieux Lyon, son quartier préféré. Elle respirait les odeurs, elle écoutait tous les bruits de la ville. Elle se perdit dans des ruelles, se retrouva dans des cours intérieures, admira les couleurs des façades des maisons, découvrit des endroits qu'elle n'avait jamais remarqués auparavant. Elle réalisait que quelque chose avait changé en elle. Elle vivait et redécouvrait le monde qui l'entourait. Finalement, son petit séjour à Lure lui avait été bénéfique. De retour chez elle, elle alluma son ordinateur pour consulter sa messagerie : une soixantaine de messages, dont la plupart étaient professionnels. Elle se replongea ainsi dans cette réalité qui était la sienne, avant le décès de son père. Elle passa quelques coups de fil à ses homologues, appela Christophe et Robert Meyer pour leur dire qu'elle était rentrée et qu'elle serait fidèle à son poste dès le lendemain. Elle se sentait soulagée, mais pas pleinement sereine. Un sentiment indéfinissable la submergeait. Elle repensait à tout ce qu'elle avait vécu ces derniers jours, en particulier l'image de Thérèse dont elle ne pouvait se défaire. Puis elle réalisa que les deux nuits précédentes elle n'avait fait aucun rêve lié à sa mère. Elle décida de téléphoner à la compagne de son père afin de lui annoncer qu'elle était repartie à Lyon. Sa décision était prise. Lors de son trajet en voiture, elle avait eu le temps de repenser à tout cela. Il était déraisonnable de se jeter corps et âme dans les délires de son père. De plus, elle percevait qu'elle n'aurait pas le courage de s'investir en parallèle dans ses projets professionnels. Elle pensait ainsi lâcher ce jeu de piste, demander l'aide de Thérèse pour la dispersion des cendres et vendre la maison. Son père ne lui en aurait pas voulu, il l'avait dit dans l'une de ses lettres. Elle pouvait interrompre à tout moment.

Elle composa le numéro, attendit plusieurs sonneries et, alors qu'elle s'apprêtait à raccrocher, elle entendit la voix de Thérèse. Julie lui annonça qu'elle se trouvait à Lyon, mais était dans l'incapacité physique et mentale de l'informer de l'intégralité de sa décision. Elle parlait, sans s'en rendre compte. Ce ne fut qu'après avoir reposé son portable qu'elle réalisa qu'elle lui avait déclaré être de retour à Lure quelques jours plus tard. Elle marchait dans son appartement, ne tenant pas en place. Elle frissonnait. Elle était indécise et ne le supportait pas. Qu'était devenue "Julie-la-

Conquérante" ? Afin de se calmer, elle prit la revue scientifique qui traînait sur sa table de nuit. Elle lut une page, mais fut incapable de savoir ce qu'elle contenait. Ses préoccupations étaient ailleurs. Elle reprit son portable et appela Rosette afin de prendre des nouvelles du chat. Il n'avait pas touché à sa gamelle, il ne voulait rien avaler. Julie était contrariée.

*

Après trois jours au sein de son équipe de recherche, Julie avait réussi à mettre en place un programme de travail et un échéancier. La réunion avec Robert Meyer avait permis à tous les chercheurs de se positionner sur les différents plans d'action. Christophe se montrait toujours aussi attentionné à son égard. Mais son comportement ne faisait qu'éloigner la jeune femme. Leur relation avait changé. Elle essayait toutefois de s'intéresser à ce qu'il ressentait par rapport à son divorce et lui demandait des nouvelles de ses filles.

Elle était lasse, sa concentration n'était plus la même. Elle n'avait plus le même entrain. Sa relation avec son collègue, ainsi qu'avec les autres membres de l'équipe, son travail : rien n'avait plus la même saveur. Elle ne retrouvait plus l'excitation qu'elle ressentait lorsqu'elle parlait d'un projet sur lequel elle travaillait. Le doute s'était installé. Une partie d'elle était restée à Lure. Elle se perdait dans les abysses d'un océan inconnu. Un monde dont elle n'avait jamais entendu parler, plus mystérieux que l'Atlantide. Rien, ni personne, ne pouvait l'aider à remonter. Son père souhaitait, certainement avec bienveillance, l'amener sur le chemin de son histoire familiale : c'est ainsi qu'elle entendait le jeu de piste, mais elle avait le sentiment qu'elle glissait lentement vers la déprime. Elle n'était plus en phase avec elle-même. Elle était perdue, disloquée, éparpillée, désagrégée. Elle se consumait à petit feu et risquait de bientôt rejoindre les cendres de son père. Elle avait envie de pleurer. Cependant aucune larme ne coulait. Elle se sentait complètement apathique. Mise à part une boule au fond de sa gorge, elle ne ressentait plus son corps. Avait-elle encore un corps ? Elle ouvrit son logiciel de traitement de texte, comme poussée par une force extérieure ou peut-être intérieure, telle une pulsion de vie. Elle regarda l'écran, caressa le clavier du bout des doigts, puis commença une lettre destinée à son patron, une lettre de démission. Les mots lui vinrent avec aisance. À chaque ligne, elle se sentait un peu plus libérée. Arrivée à la formule de politesse, elle sentit son visage se détendre, les coins de sa bouche se relever : elle souriait. Elle n'avait plus froid. Elle imprima sa lettre sans la relire, puis apposa sa signature, en s'appliquant. Avec fierté, elle contempla le résultat. Il s'agissait d'une signature d'aisance, de volonté, d'avenir. C'est sans doute ce qu'un graphologue aurait analysé. Puis elle appela Robert Meyer. Elle souhaitait le rencontrer.

20

La vie est étrange ! Ou plutôt, c'est ce qu'on décide d'en faire qui peut être surprenant. Julie se vouait à une brillante carrière d'astronome-chercheuse. Elle avait fait de longues et coûteuses études. Elle avait montré de quoi elle était capable. De plus, de fabuleux projets se profilaient à l'horizon pour elle et c'est le moment qu'elle avait choisi pour démissionner, stoppant ainsi le cours de cette partie de sa vie. Elle arrivait à un carrefour et avait choisi de prendre une direction qui n'était pas inscrite au départ. Mais pouvait-on être certain de suivre toujours le même chemin ? N'était-ce pas frustrant ou enfermant, peut-être les deux à la fois, de décider très jeune de ce que l'on serait ou ferait plus tard ? Nous bougeons, nous évoluons parce que nous sommes en vie. Les limites que nous nous fixons se modifient dans un même mouvement. Parfois, casser certaines d'entre elles peut permettre d'ouvrir les yeux, de se réveiller, de se dire que nous sommes heureux d'avoir fait ce trajet, mais que désormais, il est peut-être temps de voir autre chose, d'être quelqu'un d'autre.

Lorsque Julie annonça à son patron de labo sa volonté de quitter son poste, il prit cela pour une plaisanterie, puis une lubie. Julie lui présenta sa lettre, qu'il lut plusieurs fois. Il tomba sur son fauteuil de bureau, pâlit, se fâcha afin de ramener la jeune femme à la raison. Il tenta de la culpabiliser. Il avait tant misé sur elle pour le projet Spectro-Gal. Il essaya de lui faire prendre conscience des risques énormes qu'elle prenait en démissionnant, sans avoir d'autres projets professionnels en vue. Mais rien n'y fit. Julie garda le sourire. Elle se sentait légère et déjà… ailleurs, sans réellement savoir où. Elle lui expliqua alors que les risques permettaient également de prendre conscience que l'on était en vie. Que c'était justement ce qui lui manquait, la Vie avec un grand, un immense, un gigantesque "V". Elle avait consacré son existence à son travail, s'était réfugiée dans les études comme une malade, sans doute pour échapper à une réalité qui lui faisait peur, le vide. Le décès de son père lui avait balancé en pleine figure que la vie n'était pas dans les poussières d'étoiles, la galaxie, les chiffres, les calculs, mais bien en soi, au plus profond. Elle avait pris conscience que jusqu'alors, elle n'avait existé qu'au travers de sa lunette astronomique.

Robert Meyer l'écouta. Bien que déçu, il la comprenait. Ces remises en question, il les avait eues. Il était marié à Solvig, une femme très belle, mais excessivement froide et distante. Elle était suédoise. Ils s'étaient rencontrés lors d'un congrès scientifique à Stockholm dans les années soixante. Ils n'avaient pas eu d'enfant. Robert n'avait jamais été réellement heureux avec elle. Comme Julie, il s'était réfugié dans le travail. Le centre de recherche était sa vie. Plus que n'importe qui, il était en mesure d'entendre ce qu'elle pouvait ressentir. Il n'avait d'autre choix que d'accepter la démission de la jeune femme, non sans une grande tristesse. Mais il savait au fond de lui que de belles choses attendaient Julie sur le parcours qu'elle allait entreprendre. Il l'enviait presque.

21

Quelques semaines s'étaient écoulées. Julie, après avoir donné sa démission, devait assurer la transmission de ses tâches et de ses responsabilités à ses collègues, ébahis, puis abattus par sa soudaine décision. Elle avait un mois de préavis et essayait de faire tout ce qu'elle pouvait, afin que la transition s'effectue en douceur. Christophe reprenait le flambeau et allait diriger l'équipe. Une scène violente avait éclaté entre eux, lorsque la jeune femme, après l'avoir pris à part, lui avait annoncé son départ du centre de recherche. Il ne comprenait plus son amie. Il en voulait à son défunt père, qu'il persistait à traiter de fou, le rendant ainsi responsable de la réaction de Julie. Elle perdait la tête ! Cette situation ne faisait pas partie de ses projets. Sa vie, il la voyait avec Julie à ses côtés, professionnellement et affectivement. Il se projetait avec elle. Ça ne pouvait être autrement. La violence de sa réaction inquiétait sa collègue. Elle se doutait qu'il accepterait difficilement, mais de là à ce qu'il explose : elle ne lui connaissait pas cette facette. Afin de le calmer, elle lui avait proposé d'en parler plus sereinement chez elle, devant un bon repas.

Il était arrivé avec un bouquet pour faire pardonner sa vive réaction. Elle avait accepté ses excuses. Le dîner s'était déroulé plus calmement. Ils avaient beaucoup parlé. Ils avaient un peu trop bu. Christophe, conscient qu'il devait jouer sa dernière carte s'il ne voulait pas la perdre, s'était lancé, après avoir savouré un tiramisu fait maison. Il lui avait avoué qu'il était amoureux d'elle, depuis quelques années, il ne pensait qu'à elle. Il ne rêvait que d'elle. Il ne voulait pas qu'elle parte. Il pleurait. Julie était émue, attendrie par les larmes de son ami. Elle ne savait plus ce qu'elle ressentait. Ce n'était pas de l'amour, ce n'était pas physique non plus. Il lui faisait de la peine. Elle l'avait pris dans ses bras pour le consoler, ne sachant que dire. Il s'était redressé et l'avait embrassée. Julie avait essayé de résister, puis s'était laissé faire. Peut-être qu'après tout, un soupçon de sentiment allait s'éveiller. Mais non, elle ne pouvait pas. Elle l'avait repoussé violemment. Surpris, rouge de gêne ou de colère, il s'était excusé sans lever les yeux sur elle, puis était parti. Ils n'en avaient pas reparlé. Les jours suivants, leur relation s'était dégradée. Christophe devenait distant. Il écoutait ses conseils professionnels, fuyait tout regard et partait, en lui souhaitant bonne soirée du bout des lèvres. La jeune femme était désolée que cette relation se termine ainsi. Elle ne souhaitait pas se fâcher avec lui. Elle ne voulait pas garder un souvenir négatif de cet homme qui avait été son confrère, son ami, son confident. Elle n'avait pas été surprise lorsqu'il lui avait annoncé à l'issue de leur dîner qu'il était épris d'elle. Mais pour s'aimer, il faut être deux. Elle ne pouvait pas lui mentir, faire semblant, uniquement par pitié. Elle avait agi avec loyauté. Puis elle avait chassé toute culpabilité en gardant seulement de la compassion pour lui.

Durant ces quelques semaines, elle avait appelé à plusieurs reprises Rosette afin de prendre des nouvelles de Sherlock. Elle lui avait annoncé qu'elle allait très bientôt être de retour à Lure, sans plus de détails. Elle avait également eu Thérèse au téléphone et lui avait proposé un petit repas dès son retour prochain en Haute Saône. Elle s'était occupée de contacter une agence immobilière afin de mettre en vente son appartement. C'était dans la logique des choses. Elle n'avait aucun regret. Elle devait tourner la page complète de sa vie lyonnaise.

22

Les retrouvailles entre Julie et Sherlock furent intenses. Le chat miaula, cria, se frotta, s'agrippa à elle. La jeune femme le prit dans ses bras, le caressa, l'embrassa. Elle fut émue de tant d'affection de la part d'un animal. Autrefois, elle pensait que les chats étaient manipulateurs avec leur maître, troquant de l'affection contre un peu de nourriture. Cependant, il la fixait, indifférent à sa gamelle qui d'ailleurs avait été remplie quotidiennement par la voisine. Julie en était presque gênée. Des frissons lui parcoururent le corps.

Que se passait-il dans cette petite tête ? Un chat ne pouvait avoir l'intelligence d'un être humain. C'était impossible et pourtant, dans ce profond regard, la jeune femme lut un soupçon de conscience.

Heureuse de se retrouver dans la maison de son père… dans sa maison, Julie s'approcha du cylindre, posé sur l'étagère du salon.

- Bonjour, Papa ! Tu ne devineras jamais ce que j'ai fait… J'ai démissionné ! J'ai décidé de mener à bien la mission que tu me proposes d'accomplir. Puis je vais enfin m'occuper de moi !

La jeune femme fut stupéfaite par ses propres paroles qui revinrent à ses oreilles, tel un boomerang. Était-ce elle qui parlait ? Elle n'en était pas certaine. Ce qu'elle percevait à cet instant même était de la légèreté, sensation qu'elle n'avait pas ressentie depuis longtemps.

Le lendemain, elle décida d'entreprendre du rangement. Elle ouvrit toutes les fenêtres afin de chasser l'air vicié et une persistante odeur d'éther. Le renouvellement d'oxygène la redynamisa. Une énergie fabuleuse la poussait à agir. Elle souhaitait donner les vêtements de son père aux Emmaüs. Religieusement et non sans un pincement au cœur, elle déposa les pantalons, les vestes, les chemises, tee-shirts et pulls dans différents cartons posés sur le lit. L'armoire se vidait. Une sensation étrange l'étreignit. Cette décision et la vue de la penderie vide renforçaient l'idée qu'une page se tournait. Plus rien ne serait comme avant. Elle grimpa sur une chaise, afin d'atteindre les étagères supérieures de l'armoire *Louis Philippe* que son père avait façonnée dans du noyer. La forte odeur que dégageait le bois lui provoqua quelques vertiges. Elle se retint à la porte du meuble quelques instants. Son malaise s'estompa. Elle découvrit avec stupéfaction les dessins qu'elle avait réalisés lorsqu'elle était enfant, des cartes qu'elle avait écrites pour la fête des pères. Elle souriait, se remémorant certaines anecdotes de ces joyeuses périodes. Elle descendit afin de mieux examiner ses trouvailles.

Sherlock vint se frotter à ses pieds en ronronnant. Elle le prit dans ses bras, l'embrassa et le posa sur le sol avant de remonter sur sa chaise. Sur la dernière étagère, il restait une boîte métallique. Elle la saisit, puis descendit de la chaise. La boîte était fermée, mais Julie découvrit une serrure. Certaine de son fait, elle courut chercher la clé qu'elle avait trouvée dans l'enveloppe de son père. À plusieurs reprises, submergée par l'émotion, elle la laissa échapper et dut la ramasser sur la descente de lit. Elle ne pouvait retenir les tremblements de ses mains. Après plusieurs tentatives, elle réussit enfin à tourner la clé dans la serrure et à soulever le couvercle. Elle éprouvait des difficultés à retrouver une respiration régulière, tant elle était émue. Des lettres y étaient entassées, puis une croix. Surprise, elle la prit entre ses doigts. Elle était très simple, argentée, terne et comportait une autre croix gravée en son centre ainsi que des initiales "MR". Elle se balançait au bout d'une chaîne, il s'agissait d'un pendentif.

En la faisant osciller tel un pendule, elle s'exclama :

- Qu'est-ce que c'est que ça ?

Puis elle prit le paquet de lettres, les déplia.

La correspondance datait de 1972, deux ans avant sa naissance. Elle s'assit sur le lit en comprenant, à la signature, qu'il s'agissait de lettres de sa mère.

23

Julie était déconcertée. Elle n'avait pas pu terminer le rangement qu'elle avait entrepris le matin même, tant elle était sous le choc. La découverte des lettres de sa mère, qu'elle avait pris le temps de lire une par une, lui fit l'effet d'une bombe. Anna, avait été religieuse et avait quitté Jésus pour Jean Bertin, dont elle était tombée follement amoureuse. Les lettres ne laissaient aucun doute à ce sujet. Sa mère était religieuse ! Sœur Anna ! Et cette croix que Julie ne lâchait plus était la sienne. Voici donc ce que son père souhaitait lui faire découvrir, par l'intermédiaire d'un jeu de piste, lorsqu'elle était enfant. Pourquoi ne lui en avait-il pas parlé par la suite ? Elle repensa au message de son père au sujet de la clé et de ce qu'elle ouvrait : « *Elle t'aidera dans ton cheminement pour plus tard, elle te permettra de grandir...* » Elle devait digérer et intégrer l'idée que sa mère avait été une religieuse !

Dans l'une de ses lettres, Anna parlait à Jean de ses parents, lui révélant qu'ils se refusaient à l'idée qu'elle puisse renoncer à ses vœux de chasteté d'une part et d'autre part quitter la Congrégation de Marie Réparatrice qui devait être toute sa vie.

« *Rien n'est figé !* » pensa-t-elle.

Comme elle, sa mère avait changé de voie. Elle trouva ce rapprochement extraordinaire. Sans le savoir, elle avait agi comme Anna. Elle avait pris la décision de changer de vie. Ce qui interpella Julie était que sa mère s'était dans un premier temps tournée vers Dieu, vers les Cieux, alors qu'elle-même s'était tournée vers le ciel, les étoiles. L'une et l'autre avaient eu une première passion pour l'éternel et l'infini, mais sa mère avait rencontré sur son chemin l'amour d'un homme. Sa fille, quant à elle, risquait fort de rester célibataire pour le restant de sa vie.

Julie avait tant serré la croix dans le creux de sa main qu'elle en avait gravé l'empreinte. Sur certaines lettres, il y avait une adresse à Strasbourg. La jeune femme rechercha sur Internet. Il s'agissait bien de la Congrégation dont parlait Anna. Il y avait un numéro de téléphone. Elle le composa et attendit quelques minutes avant d'entendre la voix d'une femme qui se présenta comme étant Sœur Catherine. Julie eut quelques difficultés à trouver ses mots, elle se racla la gorge plusieurs fois avant de demander :

- Bonjour, Madame… Euh, ma Sœur ! Pardonnez-moi, je… je voulais savoir si vous connaissiez… enfin, si vous aviez connu Sœur Anna dans les années soixante-dix ?

Au bout du fil, Sœur Catherine, eut un moment d'hésitation avant de demander qui était à l'appareil.

- Julie Bertin ! Je viens de trouver des documents et une croix qui aurait appartenu à cette dame, enfin, j'ai cru comprendre qu'elle avait été religieuse chez vous…

- Je ne l'ai pas connue, mais j'en ai entendu parler. Puis-je vous demander un numéro de téléphone où nous pourrions vous rappeler ? lui demanda la religieuse.

Julie la renseigna, lui précisant :

- Cette information est importante pour moi.

Elle toussa pour s'éclaircir la voix afin de terminer sa phrase car une vive émotion lui avait resserré la gorge. Sœur Catherine lui promit de faire tout son possible.

Julie patienta quelques heures près du téléphone avant qu'il ne se mette à sonner. Elle se précipita sur le combiné.

- Julie Bertin ? lui demanda la voix douce d'une femme.

- Oui ! répondit-elle timidement.

- Bonjour, mon Enfant ! Je suis Sœur Marie-Françoise. J'attendais votre appel, mais pas si tôt, je vous l'avoue. Je vous présente mes sincères condoléances pour votre père.

Julie s'étrangla en la remerciant. Comment cette religieuse pouvait-elle savoir que son père était décédé ? Le connaissait-elle ? Elle lui posa la question.

- Il avait souhaité me rencontrer, il y a plusieurs mois, peut-être une année, je ne sais plus.

Puis après une pause, la religieuse reprit :

- J'ai quelque chose à vous remettre de sa part. Il serait fort intéressant et agréable que nous puissions faire connaissance. Si vous êtes disponible, vous pourriez venir, ici, à la Congrégation. Cela me ferait réellement plaisir. Et je vous remettrai son enveloppe.

Julie n'était pas au bout de ses surprises. Quand son père lui parlait d'un grand jeu de piste, il était sincère. Elle allait devoir partir à Strasbourg, afin de récupérer l'un des indices. C'était un rallye qu'il lui proposait. Elle l'imaginait, là-haut, riant aux larmes devant la tête d'ahurie de sa fille. Elle avait rendez-vous quelques jours plus tard avec Sœur Marie-Françoise.

- J'hallucine ! s'exclama-t-elle.

Mais avant cela, elle devait s'activer car elle avait une invitée le soir même. Elle avait proposé à Thérèse de venir dîner avec elle.

24

Heureuse de recevoir Thérèse, Julie était cependant préoccupée par ce qu'elle venait de découvrir. Elle eut quelques difficultés à préparer son repas. Lorsque son invitée sonna, la jeune femme revint à la réalité. Elle courut ouvrir. Thérèse lui sourit, puis lui offrit un bouquet de fleurs. Julie était très émue. Elle la fit entrer. La compagne de son père connaissait les lieux. Elle se tourna vers la jeune femme, les yeux embués de larmes.

- Désolée Julie, je pensais pouvoir être forte, mais c'est difficile pour moi de revenir en ce lieu. La dernière fois que je suis venue, il était là.

Thérèse regardait tout autour d'elle avec nostalgie, avant de rajouter, une vive émotion dans la voix :

- Il me manque tant !

Se ressaisissant, elle prit les deux mains de Julie dans les siennes et lui demanda :

- Pouvons-nous nous tutoyer ?

- Évidemment ! s'empressa de lui répondre Julie, avant de poursuivre. J'ai des tas de choses à vous... à te raconter !

Elles s'installèrent au salon. Julie commença par lui commenter ses dernières semaines à Lyon, sa démission. Elle lui parla de Christophe, puis de sa découverte dans l'armoire de son père, des lettres, de la croix, de l'entretien avec Sœur Marie-Françoise. Thérèse était atterrée.

Julie réalisa qu'elle parlait à Thérèse comme par besoin. Elle déversait sa verve sur cette femme qui l'écoutait patiemment. Elle était plutôt discrète sur sa vie. Ses seules relations depuis quelques années étaient professionnelles. Certes, elle s'était confiée à son collègue, mais le rapport n'était pas le même. Quant à son amie Marie, avec qui dans le passé elle partageait les peines de cœur, Julie constatait que leurs quelques conversations téléphoniques tournaient surtout autour de la jeune mariée et future maman. Désormais, elle était orpheline, elle ne pouvait plus se livrer à son père. Elle sentit un trop-plein en elle. Ce trop-plein devait être libéré. Elle avait besoin d'ouvrir les vannes, d'évacuer ce flot de sentiments, d'exprimer tout ce qu'elle ressentait, tout ce qu'elle vivait. Elle avait besoin d'une confidente. Plus que jamais, elle ressentit la nécessité d'avoir une mère, même à trente-cinq ans ! Julie éclata en sanglots. Dépitée, Thérèse ne savait que faire. Instinctivement elle prit la jeune femme dans ses bras.

- Je ne sais plus où j'en suis ! finit-elle par s'exclamer, hoquetant au milieu de ses larmes.

Thérèse lui caressait les cheveux. Julie pleura davantage. Elle pleurait son existence, elle pleurait son père, sa mère, elle pleurait son travail, elle pleurait sa vie sentimentale, elle pleurait les enfants qu'elle n'avait pas eus. Elle se laissa aller dans les bras de l'amie de son père, telle une poupée de chiffon, sans force, sans résistance. Thérèse lui avait présenté une boîte de mouchoirs en papier. La jeune femme se mouchait et les lâchait au sol, les uns après les autres. Elle laissa monter les dernières larmes, hoqueta, puis fut secouée de soubresauts. Sa nouvelle amie pensait qu'un autre sanglot pointait. Elle se pencha et s'aperçut que Julie riait. Devant son incompréhension, Julie lui déclara :

- Ma mère était religieuse, mon amie d'enfance s'appelle Marie et mon ex-collègue et ami s'appelle Christ…ophe ! Je crois que cela me poursuit !

Thérèse éclata de rire. Était-ce la nervosité, la peine, la situation plutôt cocasse ou tout cela mêlé, les deux femmes ne purent cesser de s'esclaffer. Elles se tordaient, soutenant leurs côtes de leurs mains, comme si elles risquaient d'éclater.

- Le pire, c'est que je ne suis même pas baptisée !

Julie éprouvait des difficultés à retrouver sa respiration. Elle poussait des gémissements, ce qui la fit repartir de plus belle. Elle pleurait dans ce fou rire incontrôlé, accompagnée de Thérèse. Lorsque petit à petit elles réussirent à se calmer, elles sentirent une odeur de brûlé, provenant de la cuisine. Elles s'y précipitèrent. De la fumée sortait de la cuisinière. Julie ouvrit la fenêtre, pendant que Thérèse sortait du four un plat contenant un bout de charbon qui à l'origine devait être un rôti. Elles se regardèrent, éclatèrent à nouveau de rire. Elles étaient si bien ! Elles étaient tellement complices. Julie pensa alors que son père, au-delà du jeu de piste, lui avait fait un superbe cadeau. Certes Thérèse ne remplacerait jamais sa mère biologique, mais en quelque sorte, elle venait de trouver en cette femme la mère dont elle avait toujours rêvé.

Elles décidèrent que de toute façon elles n'avaient plus faim. Sherlock vint se frotter à leurs jambes, ronronnant, comme satisfait de la complicité qui se tissait entre elles.

25

Julie se rendit comme prévu en Alsace à la congrégation des Sœurs Marie Réparatrice. Elle y fut accueillie chaleureusement par différentes religieuses, puis par Sœur Marie-Françoise qui la fit entrer dans un petit bureau très sobre. Ce qui l'avait surprise dès son arrivée était la tenue vestimentaire de ces sœurs. Elle s'attendait à les voir dans des tenues bleues et blanches, coiffées d'un voile. Or, les religieuses qu'elle avait croisées étaient difficiles à distinguer de n'importe quelle autre femme. Mais très vite, elle avait réalisé que son impression première était inexacte. En fait, ces femmes étaient différentes par ce qu'elles dégageaient. Elles avaient toutes un charisme impressionnant, surtout Sœur Marie-Françoise. Son visage était lumineux. Une tendresse émanait de son sourire, Julie en avait frissonné. Elle en était même émue. La jeune femme ne pouvait détacher son regard de ce doux visage. La religieuse lui exprima sa joie de faire enfin sa connaissance et lui renouvela ses condoléances. Julie lui fit part de son étonnement, lorsqu'au téléphone elle lui avait annoncé avoir reçu Jean et dit que celui-ci lui avait remis une lettre à son intention. La religieuse ouvrit un tiroir de son bureau et en sortit une enveloppe.

- Tenez. Votre père m'a expliqué qu'il organisait une sorte de… jeu de piste, afin que vous puissiez, dès son décès, cheminer vers vos origines. Il m'avait priée de vous remettre ce pli, dès lors que vous prendriez contact avec moi. Je n'en sais pas plus. Il m'a montré des photos de vous. Je me souviens avoir été sidérée par la ressemblance avec votre mère, mise à part la couleur des cheveux.

- Vous a-t-il dit autre chose ?

- Il m'a dit que vous étiez scientifique. Je me souviens avoir perçu une intense émotion dans son regard et sur ses lèvres. Cela m'avait marquée. Il parlait avec fierté de vous.

Julie tenait toujours l'enveloppe dans ses mains. En tremblant, elle la glissa dans son sac. Elle éprouvait des difficultés à déglutir tant sa gorge était nouée. Elle fit un effort pour éclaircir sa voix. Puis elle questionna la religieuse sur sa mère. Sœur Marie-Françoise lui apprit alors qu'elle avait bien connu Anna et qu'elles étaient amies.

La jeune femme sentit des larmes perler le long de ses joues. Elle avait froid, alors que la température ambiante était plutôt clémente. La religieuse lui expliqua qu'Anna était entrée à la congrégation par passion, avant de compléter :

- Mais un jour, un homme en quête d'informations familiales était venu à la congrégation chercher des renseignements sur son père. Il avait croisé Anna et celle-ci avait été troublée. La jeune religieuse avait alors pensé que cette réaction était due à la nouveauté de cette rencontre. Mis à part son propre père, elle avait peu côtoyé de personnes de sexe masculin. Anna n'avait cessé alors de prier. Du matin au soir, elle priait, comme pour se purifier de l'attirance qu'elle avait eue pour cet inconnu, uniquement dans un regard. Quelques jours après, en sortant de la congrégation, elle l'avait revu.

Julie n'osait pas interrompre le récit. Elle était immobile, le regard fixé sur la bouche de la religieuse. Elle ne voulait pas perdre un seul mot de ce qu'elle avait à lui dire. Les seuls mouvements qu'elle ressentait étaient ceux de sa poitrine, au rythme de sa respiration.

En face d'elle, la bouche poursuivait :

- Je n'ai jamais su ce qu'ils avaient pu se dire. Toujours est-il qu'Anna correspondait, en cachette, avec cet homme. Mais elle continuait à prier. Elle m'avait dit qu'elle se sentait déraper. Que le démon l'appelait à s'extraire de son amour pour Dieu pour l'inciter à fauter. En priant, elle espérait ainsi résister à la tentation. Elle poursuivait cependant sa correspondance. Je lui avais conseillé d'en parler avec notre Mère Supérieure Générale, mais Anna n'osait pas. Il faut dire que la congrégation connaissait des dissensions à l'époque, c'était le début des années 1970. Finalement, au fil de la correspondance, l'amour avait grandi entre les deux jeunes gens. Puis le jour vint où Anna nous a annoncé sa décision de quitter la congrégation, afin de se marier. Il avait été patient. Il l'avait attendue un an. Puis elle est partie. Je n'ai plus eu de nouvelles jusqu'à son décès, le 2 juin 1974. Ce sont ses parents qui en ont informé la congrégation. Nous avons toutes été très peinées, particulièrement moi. C'était mon amie. J'ai fait le deuil de son départ de la communauté, puis ce deuxième deuil, lorsque le Seigneur l'a rappelée à lui. Une messe a été célébrée à son intention. Ses parents semblaient en vouloir à la Terre entière, mais également à Marie, à Jésus, à Dieu, qu'ils rendaient responsables du décès de leur fille. Selon eux, Dieu avait puni Anna. Ils ne voulaient plus entendre parler de religion.

Après ce long monologue, Sœur Marie-Françoise semblait revivre ces moments et en avait oublié la présence de Julie. Elle secoua la tête, stupéfaite que l'on puisse remettre en doute l'amour de Dieu. Cependant, elle comprenait la souffrance de ces pauvres gens. Puis ses yeux fixèrent la jeune femme en larmes devant elle. Elle était navrée d'avoir raconté ces détails. Elle s'était laissée emporter par cette histoire qui l'avait tant chagrinée plus jeune. Mais Julie lui sourit et la remercia de lui avoir révélé tous ces fragments de la vie de ses parents. Sœur Marie-Françoise lui apporta un verre d'eau, puis lui prit les mains avec compassion et tendresse. Elle lui confirma qu'elle revoyait Anna dans son regard, dans ses attitudes, ses mimiques. Cela toucha Julie. Puis la jeune femme s'intéressa à la congrégation, désirant connaître l'histoire de cette communauté.

Sœur Marie-Françoise lui avait alors raconté l'histoire d'Émilie, qui était née en Belgique en 1818 à Wegimont. Très jeune, elle accompagnait son père, alors ambassadeur de Belgique auprès du Saint Siège, dans ses déplacements en Europe. L'absolu de Dieu l'attirait déjà. Mais ses parents l'avaient incitée à se marier et en 1837, elle avait épousé Victor Hooghurst. Le mariage de raison était devenu un mariage d'amour. Quatre enfants étaient nés de cette union. Mais à Rome, un jour de bal, Dieu s'était révélé à elle, comme l'Unique. Puis Victor, gravement malade, était décédé en 1847. Veuve à vingt-neuf ans, de plus en plus attirée par la religion et après avoir pris des dispositions pour ses enfants, elle avait quitté la Belgique. En 1854, lors d'une prière dans une chapelle, elle avait vécu une forte expérience spirituelle. Elle avait raconté ensuite sa rencontre avec Marie, qui l'avait invitée à collaborer à la mission de rédemption et de réparation du Christ. Aidée par plusieurs jésuites et entourée de femmes de différentes nationalités, Émilie avait commencé une expérience de vie religieuse. La première communauté officielle avait été ouverte à Strasbourg le premier mai 1857. Émilie était décédée en 1878.

Se souvenant du long récit que la religieuse avait fait concernant ses parents, Julie lui avait demandé quelles informations Jean était venu chercher sur son père et comment, dans son questionnement, il s'était retrouvé sur le chemin d'Anna et donc de la congrégation. Mais Marie-Françoise n'avait aucun élément à ce sujet, elle était désolée de ne pas pouvoir répondre à la jeune femme.

Au moment de quitter la congrégation, en remerciant sœur Marie-Françoise, Julie lui avoua timidement :

- Je n'ai pas reçu de culture religieuse, vous savez. Je n'ai jamais fait ma communion et de toute façon, je n'ai pas été baptisée.

La religieuse lui prit les mains dans la sienne et de son autre main lui posa les doigts à l'emplacement de son cœur, en lui déclarant :

- Dieu est là ! La foi et la spiritualité sont dans l'intime !

*

Lorsque Julie ressortit, elle se sentait légère. La gêne qui persistait dans sa gorge était plus subtile. Quelque chose s'était passé durant cet entretien et la dernière phrase de la religieuse résonnait en elle : « *Dieu est là ! La foi et la spiritualité sont dans l'intime !* ». Avant de retourner à son véhicule, elle souhaita déambuler dans les rues de Strasbourg. Elle se promena sur les quais le long de l'Ill, observant les quelques pêcheurs concentrés sur leur ligne, croisant des badauds et de nombreux touristes. Sur un banc, des amoureux s'embrassaient langoureusement, se moquant bien des regards indiscrets. Puis elle pénétra au cœur de la vieille ville. Les maisons présentaient fièrement leurs colombages aux photographes amateurs. Les rues pittoresques grouillaient de monde. Les échoppes regorgeaient de plats à Baeckeoffe ou à Kugelhof décorés de fleurs multicolores. Des cigognes en peluche de toutes tailles se dressaient sur des présentoirs où s'empilaient des cartes postales de la ville. Les boulangeries proposaient des Bretzels, des Streusels, des Stollens et autres pâtisseries aux noms imprononçables, mais toutes aussi appétissantes les unes que les autres. Julie succomba à l'envie de déguster des petits sablés saupoudrés de cannelle. Cette rencontre spirituelle, qui lui avait ouvert une porte sur une partie de l'histoire de ses parents, lui avait donné faim.

Puis elle entra dans la cathédrale et pour la première fois de sa vie alluma un cierge en pensant très fort à ses parents. Elle avait ressenti une chaleur, comme une brûlure au niveau de son cœur. Mais elle était paisible. Elle en avait profité pour admirer l'architecture de l'édifice. Sa mère était sans doute venue prier en ce lieu, elle avait foulé le sol de ses pieds, s'était certainement assise sur ces bancs. Julie les caressa en passant. Fermant les yeux, elle se laissa aller à l'écoute de ses sensations. Des fourmillements envahirent son corps, puis un vertige l'obligea à s'asseoir sur l'un des bancs. Les yeux toujours fermés, elle s'imagina sa mère installée exactement à cette place. Anna priait pour se libérer de cet amour qui grandissait en elle. Julie ne savait pas prier, mais avec ses mots, elle demanda à celui qui était là-haut, si toutefois il existait, de veiller sur ses parents. Puis elle se souvint de ce que Sœur Marie-Françoise lui avait dit, en lui montrant son cœur. Et si Dieu n'était pas là-haut, mais en elle ! La jeune femme resta ainsi quelques instants. Elle se sentait en paix avec elle-même. Lentement, elle ouvrit les yeux lorsqu'elle entendit l'orgue jouer un morceau magnifique. Cela ressemblait à un air de Jean-Sébastien Bach. Les vibrations venaient de partout dans la cathédrale, tout autour de la jeune femme, mais également en elle. Comme si cette musique entrait par ses oreilles, ainsi que par tous les pores de sa peau et se diffusait au plus profond d'elle-même. Elle appréciait la musique classique, cependant jamais elle n'avait ressenti une sensation aussi profonde. Julie ouvrit son sac, en sortit l'enveloppe. Son père s'adressait à elle, comme dans les précédents courriers.

« Ma Chérie,

J'imagine l'émotion qui a été la tienne en faisant cette découverte concernant ta mère. Car si tu es en possession de ce message, c'est que tu t'es rendue à Strasbourg, à la congrégation. Cela signifie que tu as trouvé la boîte contenant les lettres et la croix et que tu as pu l'ouvrir avec la clé que tu auras enfin retrouvée. Cette clé, que j'avais cachée lors d'un jeu de piste lorsque tu étais enfant et que j'ai laissée à sa place durant toutes ces années. Que de conditions pour t'amener à la communauté où ta mère était religieuse ! En organisant ce jeu de piste, excité par l'ampleur de la chose, je me suis souvent réjoui, mais parfois, je pense m'être lancé (en t'y entraînant) dans une aventure plutôt périlleuse et bien complexe. D'autant plus que sciemment je ne te propose pas de chronologie ou de logique dans ta quête. Tous les indices peuvent s'entremêler, en fonction de ce que tu trouveras, tu sauras, pas à pas, avancer sur ce qui t'a construite, ton histoire, la mienne, celle de ta maman.

Ainsi, Anna avait fait le choix en 1970 d'entrer dans cette communauté religieuse. Ses parents étaient très croyants. Lorsqu'elle avait décidé de suivre la voie du divin, elle était leur fierté. Ta mère était très spirituelle. J'ai fait sa connaissance en 1972. Je m'étais rendu à Strasbourg afin d'obtenir quelques informations concernant mon propre père (mais ça, c'est une autre histoire). Normalement je n'aurais pas dû pénétrer dans l'enceinte du couvent. Cependant, au fond de moi je pensais être "éclairé" en ce lieu. L'illumination, je l'ai reçue, certes, mais pas comme je l'attendais, et encore moins celle de Dieu, tu dois t'en douter. Non, c'était cette belle jeune femme d'à peine vingt ans que je ne pouvais imaginer comme étant une religieuse. Elle était magnifique. Je suis tombé follement amoureux de ses yeux. Aragon avait écrit un poème que j'adore, "Les yeux d'Elsa", dont les premières rimes sont :

"Tes yeux sont si profonds, qu'en me penchant pour boire
J'ai vu tous les soleils y venir se mirer,
S'y jeter à mourir tous les désespérés.
Tes yeux sont si profonds que j'y perds la mémoire."

Voilà quelles furent mes premières émotions en découvrant Anna. Elle était si belle. Ses cheveux dorés étaient retenus par un bandeau bleu marine. Sa bouche, délicate, frétillait. Elle était intimidée. Elle me semblait si fragile. Mais elle dégageait une aura extraordinaire. Ta mère était lumineuse, je t'assure, c'est vraiment le terme que je me dois d'employer. J'en ai perdu la mémoire durant quelques instants, ne sachant plus ce que je faisais en ce lieu. Puis j'ai repris mes esprits. Je tremblais dans mon corps, je m'en souviens comme si c'était hier, je ressens encore une vive émotion en écrivant ces quelques lignes (ces nombreuses lignes). À cet instant, j'ai su que je l'aimais, que ma vie ne pouvait avoir de sens qu'avec elle. Je n'avais jamais ressenti cela auparavant. Face à moi, je percevais son émoi. Nous avons échangé quelques mots, puis elle s'est éloignée. Je l'ai observée, je l'aimais.

Pendant plusieurs jours, je suis venu dans la rue de la communauté, espérant la revoir. Je n'osais pas entrer, de peur de perturber ce silence entre les murs, où la présence d'un homme n'était d'ailleurs pas souhaitable. Je le respectais, mais je souhaitais tellement rencontrer à nouveau celle qui avait fait chavirer mon cœur. Je craignais même n'avoir fait qu'un rêve et ne jamais la revoir. J'en avais oublié le but de ma visite à Strasbourg et mes recherches. Cela pouvait attendre. Cela faisait trente-et-un ans que j'attendais. Ma priorité, c'était cette jeune fille.

Puis un matin, elle est sortie, la tête baissée. Elle semblait absorbée dans ses pensées, mais en fait, elle priait. Elle a levé les yeux sur moi, m'a souri, et j'ai fondu en larmes. Tu te rends compte, ma Puce, ton père a pleuré en découvrant pour la seconde fois le doux visage de ta maman. Je lui ai demandé si nous pouvions nous revoir. Elle m'a dit qu'elle ne pouvait pas, que c'était impossible. Puis j'ai griffonné mon adresse sur un morceau de papier avant de le lui tendre. Je lui ai demandé si nous pouvions correspondre. Elle l'a pris, l'a mis dans la poche de sa jupe, m'a dit adieu. Puis elle est repartie. Je me suis retrouvé là, tout seul, au beau milieu de la rue. Je pleurais comme un gosse.

J'ai quitté Strasbourg. Je n'avais plus aucun espoir de la revoir. J'étais désespéré. La vie n'avait plus aucune saveur pour moi. Je suis rentré à Besançon, où je vivais à l'époque.

Quelques semaines plus tard, quelle ne fut pas ma surprise lorsque la concierge de mon immeuble m'a interpelé un soir, alors que je rentrais du travail. J'avais du courrier et notamment une lettre provenant de Strasbourg. J'ai pris les enveloppes et suis monté en courant jusqu'au dernier étage, avant de pénétrer dans mon petit appartement. J'ai délicatement ouvert celle provenant d'Alsace. Il s'agissait bien de cette jeune femme. Elle se prénommait Anna, Sœur Anna : c'est ainsi qu'elle avait signé sa lettre. Tu as certainement lu cette missive, elle était dans la boîte avec toutes les autres. Nous avons ainsi correspondu durant une année complète. Mon amour pour elle ne faisait que s'accroître. Dans ce qu'elle m'écrivait, au fil des lettres, il me semblait lire de la tendresse à mon égard.

Progressivement, dans ses signatures, elle s'autorisait à lâcher le "Sœur", au profit de "Anna".

Je lui ai proposé de la revoir. Elle a accepté. J'étais fou de joie. Je suis reparti à Strasbourg. Nous avions rendez-vous dans un endroit calme, à l'abri des regards.

Lorsqu'elle est arrivée, je l'ai trouvée encore plus jolie et lumineuse. Elle m'a souri. J'étais intimidé. Pour le coup, elle avait plus d'assurance que moi. Elle s'était approchée, ne sachant pas si elle devait me serrer la main ou me faire la bise, comme deux bons vieux copains. Elle avait choisi la deuxième option. Elle sentait si bon. Nous avons échangé quelques mots, aussi gênés l'un que l'autre. Puis, elle devait repartir. C'est alors que je lui ai déclaré ma flamme. Nous nous sommes approchés, attirés tels deux aimants. Nous nous sommes embrassés. Elle pleurait, moi aussi. Je ne pouvais supporter l'idée de devoir être à nouveau séparé d'elle. Je l'ai suppliée de quitter la communauté et de me rejoindre. Mais elle devait réfléchir. Elle ne pouvait pas agir sur un coup de tête.

Nous nous sommes séparés ainsi. Je suis reparti en Franche-Comté. Elle n'a mis que quelques jours, qui m'avaient paru une éternité, pour prendre sa décision. Elle m'avait avoué sur une de ses lettres qu'elle en avait parlé à ses parents. Ils étaient inquiets pour elle. Ils craignaient qu'elle ne fasse une bêtise en quittant la congrégation pour un homme qu'elle connaissait à peine. Cependant, elle ne pouvait se mentir à elle-même, ni à Jésus ou Marie. Elle m'aimait et souhaitait plus que tout au monde poursuivre sa route à mes côtés.

C'est ainsi que je suis venu la chercher, un certain 10 avril 1973. J'avais la sensation de commettre un rapt. La situation était étrange, mais j'étais heureux et ta maman aussi. Cette histoire était tellement belle. Nous nous aimions si fort !

Elle a ensuite pris ses marques à Besançon. Seule ombre au tableau, ses parents. Ils ne voulaient plus voir leur fille, tant que la situation entre nous n'était pas régularisée. J'entends par là, le mariage ! Le Sacro-Saint mariage ! Pour ma part, je n'y tenais pas. Je respectais la foi de ta mère et de ses proches, mais je n'étais pas du genre à fréquenter les églises, surtout à cette époque. J'ai cependant accepté pour Anna. Elle était malheureuse, et je ne pouvais supporter de la voir dans cet état.

Nous nous sommes donc mariés le 29 juillet 1973. Mis à part le comportement de tes grands-parents maternels qui semblaient tout faire pour m'éviter, c'était un beau mariage. Ta mère était superbe dans sa robe de mariée. Elle portait même un diadème dans ses cheveux.

Les semaines qui ont suivi ont été merveilleuses d'insouciance, d'amour, de légèreté. Nous étions si bien ensemble !

Nous avions projeté de partir en voyage de noces... en Normandie. Eh oui, que veux-tu, notre rêve aurait été l'Inde, mais nous n'en avions pas les moyens ! Nous nous étions dit que nous pourrions nous rendre dans ce pays, plus tard. La Normandie n'était pas mal non plus. C'est là-bas que nous t'avons conçue, à Étretat.

Neuf mois plus tard, à la maternité de Besançon naissait la plus adorable petite fille du monde et l'amour de ma vie me laissait seul avec ce bout de chou.

Voilà l'histoire de tes parents. Accueille cette lettre sans trop de tourments. Sois en paix avec toi, mon Ange.

Je t'aime.

Papa »

Julie ferma les yeux en repliant la lettre. Une vive émotion s'était emparée d'elle. Son corps était comme engourdi. Elle frissonnait et dut bouger pour déverrouiller ses articulations. Elle avait l'impression de se réveiller d'une longue sieste. Elle perçut une sensation étrange, intense, vibrante. Elle vivait. Cela pourrait en faire sourire plus d'un, mais elle se sentait vivante ! Comment expliquer ce ressenti ? Évidemment qu'elle était vivante, mais combien en sont conscients ? La plupart des occupants de cette planète vivent, c'est tout. Ils le savent mentalement. Mais se ressentent-ils vivants ? Voilà trente-cinq ans qu'elle respirait, que son cœur battait, mais elle n'était guère consciente de tout cela. Cette réalité était devenue physique, intime. Elle se remplissait de vie. Était-ce les informations qu'elle avait eues ces quelques dernières heures qui lui avaient ouvert une petite porte de sa conscience ? La sonnerie de son portable la fit sursauter. Autour d'elle des regards désapprobateurs lui signifièrent qu'elle devait l'éteindre. Julie se dit qu'elle avait passé beaucoup de temps dans la cathédrale et qu'il était temps pour elle d'en sortir. Elle se précipita à l'extérieur afin de répondre à son interlocuteur. Elle fut surprise par la voix au bout de la ligne.

- Julie ?... C'est moi, Christophe !

- Tiens ! Salut, toi ! Comment vas-tu ?

- Plutôt bien, ou mieux devrais-je dire !

Julie attendit la suite, en fronçant les sourcils.

Il reprit :

- Je ne te dérange pas au moins ?

- Non, c'est bon ! Je viens de sortir de la cathédrale de Strasbourg.

- Qu'est-ce que tu fais là-bas ? lui demanda-t-il, interloqué.

- Oh, c'est une longue histoire. Mais revenons à toi, que se passe-t-il ?

- Rien, c'est juste que... enfin... je souhaite m'excuser pour mon comportement vis-à-vis de toi. Je n'ai pas été très correct.

Julie le rassura, lui expliquant en toute sincérité que c'était oublié, qu'elle ne souhaitait pas se fâcher avec lui. Il avait été son collègue et ami depuis tellement longtemps. Elle trouvait regrettable qu'ils en soient arrivés là.

26

Christophe jubilait. Julie ne lui en voulait pas. Entendre sa voix lui fit l'effet d'une douce caresse. Elle lui manquait ! Il espérait toujours que le stade du deuil terminé, passé le délire de son défunt père, elle reviendrait à la réalité. Ils avaient la même passion pour les planètes. Tous deux se sentaient seuls, dépourvus d'affection, ils ne pouvaient que s'aimer. C'était une évidence ! En attendant, il ne devait pas la décevoir. Il devait assurer au laboratoire. Il travaillait d'arrache-pied avec l'équipe sur le projet Spectro-Gal. Il avait récupéré son bureau et avait gardé chaque objet qu'elle n'avait pas voulu emporter avec elle. Pour lui, il s'agissait de reliques. Gare à ceux qui oseraient y toucher, même les femmes de ménage avaient été averties. Tout ce qu'elle avait utilisé gardait l'empreinte de ses doigts. Un crayon qu'elle avait mâchouillé était imprégné de l'ADN de sa salive. Sur le dossier de son fauteuil, il avait recueilli quelques cheveux qu'il avait mis dans une boîte. Il se contentait de tous ces objets en attendant de l'avoir elle, toute entière, pour lui seul. Les kilomètres qui le séparaient d'elle n'étaient rien du tout. L'amour était plus fort. Rien, ni personne ne se mettrait en travers de leur chemin. Elle avait simplement besoin de temps.

*

L'appel de Christophe avait propulsé Julie vers une réalité à des années-lumière de ce qu'elle vivait depuis quelques jours. Elle s'était déconnectée du présent, ne sachant plus où se situait sa propre existence. Elle prit conscience qu'elle s'était immiscée, subrepticement, dans l'histoire de ses parents. Son père l'avait prise par la main et lui avait proposé de la mener au cœur du scénario de leur vie. Elle avait fait le choix d'accepter, en son âme et conscience. Un sentiment étrange l'assaillit. Elle se demanda ce qu'aurait été sa vie si, de son vivant, son père lui avait raconté tout ce qu'elle avait appris en si peu de temps. Pourquoi lui avoir caché tout cela ? Il lui avait écrit dans l'une des premières lettres qu'elle avait lues, qu'il souhaitait qu'elle se réalise et se "*lance sur ce grand chemin de la vie*" : tels avaient été ses propos. Puis elle se remémora le contenu de la missive qu'elle avait parcourue dans la cathédrale. Elle ne pouvait imaginer que cette histoire d'amour était celle de ses parents, tant elle ressemblait à une fiction. Elle baignait en plein romantisme. Elle avait devant elle l'image de son père fou d'amour pour Anna. Elle se le représentait pleurant sur le trottoir de la congrégation, puis attendre une année entière que la jeune religieuse prenne sa décision. C'était tellement beau, mais avec une fin si tragique : la mort prématurée de l'épouse. En 2010, cela semblait impensable ! Et pourtant, son père ne lui racontait pas d'histoires. Il lui avait caché une grande partie de sa vie, peut-être même la plus importante, mais jamais, elle en était persuadée, il ne lui aurait menti ; au pire, il aurait pu embellir la réalité, pour la rendre davantage sentimentale. Après Tristan et Iseult, Roméo et Juliette, découvrons l'histoire d'un amour impossible : "Jean et Anna", le nouveau mythe contemporain ! Julie sourit. Elle savait que ses parents s'aimaient, jamais elle n'en avait douté. Là, elle était bluffée. Ce récit, qui lui paraissait d'un autre temps, était magnifique. La jeune femme était fière, au plus profond d'elle-même.

Le retour lui avait paru plus rapide que l'aller. À Lure, elle se gara devant la maison. Sherlock, qui avait passé la journée dans le jardin, vint l'accueillir. Elle le prit dans ses bras et entra. Elle était épuisée, mais heureuse. Au fur et à mesure de la quête de son histoire familiale, elle semblait se remplir. Le chat sauta sur la table où se trouvait le cylindre. Il s'y frotta et se coucha tout contre. Julie rangea précieusement la lettre dans le dossier du jeu de piste. Une pièce de plus dans ce gigantesque puzzle. Il lui restait à découvrir ce que son père recherchait à Strasbourg en 1972, lorsqu'il avait rencontré Anna. Mais avant cela, elle souhaitait faire un petit tour à Besançon, là où ses parents avaient vécu et s'étaient aimés. Elle n'avait aucune idée de l'endroit où les Bertin avaient élu domicile. Elle avait passé sa première année dans la capitale comtoise, elle n'en gardait donc aucun souvenir. Son père était menuisier ébéniste. Avant de s'installer à son propre compte, il avait travaillé dans une petite entreprise à Besançon. Peut-être qu'elle aurait des renseignements par ce biais, si la société existait toujours. Elle n'en connaissait pas le nom, mais il ne devait pas y en avoir un nombre incalculable. Sur Internet, elle consulta un annuaire, prit le téléphone et appela le premier de la liste. Elle tomba sur un répondeur. Elle ne souhaitait pas laisser de message, elle poursuivit ainsi ses investigations. Quelques appels plus tard, elle dérangea une secrétaire qui lui déclara, d'une manière exaspérée, qu'il était passé dix-huit heures et que sa journée était terminée, qu'elle avait autre chose à faire que de regarder dans les registres du passé. Mais dans l'ensemble, elle avait été très bien accueillie, la plupart souhaitaient l'aider.

L'un d'eux lui révéla :

- J'ai travaillé dans une p'tite boîte à la fin des années soixante-dix. J'étais apprenti. Mais lorsque le patron est décédé, personne n'a repris l'affaire. C'était le père Terrier ! Il avait pourtant un fils, mais la menuiserie, c'était pas son truc !

- Avez-vous connu un certain Jean Bertin ? tenta Julie.

- Comment vous dites ? Jean comment ?

- Bertin, Jean Bertin.

- Non, ce nom-là ne me dit rien… Attendez, il me semble qu'il y avait un Jeannot ! Il était apprenti comme moi, si mes souvenirs sont bons.

Le cœur de Julie s'affola.

- C'était en quelle année ?

- Oh ! Ben, je sais plus moi… Euh, en 78 ou 79 !

Ce ne pouvait être son père. À ces dates, il était déjà à son compte et vivait avec elle à Lure.

Avant de raccrocher, Julie lui demanda s'il savait où était le fils de monsieur Terrier.

- Je vous disais que la menuiserie c'était pas son truc, et pour sûr ! Il faisait des voyages et il a ouvert une agence de tourisme !

La soirée était désormais bien avancée. Elle fit de nouvelles recherches sur Internet et trouva différentes agences de voyages. Bingo ! L'une d'elle s'appelait "Terrier Horizon".

« *Joli nom !* », pensa Julie. Le mariage entre la Terre et l'Horizon. Elle prit le téléphone. Le chat sauta sur ses genoux. Se lova tout contre elle. Elle sentit le mouvement de sa respiration contre son ventre. Elle composa le numéro. Une voix de femme lui répondit.

- Terrier Horizon, bonsoir !

- Bonsoir Madame, excusez-moi de vous déranger, je souhaiterais parler à Monsieur Terrier, s'il vous plait !

- Ah, il est en déplacement. Puis-je lui laisser un message ? Ou puis-je vous renseigner ?

- Non… Non… Merci ! Euh… c'était personnel. Quand est-ce qu'il rentrera ?

- Et bien, théoriquement dans trois jours. Il est en Inde actuellement.

- Alors je rappellerai. Merci Madame, bonne soirée.

En Inde ! Quelle chance ! Et dire que ses parents projetaient de partir dans ce pays aux multiples facettes. Julie avait toujours eu une attirance pour les provinces et la culture asiatiques. Pourtant, elle n'avait jamais voyagé là-bas. Elle n'était d'ailleurs jamais partie à l'étranger, mis à part au Québec, pour raison strictement professionnelle. Jusqu'à présent, tout ce qui comptait pour elle c'était son travail. Elle se dit qu'elle aurait peut-être l'occasion d'y aller un jour.

La jeune femme sortit de ses rêveries et revint à la réalité. Monsieur Terrier ne sera joignable que dans trois jours. Elle devrait patienter ! C'était terrible ! Le chat leva les yeux sur elle. Il la fixa. Elle sembla lire dans ses pensées : « *Apprends, ma Belle, que le temps permet de laisser les choses se poser. Pas de précipitation. Tu as toute la vie devant toi !* ». Elle fut une nouvelle fois troublée par le regard de Sherlock. C'était déconcertant !

Elle avait toute la vie devant elle et pourtant elle ne tenait pas en place. Elle devrait occuper et remplir ses trois journées à venir, sans quoi elle risquait de devenir folle.

Julie se préparait une salade pour le dîner, lorsque Thérèse l'appela afin de savoir si son expédition en Alsace avait porté ses fruits. La jeune femme lui raconta sa conversation avec la religieuse, l'accueil chaleureux qu'elle avait reçu. Elle lui parla de la lettre, sans toutefois lui dévoiler son contenu au parfum de passion. Puis elle lui fit part de son intention de retourner sur les lieux où ses parents avaient vécu et de ses investigations téléphoniques, sans oublier le fils Terrier.

- Attends ! Tu veux parler de l'agence de voyages Terrier Horizon ? lui demanda Thérèse.

- Euh… oui ! répondit Julie, surprise par la question. Tu connais ?

- Oui, ton père m'en avait parlé. Ils sont spécialisés dans les voyages initiatiques.

- Comment ça ? De quel genre ? C'est une secte ? Julie était interloquée.

Thérèse éclata de rire.

- Non ! Absolument pas ! Cette agence propose des voyages en immersion totale dans un pays ou une région, essentiellement destinés aux personnes en quête spirituelle. Je sais qu'elle propose des séjours dans le Sahara, en Asie, au Mexique. Ton père s'était renseigné. Il m'avait dit qu'il aurait bien aimé s'offrir ce type d'expérience, loin des attrape-touristes. Ce qui l'intéressait, c'était approcher les autochtones, porter un autre regard sur ces mondes et surtout sur lui-même.

- Je suis impressionnée ! Plus j'avance, plus je découvre un visage nouveau de mon père. Finalement, je ne le connaissais pas. Je trouve regrettable qu'il ait fallu qu'il décède pour que je fasse sa connaissance. Qu'est-ce que tu sais d'autre sur l'agence ? Mon père avait-il un projet spécifique avec eux ?

- Hum ! je n'en sais trop rien ! Je crois que moi non plus je ne le connaissais pas si bien, en fait. Je découvre des choses en même temps que toi.

Portées l'une et l'autre par leurs réflexions, elles firent une petite pause silencieuse, puis Thérèse informa Julie qu'elle devait raccrocher, car ses petits-enfants, qu'elle gardait pour la nuit, commençaient à s'impatienter.

*

Affalée sur le canapé, Julie repensait à la Bible qu'elle avait trouvée sur les étagères, puis aux différents ouvrages philosophiques. Elle retourna dans le bureau, afin de détailler les livres qui s'y trouvaient. Descartes, Platon, Sénèque, Sartre, Merleau-Ponty, Mathieu Ricard, le Dalaï-Lama ou Krishnamurti semblaient se tenir compagnie et s'entretenir sur le sens de la vie et de la mort. Elle observa les ouvrages, puis les prit l'un après l'autre. Elle les feuilleta, espérant trouver quelques indices : mais aucun message, aucune lettre, même pas un extrait annoté ou souligné. Déçue, elle s'apprêtait à les reposer lorsque le chat qui était à ses pieds la fit sursauter. Il miaulait presque en criant. Elle ne comprit pas ce qu'il voulait lui faire entendre. Avait-il faim ? Souhaitait-il sortir ? Avait-il mal quelque part ? Il se frottait à elle. Elle reposa les livres sur le fauteuil, prit Sherlock dans ses bras et quitta le bureau. Elle le rassura, le dorlota. Elle commençait à être fatiguée. Elle décida d'aller se coucher.

27

Elle partit loin, très loin de Lure. Elle vit des voiles colorés tournoyer, emportés par un léger souffle. Leurs reflets dansaient sur l'eau d'un fleuve. Au cœur même de ce splendide tableau, Julie se laissait porter par les vagues de mousseline orange, fuchsia, verte, bleue. Elle s'enivrait de tant de beauté. Tous ses sens étaient en éveil. Elle entendait des rires de femmes, des cris d'enfants, elle percevait des senteurs, jusque-là inconnues. Elle était heureuse, souriait à ces femmes, à ce qui l'entourait, à la vie. Elle vit un couple qui marchait loin devant elle. Il s'agissait de deux jeunes gens, main dans la main. Elle les observait s'éloigner. Puis, ils se retournèrent, lui sourirent et disparurent dans la brume du jour naissant. Il lui avait semblé reconnaître… Non, c'était impossible ! Les femmes qui lavaient leur linge dans le fleuve lui firent signe de la tête, comme pour acquiescer. Elles semblaient lui dire « *Oui, c'est bien ça, ce sont tes parents !* » Julie était perdue, elle ne savait plus où elle se trouvait. Qui étaient ces dames ? Que faisaient ces enfants dans cette eau ? Où se trouvait-elle ? Sur le fleuve, elle vit une barque couverte de fleurs, des bougies flottantes semblaient glisser sur les ondes, dans de mélodieux clapotis. Julie frissonna. Les enfants l'éclaboussaient. Elle était là, seule au milieu de ce décor magique. Partagée entre une grande sérénité et une envie de pleurer qui lui serrait la gorge. Derrière elle, une présence la fit sursauter. Une main se posa sur son épaule. Elle se retourna et fut face à un homme en chemise blanche. Elle ne pouvait distinguer son visage et pourtant, elle sentait son cœur s'affoler, non pas de peur, mais elle ressentait quelque chose d'intense, un sentiment nouveau. Son visage était toujours dans la pénombre. Comme attirée par un aimant, elle vint se caler contre sa poitrine. Sa chaleur l'envahit. Elle se sentit bien, rassurée, tout en étant forte. Soudain, il lui sembla qu'il ronronnait. Elle s'écarta, ouvrit les yeux et découvrit son chat, face à elle, qui l'observait dans son sommeil. La jeune femme était dans son lit. Elle s'étira, caressant la boule de poils.

- Je faisais un rêve si beau ! lui dit-elle. C'est d'ailleurs le même que la nuit précédente, et chaque fois je me réveille avant de voir qui est cet inconnu !

Sherlock ronronnait, frottant sur le bras de sa maîtresse ses oreilles froides et sa petite truffe.

*

Julie avait occupé ses trois jours en poursuivant le tri des affaires de son père. Elle était frustrée de ne pas avoir trouvé le moindre indice. Elle avait l'impression de ne plus avancer. Elle n'avait pas recontacté Thérèse, n'en ayant pas ressenti l'envie. Rosette était venue voir si tout allait bien, l'invitant à déjeuner, mais Julie avait poliment refusé. Elle souhaitait rester seule. Christophe l'avait appelée. Julie lui avait trouvé une attitude étrange au téléphone. Ses propos ne lui semblaient pas cohérents. Elle s'en était inquiétée. Elle avait composé le numéro de Meyer, afin de prendre des nouvelles du centre. Elle en avait profité pour lui demander si tout se passait bien pour son ancien collègue. Meyer avait semblé embarrassé par cette question. Les chercheurs du centre travaillaient comme des forcenés sur le projet, mais Christophe n'était pas en forme, il était préoccupé. Meyer lui avait confié qu'elle manquait à tout le service, tant professionnellement que personnellement. Julie avait été touchée. Avant de raccrocher, il lui avait annoncé :

- Julie, si vous souhaitez revenir, nous vous accueillerons à bras ouverts !

- C'est gentil ! lui dit-elle.

La réponse de Meyer concernant Christophe n'avait pas rassuré la jeune femme qui avait essayé en vain de rappeler son ami.

La nuit suivante, Julie refit un rêve presque similaire aux précédents. Chaque fois, le visage de l'homme se trouvait dans la pénombre. Elle y voyait également ce couple d'amoureux qui se promenaient devant elle, pour disparaître dans la brume. Mais cette fois, le décor avait changé. Il y avait moins de couleurs, pas de fleuve, les rues étaient poussiéreuses. Elle se sentait bien et attendait avec impatience que la main se pose sur son épaule. Elle s'était retournée, blottie contre la poitrine de l'homme, avant de se reculer pour mieux le dévisager. Là encore, elle s'était réveillée en sursaut. Elle était frustrée de ne pas avoir eu le temps de découvrir le visage de l'inconnu.

*

Quelques jours plus tard, Julie put enfin joindre Pierre Terrier au téléphone. Sa voix grave mais aimable avait impressionné la jeune femme. Elle lui expliqua que son père était décédé et qu'elle faisait des recherches sur lui, sachant qu'il avait peut-être travaillé dans l'entreprise Terrier. La réponse au bout du fil fut claire. Oui, son père avait embauché plusieurs personnes. Il ne se souvenait pas de tous ses employés, mais il gardait dans un carton certains documents officiels provenant de la petite entreprise de son père, notamment les livres de comptes et registres des salariés. Il lui expliqua qu'il n'avait pas beaucoup le temps de s'en occuper. Il revenait de voyage et devait repartir quelques jours plus tard. Puis Julie lui expliqua que son père était en relation avec l'agence de voyage. À l'annonce de son nom, Pierre Terrier s'exclama :

- Jean Bertin ? Vous êtes la fille de Jean Bertin ? Ça alors ! Mais… ça veut dire qu'il est… décédé ? Puis après un long silence : je suis désolé ! Je vous présente mes condoléances !

La gorge serrée, Julie le remercia.

- Je me souviens de votre père. Il est venu une ou deux fois à l'agence. Nous avons longuement discuté. C'est… Enfin c'était quelqu'un de très intéressant, un passionné, devrais-je dire. Il souhaitait vivre une expérience de voyage initiatique. Il m'avait demandé des renseignements sur ce que nous proposons en Inde, mais également dans le Sahara. Il devait me recontacter… Je n'arrive pas à m'imaginer qu'il soit parti. Je suis sincèrement navré !

- Vous a-t-il dit autre chose ?

- Je pense pouvoir répondre à la question qui est à l'origine de votre appel. Oui, votre père a bien travaillé avec le mien. Je me souvenais même un peu de lui. J'étais jeune, j'avais une dizaine d'années et comme je vous le disais, je connaissais un peu certains salariés de la société… Allo ? Vous êtes toujours là ?

Julie restait sans voix. Elle croyait rêver. Cet homme avait connu son père, non seulement quelques semaines avant son décès, mais également lorsqu'il était plus jeune. La question de son interlocuteur la sortit de ses rêveries.

- Oui, oui ! Excusez-moi ! Continuez !

- Je me souviens qu'il était marié à une ancienne religieuse, c'est bien ça ? C'était votre mère ?

- Oui.

La voix de Julie dérailla. Elle se racla la gorge avant de reprendre, non sans émotion.

- Oui, c'était ma mère.

- Mon père nous en avait parlé. Je me souviens de cette histoire. Désolé si je vous embarrasse !

Julie le rassura. Elle souhaitait tellement recueillir un maximum d'informations, que l'occasion était trop belle de le faire parler. Il lui proposa de la rencontrer afin de converser plus posément. Il aurait ainsi le temps de faire quelques recherches dans les dossiers afin de trouver l'adresse de Jean Bertin. Julie était heureuse, sidérée que les chemins la reliant à sa propre histoire familiale se dévoilent aussi aisément. Ils s'étaient donné rendez-vous deux jours plus tard à l'agence. Durant toute la conversation, Sherlock était resté sur ses genoux, contre son ventre. Elle avait senti sa chaleur et ses ronronnements. « *C'est trop facile !* » pensa-t-elle. « *C'est pas normal que tout s'enchaîne de la sorte !* » Le chat la fixait.

Elle ouvrit la boîte contenant les reliques de son jeu de piste, en sortit la croix de sa mère qu'elle mit autour de son cou. Elle prit le cylindre dans ses bras. Ainsi installée sur le canapé, recroquevillée, serrant son père et ce qui symbolisait sa mère, elle ferma les yeux. Heureuse quelques minutes plus tôt, petite fille désemparée à présent. Elle sentait la présence de ses parents, tout contre elle. Elle sentait battre son cœur et avait la sensation que c'était le leur. Sa respiration était devenue celle de Jean et Anna, unis pour l'éternité. Des larmes chaudes glissèrent le long de ses joues. Elle serra encore plus fort ses trésors. Les genoux repliés sur sa poitrine, dans une position fœtale, elle éprouvait des difficultés à respirer. Pourtant, elle resta ainsi quelques instants. Elle aurait aimé entendre son père lui parler tendrement, sa mère la prendre dans ses bras et la bercer. Elle souffrait dans son corps, dans sa chair. Ces derniers jours défilaient dans sa tête, tout se mêlait. Elle était perdue. Puis elle repensa à la conversation qu'elle avait eue avec ce Pierre Terrier. Elle ne devait pas se décourager. Lentement, elle déplia ses genoux, ses jambes étaient engourdies. Elle se déroula, se redéploya. Posant le cylindre et la croix, elle s'étira. Elle ne devait pas flancher. Des pièces du puzzle restaient à trouver et, notamment, certaines d'entre elles l'attendaient à Besançon deux jours plus tard. Elle sentit une énergie nouvelle l'envahir. Avancer, elle devait avancer ! Mais avant tout, ce voyage dans le passé lui était nécessaire. Elle retrouva dans les courriers de son père l'annotation en bas de page qu'elle avait réécrite sur un carnet. Il s'agissait de la citation de Merleau-Ponty. Jean lui demandait sans doute de méditer sur cette phrase, qui lui était passée inaperçue : « *En assumant un présent, je ressaisis et je transforme mon passé, j'en change le sens, je m'en libère, je m'en dégage...* »

Il est vrai que son présent, elle ne l'assumait pas du tout : « *Je transforme mon passé.* » Comment transformer son passé ? « *J'en change le sens.* » Toutes ces subtilités lui étaient encore difficilement assimilables. Julie ne voyait pas où son père voulait en venir. Elle devait faire le chemin inverse, car il lui fallait reconstruire son histoire familiale, afin de renforcer son ancrage. Sa base n'avait été que sables mouvants : comment alors se sentir présente ?

Elle avait besoin de bouger. Saisie par une sensation désagréable d'étouffement, rarement ressentie jusqu'à présent, Julie décida de chausser ses baskets afin d'aller courir. Voilà des mois qu'elle n'avait pratiqué aucun sport, aucune activité physique. Il lui semblait que la vie s'était peu à peu endormie dans son corps. Son mental avait pris le dessus toutes ces années. La soirée était agréable. Dès qu'elle commença les premières foulées, elle se sentit vivante. Des sensations de flux circulèrent dans son corps tout entier. Elle sentait les battements de son cœur s'accélérer, sa respiration devenir plus rapide. Elle fut vite essoufflée, un point lui comprima l'aine, une douleur brûlante dessinait le contour de ses côtes. Mais peu importe, tant qu'elle ressentait quelque chose, c'est que son corps lui parlait. Elle se sentait exister. En courant, elle se demandait pourquoi jusqu'à présent son fonctionnement était de l'ordre du mental. Était-ce une fuite ? Pourquoi ? Vers où ? Le monde de l'Univers ? Sans doute que son choix de devenir scientifique, plus spécifiquement astronome, ne s'était pas inscrit par hasard. Était-ce son destin ? Si destin il y a, avons-nous la possibilité de le modifier ? Sur cette dernière question, la réponse vint naturellement à elle. Oui, je l'ai fait. J'ai fait le choix de quitter mon travail qui représentait toute ma vie. Je ne sais pas ce qui m'attend, mais je l'ai fait. Rien n'est inscrit. Elle repensa aux similitudes de choix de vie entre elle et sa mère. Est-ce qu'inconsciemment, sans connaître l'histoire d'Anna, elle avait hérité d'une attirance vers l'Univers, du divin comme du scientifique ? Ne devait-elle pas, toujours sans en connaître la raison, stopper ce vers quoi elle s'était tournée dans un premier temps, afin de se pencher vers quelque chose d'infiniment plus intime ? Toutes ces questions fusaient dans sa tête. Elle se dit qu'elle était à nouveau dans le mental, en avait oublié son corps, ses sensations. Elle reprit le chemin du retour, en marchant. Il lui semblait qu'on lui martelait les tempes. Tout doucement, elle retrouvait sa respiration et son cœur se calmait. Elle reprit ses pensées. Qu'est-ce qui subitement lui avait distillé cette envie de vivre, ce désir de ressentir son corps ? Encore une question sans réponse dans l'instant.

Comme lui avait écrit son père, une question reste ouverte, alors que la réponse enferme.

28

Sereine, c'est ainsi que se sentit Julie le jour où elle devait rencontrer Pierre Terrier. Elle allait sans doute avoir une information qui lui permettrait de s'imprégner du lieu où ses parents s'étaient aimés. Peut-être même qu'il lui apporterait d'autres clés afin d'ouvrir les tiroirs de leur passé. Elle ne savait pas comment, en ces circonstances, elle devait se vêtir. Tout ce qui l'intéressait, c'était ce que cet homme allait lui apprendre et rien de plus. Il lui avait dit qu'il avait une dizaine d'années lorsque Jean travaillait chez son père : Julie en avait déduit qu'il était né au début des années soixante. Il avait donc environ quinze ans de plus qu'elle. Il était peut-être marié. Elle trouvait grotesque de faire toutes ces spéculations. Sa tenue vestimentaire n'avait ainsi aucune importance. Elle repensa toutefois à la voix qu'elle avait entendue au téléphone et qui l'avait fait vibrer. Mais la "Julie Nouvelle" était arrivée ! Sage, elle avait décidé de mettre de côté toutes ces questions sentimentales ou de sexe, du moins pendant quelque temps. Jusqu'à présent cela avait été de véritables fiascos. Elle sourit en se disant qu'elle pourrait devenir religieuse et faire vœu de chasteté.

Elle décida de porter une robe légère, rouge, un peu décolletée. L'unique raison étant les températures élevées qui étaient annoncées pour la journée. Les cheveux lâchés, un maquillage discret, son reflet dans le miroir la satisfaisait. Elle se fit même un clin d'œil. Sur l'autoroute, elle avait mis la musique à tue-tête. Elle se sentait libre. Encore un sentiment nouveau, qui était indescriptible. Elle trouva très facilement l'agence de voyage *Terrier Horizon*. Ils avaient rendez-vous à midi. Elle arriva en retard, espérant que le bureau ne serait pas fermé. Elle entra. Personne ne se trouvait là pour l'accueillir. Elle en profita pour regarder sur les présentoirs les différents prospectus qui proposaient des voyages. Elle s'intéressa particulièrement à celui qui invitait à une immersion au cœur de l'Inde. De superbes photographies montraient des femmes lavant leur linge dans le Gange, pendant que des enfants s'adonnaient à des ablutions en s'éclaboussant. Des saris aux multiples couleurs accentuaient la magie des lieux. Julie était émue. Elle se souvint de ses rêves, lorsqu'elle entendit quelqu'un toussoter dans son dos. Elle se retourna.

À contre-jour, elle vit la silhouette d'un homme. Il la dépassait d'une tête. Il portait un jean et une chemisette blanche. Elle ne pouvait distinguer son visage.

- Mademoiselle Bertin ?

À la voix, Julie comprit qu'il s'agissait de Pierre Terrier. Elle se décala afin de mieux l'observer. Elle lui serra la main en lui souriant.

- Bonjour ! Ravie de vous rencontrer, Monsieur Terrier.

Elle éprouvait quelques difficultés à cacher son émotion. Il ne correspondait pas spécialement aux critères de beauté qui attiraient Julie, mais avait quelque chose qui l'intimidait. Elle se sentit rougir. Elle n'osait pas le regarder dans les yeux. Elle n'avait jamais ressenti un émoi aussi profond. En fait, ce n'était pas un détail qui lui plaisait, c'était tout. Son sourire la fit craquer, son regard la fit chavirer. Lui tout entier lui plaisait. Elle avait envie de lui crier : « *Je te veux, là, tout de suite !* » Heureusement, la raison l'en empêcha.

Pierre Terrier la sortit de ses pensées, en lui proposant de déjeuner avec lui. Elle accepta. Il lui ouvrit la porte pour la laisser passer en premier, geste désuet, mais oh combien charmant ! Ils se rendirent dans un restaurant non loin de l'agence de voyage. Il semblait coutumier de cet endroit, puisque le serveur l'appela par son prénom. Il proposa une table au fond de la salle qui, par chance, était climatisée. Julie se sentait mal à l'aise. Déjeuner avec un homme qu'elle ne connaissait pas, et qui plus est éveillait chez elle des sensations aux limites de la volupté, lui semblait invraisemblable. Elle s'accrochait à la table avec un sourire béat, fixant le menton et les joues mal rasées de l'homme, n'osant le regarder dans les yeux. Elle se trouvait ridicule. Elle observait sa bouche. Il lui souriait. Il lui plaisait. De quoi allaient-ils parler ? Devait-elle lui dire qu'elle était célibataire ? Qu'elle aimerait tant rencontrer celui qui serait prêt à construire quelque chose de sérieux avec elle ? Qu'elle le désirait follement ? Elle ne s'était pas aperçue qu'il lui avait adressé la parole. Il lui avait posé une question. Que lui avait-il signifié ? Lui avait-il demandé si elle était disponible ? Elle rougit, se racla la gorge avant d'oser s'exprimer.

- Excusez-moi, j'étais dans mes préoccupations. Je n'ai pas entendu votre question.

- Pas de soucis ! Je comprends ! Vous venez de perdre votre père !

Puis, un soupçon d'émotion dans la voix, il reprit :

- Vous savez... Mon père représentait beaucoup pour moi. Je n'ai pas su l'aimer comme j'aurais dû. C'est quand il est parti que j'ai regretté de ne pas avoir passé assez de temps, ni partagé suffisamment de choses avec lui. Il fit une pause en grimaçant, le regard dans le vague, puis poursuivit : C'est mon plus grand regret ! Levant les yeux sur Julie, il affirma en souriant : Mais d'où il est, il sait désormais tout ça. Et vous, qu'est-ce qui vous amène à rechercher le lieu où vos parents ont vécu ?

Julie intégra tout ce qu'il venait de dire. Ce qu'il ressentait correspondait clairement à ce qu'elle pouvait éprouver. Il avait mis le doigt sur un élément essentiel. La frustration de ne pas avoir passé assez de temps avec son père. Elle était stupéfaite que cet inconnu lui confie de tels sentiments.

Peu à peu, elle se sentit bien avec lui, en confiance. Il l'observait, l'encourageant à s'exprimer.

- C'est un peu... étrange ! En fait, à sa mort, mon père m'a laissé une lettre, dans laquelle il me conviait... à un jeu de piste pour m'amener sur les traces de mon histoire, ou plutôt de leur histoire, celle de mes parents. Vous semblez au courant que mon père était marié avec une religieuse !

Les yeux humides, elle compléta :

- Moi, je l'ai appris, il y a seulement quelques jours !

- C'est stupéfiant !

- Oui, comme vous dites ! Je pensais connaître mon père et je le découvre progressivement. Il me manque beaucoup d'éléments. Il m'a laissé quelques indices, un peu partout, et je fais également appel à mon intuition. Puis tout bas elle précisa : Sherlock me met parfois sur la voie !

Pierre Terrier n'avait pas entendu sa dernière phrase. Il lui demanda de répéter. Elle se trouvait stupide et lui dit que c'était sans importance, qu'il s'agissait d'une bêtise.

- Non, je vous en prie, rien n'est jamais idiot. Si vous l'avez dit, c'est que c'est inscrit dans votre conscience.

Qui était cet homme ? Julie était déconcertée par sa déclaration. Elle fit une moue avant de répéter, timidement.

- Qui est Sherlock ?

- Mon chat ! Enfin un chat qui m'a adoptée après la mort de mon père. Elle leva les yeux sur lui, afin de vérifier sa réaction, avant de reprendre : Il est entré dans la maison et a décidé que je serais sa nouvelle maîtresse et qu'il vivrait en ces lieux désormais. C'est le monde à l'envers ! ajouta-t-elle en riant.

- Pas du tout ! C'est un chat de hasard ! Cela arrive fréquemment, vous savez ! Ces chats-là sont souvent très protecteurs et dégagent des fluides ou captent des énergies, je ne sais pas trop. Mais je ne suis pas surpris qu'il vous aide dans votre quête.

Julie ne souriait plus. Elle l'observait en fronçant les sourcils. « *Quel est le plus fou, entre lui et moi ?* »

- Vous ne semblez pas me prendre au sérieux ? lui demanda-t-il en souriant.

Avait-il lu dans ses pensées ? Puis il reprit :

- Vous avez raison, je suis un peu frappé. Mais je peux vous dire que lorsque mon père est décédé, un chat est arrivé chez moi et je l'ai gardé.

Encouragée, Julie lui avoua :

- Je lui parle ! Il est adorable ! Je n'ai jamais eu d'animaux, même enfant. Il est vrai qu'il m'a menée vers un indice et qu'il a parfois un comportement surprenant lorsque j'approche de quelque chose. Vous savez, comme lorsque nous étions gamins et que nous jouions à « *Tu chauffes, tu brûles ou bien t'es glacé !* »

Puis elle devint pâle. Son sang se glaça. Inquiet, Pierre Terrier s'enquit :

- Ça ne va pas ? Vous êtes toute blanche !

Julie venait de penser à la dernière fois que Sherlock avait eu une attitude surprenante. Elle tenait le livre de Krishnamurti dans les mains. Peut-être était-elle passée à côté d'un élément. Pensant qu'elle avait faim, Terrier appela le serveur pour qu'il prenne leur commande. Ils choisirent le plat du jour et un pichet de rosé.

Le vin aidant, Julie s'était détendue. Elle appréciait la présence de cet homme, aux tempes grisonnantes.

Elle se sentait de plus en plus à l'aise. Pierre Terrier lui raconta sa rencontre avec Jean Bertin. Ce dernier lui avait parlé de l'époque où il avait travaillé à Besançon dans l'entreprise Terrier. Il lui avait déclaré garder un excellent souvenir de cette période, avoir beaucoup appris avec son patron, même s'il était très caractériel. Pierre en avait convenu. Son père l'impressionnait. C'était sa hantise lorsqu'il rentrait le soir et que ses notes scolaires n'étaient pas à la hauteur de ses espérances. Il rit de bon cœur à ces souvenirs, ce qui fit sourire Julie. Même quand il riait, il était craquant !

- Le mien était plus cool ! Mais pour être honnête, j'étais plutôt bonne élève.

- Que faites-vous dans la vie ? lui demanda Pierre Terrier, s'affalant au fond de sa chaise et la fixant dans les yeux.

Julie s'étrangla en buvant son rosé. Elle toussota pour s'éclaircir la voix avant de répondre :

- Et bien je suis attirée par les étoiles… Je suis scientifique !

- Scientifique ?

- Oui, chercheuse en astronomie, plus exactement.

- Alors là, je suis épaté !

Il observait cette jeune femme, ravissante, voire même sexy mais plutôt gauche. Il éprouvait des difficultés à l'imaginer dans un laboratoire. Face à son regard incrédule, elle s'offusqua.

- En quoi cela vous surprend-il ? Parce que je suis une femme ?

- Non… non… Ce n'est pas ça ! Ne le prenez pas mal, mais je ne m'imaginais pas du tout que vous puissiez faire ce genre de travail.

- Et qu'est-ce que vous me voyez faire alors ? Elle ne cachait pas son agacement.

- En fait, je ne sais pas trop… Je suis confus. Excusez-moi si je vous ai blessée ou contrariée !

- Je peux même vous dire que j'étais en charge d'une équipe qui travaille sur un projet en partenariat avec le CNRS et d'autres pays.

- Pourquoi vous étiez ?

- J'ai démissionné ! lui annonça-t-elle de but en blanc.

Il continuait de l'observer, l'air amusé.

- Vous êtes une jeune femme surprenante !

Julie prit sa remarque pour un compliment. Puis elle lui demanda de revenir sur le but initial de ce repas : son père. Jean Bertin avait travaillé dans l'entreprise Terrier de 1966 à 1975. Pierre sortit d'une de ses poches un morceau de papier. Il avait trouvé une adresse sur le registre des salariés. Il lui proposa de l'y conduire après le repas. Elle accepta après s'être assurée que cela ne le dérangeait pas.

*

Se suivant en voiture, ils se garèrent près d'une petite place au centre de laquelle se dressait une fontaine. Julie s'en approcha, suivie par son accompagnateur.

- Elle est jolie !

- C'est la fontaine Bacchus ! lui expliqua Pierre.

- Pourquoi Bacchus ?

Elle fit le tour du monument, caressant la margelle.

- En fait, autrefois, il y avait une fontaine ornée du dieu Bacchus, cela remonte à quelques siècles. Il me semble que c'était au XVème. Alors que celle-ci date du milieu du XIXème.

Puis il désigna la rue qui s'étendait de chaque côté.

- Voici la rue Battant !

Ils longèrent les façades. De part et d'autre de la rue, des boutiques offraient leur devanture aux passants. Ils s'arrêtèrent au niveau du numéro relevé dans le registre des salariés. Julie était émue. Elle leva la tête. Il y avait trois étages. Les immeubles étaient anciens, mais bien rénovés. Elle regarda Pierre Terrier, des larmes dans les yeux.

- Merci ! lui dit-elle, un sanglot dans la voix.

Discret, il lui proposa de la laisser seule, afin qu'elle s'imprègne du quartier dans lequel ses parents avaient vécu. Ils échangèrent leur numéro de téléphone portable, au cas où Pierre se souviendrait d'autres éléments ou que Julie ait envie d'autres renseignements.

- Julie !.... N'hésitez surtout pas à m'appeler si vous avez besoin de quoi que ce soit !

Sans voix, elle acquiesça en lui souriant en guise de remerciement.

Elle le regarda s'éloigner. Son cœur s'affola. Elle se sentit seule. Elle mourait d'envie de lui courir après et de se jeter dans ses bras. Pourtant, elle était venue pour se plonger dans les lieux où ses parents avaient vécu leur histoire. Elle devait vivre cet instant, seule face à ses émotions. La porte d'entrée était entrouverte. Elle regarda autour d'elle et la poussa. Elle pénétra dans cet endroit frais et sombre. Elle gravit les escaliers, en effleurant de sa main la rampe. Elle s'arrêta sur chaque palier pour lire les noms sur les sonnettes, par simple curiosité. Son père avait mentionné dans l'une de ses lettres qu'il vivait au dernier étage. Elle s'y rendit et resta plantée devant les portes. Elle suffoquait. Elle fut prise d'un vertige et dut s'asseoir quelques instants sur la dernière marche. Puis elle se décida enfin à redescendre. Elle imaginait Jean entrer dans ce hall et monter les escaliers en courant, la lettre d'Anna en main. Il lui avait écrit qu'il y avait une concierge à l'époque.

Elle sortit. La chaleur étouffante de la rue la prit à la poitrine. Étourdie, elle s'adossa à la porte d'entrée qu'elle venait de refermer derrière elle. Une passante la voyant en difficulté lui proposa de l'aide, mais Julie refusa gentiment. Il lui fallait juste un peu de temps pour s'accoutumer à la chaleur et surtout pour se ressaisir. Une jeune fille lui demanda de s'écarter afin de pouvoir pénétrer dans le hall. Elle était vêtue d'un jeans aéré aux genoux et sous les fesses, un tee-shirt noir rehaussé d'une bouche et d'une énorme langue rouge : le logo des Rolling Stones. Elle portait un piercing à l'une de ses narines. Ses bras étaient couverts de bracelets en cuir et de rubans de différentes couleurs. Ses cheveux étaient coupés courts, mais une longue mèche rouge lui cachait les yeux. Avant de fermer la porte, elle sortit la tête et s'adressa à Julie, laissant percevoir un autre piercing au bout de la langue.

- Tu cherches quelque chose ?

Julie mit quelques secondes avant de lui répondre.

- Mes parents ont vécu là, dans les années soixante-dix. Je voulais juste voir à quoi ressemblaient l'immeuble et la montée d'escaliers.

- Tu veux entrer ?

- C'est gentil, mais je viens de monter. En fait, je ne sais pas dans quel appartement ils vivaient.

- T'as qu'à demander à mon grand-père ! Il a toujours vécu dans l'quartier !

- Et où habite ton grand-père ?

- Ben ici, au premier ! J'vais justement chez lui ! Viens !

Elle ne se fit pas prier et suivit la jeune fille qui devait avoir dix-sept ou dix-huit ans. Elles pénétrèrent dans un coquet appartement. De vieux meubles et une horloge comtoise se mariaient avec des toiles contemporaines aux couleurs vives. Une odeur d'ancien, de cire et de tabac froid mêlés incommoda quelques instants Julie.

- Papi ? cria la jeune fille. C'est moi, Sam ! T'es où ?

- Dans la cuisine ! répondit une voix chevrotante. J'arrive !

Julie entendit des bruits de glissement sur le parquet, cadencés par un claquement. Un vieil homme voûté s'aidant d'une canne arriva lentement. Il devait avoir quatre-vingt-dix ans. Ses mains tremblaient.

Entrant dans la salle à manger, il s'appuya sur le rebord de la table. La jeune fille l'embrassa.

- Salut Papi ! Tiens, t'as une visite, lui dit-elle.

Puis se tournant vers Julie, elle lui conseilla de parler suffisamment fort.

- Bonjour, Monsieur ! cria Julie, lui présentant la main pour le saluer.

- Bonjour ! Et s'adressant à la jeune fille : C'est une amie à toi ?

Sam lui expliqua qu'elle l'avait croisée en bas de l'immeuble, que ses parents avaient vécu en ces lieux et qu'elle voulait savoir où était leur logement. Elle se tourna vers Julie et lui confia qu'en fait, il s'agissait de son arrière-grand-père.

- Asseyez-vous Mademoiselle ! Vous voulez du café, j'en ai préparé ?

- Non merci ! C'est gentil ! Julie lui sourit.

- Alors, comme ça, vos parents ont vécu ici ?

La jeune femme lui expliqua le peu qu'elle savait. Le vieil homme se moucha, avant de répondre

- J'ai connu Jean Bertin ! Je me souviens bien de lui ! Alors comme ça vous êtes sa fille ?

Julie approuva. Elle était à la fois excitée et stupéfaite, consciente qu'elle aurait très bien pu ne pas rencontrer Sam en bas de l'immeuble et que, par conséquent, son chemin n'aurait pas croisé celui de cet homme.

- Le hasard fait bien les choses ! affirma Julie.

- Il n'y a pas de hasard, jeune fille ! lui déclara-t-il aussitôt.

- Vous avez sans doute raison ! Julie était pensive.

- D'ailleurs votre père, je l'ai revu il y a environ un an. Il devait se douter que vous viendriez me voir car il m'a laissé une chose pour vous. Heureusement que je ne suis pas mort avant de vous la remettre !

Il partit aussi lentement qu'il était venu. Sam, les yeux pétillants, s'exclama en observant la jeune femme :

- Alors ça ! C'est trop fort !

Julie frémissait. Elle ne savait plus quoi penser, se demandant comment son père pouvait bien savoir qu'elle ferait la connaissance de ce vieux monsieur. Tout s'embrouillait dans sa tête. Elle fit le choix de ne pas se poser de question. Les pas glissants sur le parquet et le bruit de la canne se firent entendre à nouveau. Le vieil homme réapparut avec une enveloppe qu'il lui tendit.

- Comment va votre père ? s'enquit-il.

- Il est décédé il y a deux mois.

Julie sentit une boule lui serrer la gorge. Le vieil homme semblait attristé. Il sortit son mouchoir et souffla bruyamment dedans.

- C'est pas Dieu possible ! Il était pourtant jeune !

- Soixante-et-onze ans ! précisa Julie.

- C'est bien ce que je dis ! Il était jeune !

Encore sous le choc, il répéta :

- C'est pas Dieu possible !

- Ça, c'est pas cool du tout ! renchérit Sam.

- Où était son appartement ? demanda aussitôt Julie.

- Lorsqu'il vivait seul, il logeait au dernier étage. Puis il a rencontré votre mère. Alors ils ont emménagé sur le même palier que moi, l'appartement qui se trouve en face du mien. Le malheureux s'est retrouvé veuf deux ans après… C'est pas Dieu possible ! répéta-t-il en secouant la tête.

Se ressaisissant, il expliqua à la jeune femme que le quartier était l'un des plus anciens de Besançon. À l'origine, les principaux habitants étaient des vignerons, des horlogers, des tanneurs, des lavandières. Jusqu'à la fin du XIVème siècle, la principale activité était la culture de la vigne. Heureux de faire partager ses connaissances et devant l'intérêt que lui portait la fille de son ancien voisin, il poursuivit en lui expliquant que le quartier était donc très populaire et les logements plutôt insalubres et étroits. Dès les années 1980, une politique de réhabilitation avait été mise en place. Ce furent des travaux gigantesques. Les habitants avaient été relogés. Les façades avaient été conservées, mais le reste des immeubles complètement démoli et reconstruit aux normes et avec plus de confort. Par chance, Alfonse Vautherot, tel était son nom, avait pu regagner un appartement situé au même endroit que celui dans lequel il avait vécu auparavant. Les logements étaient plus grands. Le quartier avait perdu la moitié de ses habitants après la réhabilitation. Julie fut déçue en réalisant que l'univers dans lequel ses parents avaient vécu n'était donc pas à l'identique de ce qu'elle venait de voir. Alfonse Vautherot lui parla des monuments du quartier, notamment de l'église de la Madeleine qui datait du XVIIIème siècle.

En écoutant ce vieil homme, Julie comprit que son père avait dû trouver en lui l'envie d'apprendre. Elle n'osait pas interrompre les commentaires d'Alfonse.

Elle profita d'une pause mouchoir pour lui demander comment était sa mère.

- Ah ! Anna ! Une belle femme ! Elle est partie bien jeune ! En vous mettant au monde, c'est ça ?

Julie acquiesça. Puis il reprit :

- Elle était douce. Ses yeux étaient pleins de bonté. Elle était toujours prête à rendre service. Ma femme était bien malade à cette époque, alors elle venait et s'occupait de nous. Elle nous a manqué lorsqu'elle est morte. Nous avions beaucoup de peine ! C'est pas Dieu possible, ça !

- Elle était religieuse !

- Oui ! Elle nous l'avait confié un jour. Je sais qu'elle se rendait dès qu'elle pouvait à l'église Sainte Madeleine. C'est à deux pas d'ici. Mais l'amour qu'elle avait pour votre père était plus fort que tout. Ah, ces deux-là ! Ils faisaient plaisir à voir !

Julie souriait, des larmes dans les yeux. Puis se levant, elle regarda les toiles qui étaient accrochées aux murs. Elle était intriguée de voir des tableaux contemporains dans ces lieux. Sam annonça fièrement :

- Mes chefs-d'œuvre !

- C'est toi qui fais ça ! C'est très beau !

Julie était stupéfaite. Elle en avait compté six dans la salle à manger.

- Je fais les Beaux-Arts ! lui précisa la jeune fille.

- C'est génial !

Elle continuait à les admirer. Puis se tournant vers Alfonse Vautherot, elle le remercia pour tout ce qu'il avait pu lui apporter. Il avait les yeux humides. Tous ces souvenirs l'avaient ému. Il semblait épuisé. Sam raccompagna Julie jusque dans la rue.

- Mon grand-père a passé un moment super avec toi ! J'en suis persuadée ! Si un jour tu repasses dans le coin, n'hésite pas.

- Merci, Sam. Merci pour tout !

Julie se dirigea vers l'église Sainte Madeleine où sa mère venait régulièrement. Elle entra et y trouva une fraîcheur qui lui fut agréable. Elle admira le style de l'édifice. Des œuvres y étaient exposées. Un orgue magnifique y trônait. Elle resta là quelques instants. En sortant, elle suffoqua tant il faisait chaud. Elle se promena dans la rue Battant et revint vers la fontaine de Bacchus. Un café avait dressé sa terrasse à proximité. Elle s'y installa, se demandant si ses parents connaissaient cet endroit. Peut-être y venaient-ils de temps en temps. Un garçon vint prendre sa commande. Elle choisit un thé glacé. Elle prit l'enveloppe qui lui avait été remise, l'ouvrit et sans surprise en sortit une lettre.

« Ma Chérie,

Le jeu de piste prend forme pour moi. J'ai laissé des indices à plusieurs endroits. Je vais te parler un peu de moi dans cette lettre. Parmi toutes ces choses que je ne t'ai jamais dites et que tu découvres au fur et à mesure de ta progression sur le parcours de ton histoire familiale, j'ai fait l'impasse sur une période de ma vie, de seize à vingt-sept ans, donc de 1955 à 1966. Cette dernière date est celle où je suis revenu dans ma ville natale, Besançon. Durant onze années, j'ai parcouru le pays, afin d'acquérir les connaissances et le savoir-faire de mon métier. Une personne devrait t'en dire plus sur cette période. Je te donne les indices suivants : une équerre et un compas enlacés, Sainte Anne, ainsi que le nom d'un village : Aragnouet.

J'espère que tu as apprécié Alfonse. C'est quelqu'un qui a beaucoup compté pour moi. Il possède une grande culture. S'il part avant moi, j'espère qu'il aura eu le temps de remettre cette lettre à l'un de ses descendants et que ton chemin croisera l'un d'eux.

Papa »

PS : une précision concernant les Mille Étangs, le site sur lequel je souhaiterais la dispersion de mes cendres. Nous l'avions découvert Anna et moi et étions tombés à l'unisson sous le charme de ce lieu.

Julie replia le papier.

Elle avait senti que l'enveloppe kraft était un peu lourde pour ne contenir qu'une lettre. Elle regarda au fond. Un objet en bois, en forme de demi-lune avec deux encoches, s'y trouvait. Ce croissant était entièrement sculpté. Elle reconnut la forme. Elle était similaire au pendentif que son père lui avait offert à Noël. Elle le portait d'ailleurs à son cou. L'objet en verre comportait également des encoches. Elle ne savait pas, alors, à quoi elles pouvaient servir, mais elle venait de comprendre. Elle assembla les deux pièces, repensant au mot que son père avait joint dans le coffret : *« Ce bijou n'est pas dans son entièreté. Lorsque le moment sera venu, tu trouveras les morceaux manquants.* » Les deux parties ainsi rassemblées, un vide en forme d'amande apparaissait au centre. La jeune femme était intriguée par ce médaillon.

Puis elle se pencha à nouveau sur le contenu de la missive qu'elle venait de lire. Son père lui donnait de nouveaux indices. Un compas et une équerre entremêlés lui firent penser au symbole d'une confrérie ou d'une société secrète. Sainte Anne n'évoquait rien pour elle. Quant au nom du village, elle ne savait même pas s'il se trouvait en France. Qu'avait-il voulu lui faire comprendre ?

Buvant lentement son thé, elle laissa glisser le liquide glacé dans sa gorge. Elle sentit que son corps se rafraichissait. Puis, les yeux dans le vague, elle se surprit à rêvasser. Une impression étrange l'envahit à cet instant : la sensation d'être observée. Discrètement, elle scruta les environs, mais elle ne remarqua personne. À la terrasse du café, deux couples et quelques hommes seuls étaient installés au soleil pour certains, à l'ombre du store pour d'autres. L'un d'eux lui sourit avant de replonger sur son ordinateur portable. La situation était étrange, presque surréaliste. Se faisait-elle des idées ? Cette impression ne la lâchait pas. Elle était troublée. Elle décida de payer et de partir.

29

De retour à Lure, Julie repensa à la sensation qu'elle avait ressentie place Bacchus. Elle en avait oublié le contenu de la lettre qu'elle avait découvert à la terrasse du café. Puis ses pensées errèrent du côté de l'agence de voyages et plus exactement de Pierre Terrier. Elle avait très envie de l'appeler. Pour lui dire quoi ? Qu'elle le trouvait séduisant ? Qu'elle avait apprécié de déjeuner en sa compagnie ? Ou tout simplement le remercier d'avoir pris sur son temps, certainement très précieux, pour l'accompagner jusqu'à la rue Battant ? Elle pensa qu'il serait plus sage d'attendre le lendemain, afin de ne pas paraître trop entreprenante.

Pénétrant dans la maison, elle s'affala sur le canapé, en jetant ses sandales, dont l'une atterrit sur la table de salon. Puis, le regard vers le cylindre, elle raconta sa journée à son père. Sherlock vint se blottir contre elle. Le caressant, elle se remémora sa réaction au restaurant, au souvenir des miaulements de son chat lorsqu'elle tenait les livres dans les mains. Elle courut dans le bureau, prit les différents ouvrages laissés sur le fauteuil, les secoua, l'un après l'autre, les feuilleta. Rien ne tomba, rien n'y avait été inséré. Déçue, elle les reposa sur l'étagère. Elle sentit que quelque chose gênait lorsqu'elle voulut ranger le dernier. Elle se hissa sur ses demi-pointes et tâta le rayonnage. Elle sentit un papier. Elle le prit. Il s'agissait d'une enveloppe. C'était donc ça ! Fébrilement, elle s'installa sur le club, ouvrit l'enveloppe et en sortit plusieurs feuillets écrits par Jean Bertin. Le chat vint se lover sur ses genoux.

« Ma Chérie,

Je ne sais pas où tu en es dans le jeu de piste, ni où en est ton cheminement. À ce stade, as-tu trouvé des choses sur ta mère ? Si ce n'est pas le cas, sache que je l'ai beaucoup aimée, même si malheureusement notre amour a été écourté. J'ai le sentiment d'avoir passé toute ma vie avec elle, tant elle a été présente, même après son décès. Cela peut te paraître incroyable, voire inconcevable pour toi, ma petite scientifique. Mais crois-moi, j'ai toujours eu l'impression qu'elle me secondait pour ton éducation, qu'elle veillait sur nous, qu'elle nous protégeait. Était-ce réel, ou le fruit de mon imagination ? Je ne sais pas, peut-être que me convaincre de sa présence m'aidait à surmonter l'épreuve de son décès. »

Julie était stupéfaite. Jamais son père ne lui avait parlé de ces phénomènes, de ces sensations de présence. Elle poursuivit sa lecture.

« Je t'ai parlé de ma mère qui m'avait élevé seule. Jamais je n'ai fait allusion à mon père, ce grand absent de ma vie. Il m'avait envoyé une carte, une reproduction de Botticelli. Peut-être l'as-tu déjà trouvée ! Si ce n'est pas le cas, je te laisserai la découvrir. Elle n'est pas loin.

Mon père était en fait séminariste lorsqu'il a rencontré Madeleine, ma mère, en 1938. Il était alors à

Strasbourg. Ce que je n'ai jamais réussi à savoir, c'est comment ils se sont rencontrés. Mais ce que je sais, c'est qu'ils se sont aimés. Je ne l'ai pas appris de ma mère. Il s'agissait d'un sujet tabou. On ne parlait pas d'amour avec elle. En grandissant, je me doutais bien qu'elle ne m'avait pas eu par l'opération du Saint Esprit, si je peux dire ! Cependant, je n'ai jamais osé lui poser la moindre question. Tout ce que je te raconte là, je le tiens de mon père, que j'ai retrouvé bien des années après. J'étais avec ta mère d'ailleurs. Donc je reviens sur l'histoire de mes parents. Je te disais plus haut que mon père était séminariste, sans doute voué à une vie de prêtre. Alors imagine : il tombe amoureux d'une jeune fille, faute avec elle et voilà que la demoiselle tombe enceinte de lui. Catastrophe ! Il a fait le choix de renoncer à cet enfant et à cette femme.

Madeleine, qui vivait chez ses parents, a décidé de garder l'enfant. De toute façon, à l'époque cela coûtait trop cher et il était trop risqué de se faire avorter. Entre-temps, la guerre a éclaté en 1939. Les hommes ont été mobilisés, y compris mon père. Puis il fut arrêté en 1940 et envoyé dans un stalag à Görlitz. »

La jeune femme leva les yeux, afin de prendre le temps de réaliser ce qu'elle venait de lire. C'était invraisemblable ! Sa mère avait été religieuse, son grand-père paternel séminariste, voué à devenir prêtre. Elle baignait dans un univers qui lui était jusqu'alors inconnu. Elle reprit :

« Mon père m'a relaté, non sans émotion, les événements qui ont suivi sa capture. Avec des amis séminaristes comme lui, ils ont été arrêtés, ainsi que d'autres soldats. Ils ont marché jusqu'à Troyes entourés de S.S., des mitraillettes pointées sur eux. Ils avaient faim, ils étaient épuisés, mais n'osaient rien dire sous peine d'être fusillés. Certains en avaient été victimes. Après avoir passé deux jours enfermés dans une grange, ils ont été parqués dans des wagons comme des bêtes. Ils étaient une quarantaine par wagon. Ils avaient peur. Les allemands menaçaient d'en tuer une dizaine, si certains d'entre eux se manifestaient. Durant trois jours et deux nuits, dans des conditions d'hygiène insoutenables (il me disait que pour uriner, ils devaient se plaquer entre les lattes des wagons), ils traversèrent la Belgique, la Hollande, avant de pénétrer en Haute Silésie à Görlitz, à la frontière de l'actuelle Pologne. Dès leur arrivée, ils ont dû se dévêtir entièrement, leurs crânes ont été rasés. Ils se sentaient humiliés. Dans cette promiscuité, les poux et autres parasites s'en étaient déjà donnés à cœur joie ! Mon père me disait qu'il était sûr de ne plus jamais revoir les siens. Il se souvenait avoir pensé à Madeleine et à l'enfant qu'elle portait. Il avait pleuré alors, en cachette, afin que personne ne le remarque. Dans les baraques du stalag, ils s'entassaient, évidemment. Des lits sur trois étages, des paillasses infestées de poux et de puces, des rations alimentaires, des corvées formaient leur quotidien. Il avait caché à ses camarades de baraquement qu'il était séminariste. Il se trouvait isolé des

amis avec lesquels il avait été arrêté. Il n'eut que très peu de nouvelles d'eux par la suite. Beaucoup ne sont jamais revenus d'Allemagne, sans doute avaient-ils été fusillés. Il est resté cinq années dans cette galère ! Te rends-tu compte ? Cinq ans ! »

Julie laissa tomber la feuille. Elle pleurait. Des douleurs dans la poitrine l'étouffaient. Les révélations sur son grand-père étaient terribles ! Cette histoire était insoutenable. Pourtant, elle se devait de connaître la suite. Après tout, l'histoire de ses grands-parents était inscrite dans ses gènes. Elle prit le feuillet suivant, en sanglotant.

« Le 8 mai 1945, toutes les églises de France sonnaient le terme de la guerre en Europe. À la fin du mois, mon père revenait en France. Il était enfin libre. Marqué par cette période, il voulait profiter pleinement de cette liberté nouvelle en quittant le séminaire. Cependant, il n'avait pas osé contacter directement Madeleine. Il m'a expliqué qu'il avait perdu ses repères et surtout sa dignité.

Il avait décidé de changer radicalement de vie. Il avait toutefois pris des nouvelles de ma mère par l'intermédiaire d'un ami et avait su qu'elle avait mis au monde un fils, un an avant son départ pour le stalag.

En me reparlant de ce moment, mon père s'était mis à pleurer. C'était très dur pour moi aussi, un véritable crève-cœur !

C'est alors qu'il a rencontré une jeune femme qu'il a épousée et à qui il a donné trois enfants. J'ai trois demi-frères dont je n'ai pas souhaité faire la connaissance. Ils n'étaient pas au courant de mon existence et je ne voulais pas entrer dans leur vie.

Je ne lui en voulais pas, enfin plus ! Il m'a fallu attendre toutes ces années pour connaître, grâce à son récit, le motif de son silence, de son absence. Il m'a toutefois avoué qu'il avait suivi de loin mon évolution, dès que j'ai eu 7 ans. Il venait de temps en temps à la sortie de l'école afin de me voir. Il m'a dit m'avoir observé dans la cour jouer aux billes avec mes camarades. Une fois, il m'a aidé à éviter un accident idiot. À l'époque, il n'y avait pas énormément de véhicules et je traversais sans regarder. Il a crié : Attention ! J'ai reculé et échappé de justesse à la catastrophe. Je n'ai gardé qu'un vague souvenir de cette histoire. Il m'a révélé qu'il envoyait régulièrement de l'argent en espèces à ma mère. Je n'en ai jamais rien su. Tout ce qu'elle m'avait remis de sa part était un livre et une carte. Peut-être sais-tu de quoi je parle, sinon, tu le découvriras. Pour le coup, j'en ai voulu à cette dernière pour son silence, mais très vite, je me suis dit qu'elle avait elle aussi ses raisons.

En fait, j'avais su qu'il avait été au séminaire de Strasbourg car ma mère me l'avait annoncé sur son lit de mort. Je suis parti à sa recherche. Par erreur, j'ai été amené à contacter un autre établissement, j'y ai fait une belle rencontre. Quelques années plus tard, j'ai enfin retrouvé ses traces. Cela n'a pas été une mince affaire, mais j'ai réussi. Je l'ai donc rencontré, ta mère m'accompagnait. Inutile de te dire l'émotion que nous avons ressentie tous les trois. Je n'ai plus jamais revu mon père, il est décédé quelques semaines plus tard.

Voilà, ma Chérie, je viens de te livrer une pièce de mon histoire familiale et donc de la tienne.

Je t'aime.

Papa »

30

Après avoir lu et mouillé de ses larmes tous les feuillets que son père lui avait écrits, Julie eut besoin d'un remontant. Elle trouva dans le bar du salon une bouteille de whisky, s'en servit une bonne quantité dans un verre qu'elle but lentement. Bien que lui brûlant l'œsophage, elle sentit l'alcool se diffuser dans son corps, dans son sang, la réchauffer, l'envelopper. Ses sanglots stoppèrent. Ses paupières se fermèrent progressivement. Elle était épuisée. Toute son existence et celle de son père n'avaient été que silence, secrets. Pas étonnant, avec des valises aussi lourdes à traîner depuis deux générations, qu'elle ait ressenti le besoin vital de fuir le monde d'ici-bas et de s'ouvrir à la voûte céleste. "*Lourdes*" n'était peut-être pas le terme approprié d'ailleurs, puisqu'elle éprouvait un manque. En fait elle était remplie de vide, le sien et celui de son père. S'allongeant sur le canapé, elle regarda Sherlock assis sur la table de salon face à elle, les yeux grands ouverts sur sa maîtresse. Ne pouvant résister plus longtemps, elle s'assoupit.

Un bruit effrayant la sortit de son sommeil, comme du verre brisé. Son cœur s'affola, une sueur froide lui parcourut le dos. Avait-elle rêvé ? La maison était plongée dans le silence absolu. Le chat n'était plus sur la table, il était certainement allé se coucher. Elle en fit autant et regagna sa chambre, plongea dans son lit encore vêtue de sa robe légère et s'endormit aussitôt. Lorsqu'elle se réveilla, il était neuf heures. Elle avait dormi plus de douze heures d'affilée. Se sortant du lit avec difficultés, elle se dirigea vers la salle de bains et se doucha.

Les cheveux encore mouillés et enveloppée de son peignoir, Julie entra dans la cuisine. Elle poussa un cri. Quelqu'un y avait pénétré. Les tiroirs et les portes des placards étaient ouverts. Pourtant l'entrée était verrouillée, elle venait de vérifier. Dans le salon, elle découvrit une rose rouge posée sur la table. Les portes du petit meuble à l'entrée étaient également béantes. Elle entendit Sherlock miauler. Cela venait de l'extérieur. Comment était-il sorti ? Il était avec elle la veille au soir, elle s'en souvenait très bien. En tremblant, elle ouvrit la porte pour laisser entrer le chat puis referma aussitôt.

Elle parcourut les autres pièces de la maison, après avoir pris dans la cuisine un grand couteau. Elle se demandait tout de même ce qu'elle pourrait bien faire de son arme si quelqu'un venait à lui faire face. Sans faire de bruit, elle visita chaque pièce, mais ne découvrit rien, ni personne.

Elle revînt dans sa chambre à coucher et trouva la robe qu'elle avait portée la veille étalée sur son lit, alors qu'elle l'avait laissée dans la salle de bains.

La panique la prit. Elle descendit les escaliers quatre à quatre, traversa le salon en courant et sortit de la maison. Sans s'arrêter, elle se dirigea chez Rosette. Elle frappa, complètement affolée. La vieille femme inquiète lui ouvrit, la fit entrer. Julie pleurait, elle dut faire des efforts pour se calmer et lui raconter qu'un voleur était entré chez elle. Elle appela la police.

Une demi-heure plus tard, deux individus en uniforme sonnaient à la porte. Julie leur expliqua. Dans l'affolement, elle n'avait pas eu le temps de s'habiller.

Les deux fonctionnaires se rendirent chez elle, firent le tour de la propriété. Une vitre à l'arrière de la maison avait été brisée. Le ou les malfaiteurs étaient sans doute passés par là. Ils lui demandèrent de faire un état des lieux et des objets qui manquaient, lui précisant que souvent les voleurs étaient attirés par l'argent et les bijoux. Mais il ne manquait rien. Par contre, une rose avait été posée sur la table de salon. Les policiers se regardèrent, un sourire ironique aux lèvres, l'un d'eux lui déclara que ce devait être un admirateur. Julie n'était pas rassurée et fut agacée par cette remarque. Ils lui conseillèrent de clouer une planche à l'endroit de la vitre brisée en attendant de la remplacer. Ils prirent sa déposition, puis repartirent.

Rosette était aussi traumatisée que sa jeune voisine. Et si les voleurs étaient venus chez elle ? Et s'ils les avaient brutalisés, elle et son mari ? La délinquance arrivait dans leur quartier, pourtant si paisible. Aux informations, dans les journaux, ils ne parlaient que de ça ! Rosette avait très peur.

Julie la rassura en la raccompagnant chez elle. Mais la jeune femme sentait ses jambes vaciller. Dès son retour à la maison, elle trouva une planche dans la cave et la cloua à la place de la petite fenêtre. Le chat ne la quittait pas. Peut-être avait-il vu qui avait commis ce délit. Elle appela Thérèse pour lui raconter ce qui venait d'arriver. Elle lui parla de sa rencontre avec Pierre Terrier, ainsi que de la lettre de Jean trouvée sur l'étagère. Thérèse écoutait le récit attentivement, choquée toutefois par l'épisode de la visite par effraction, même si la signature était des plus romantiques. Thérèse lui conseilla de dormir chez sa voisine.

Mais Julie décida d'exorciser sa peur en restant chez elle. Des individus étaient entrés, avaient fouillé la maison, mais n'avaient rien volé. Peut-être cherchaient-ils quelque chose qu'ils n'avaient pas trouvé. Ils lui avaient laissé une rose pour s'excuser ou… pour la remercier d'avoir tout de même trouvé ce qu'ils cherchaient ? Julie rangea la cuisine, le salon et jeta la fleur dans la poubelle. Dans sa chambre, elle prit la robe pour la mettre dans le panier à linge sale. Elle se souvint alors du bruit qu'elle avait entendu la veille au soir. Elle suffoqua en réalisant que le ou les individus étaient entrés chez elle à cette heure tardive pour ne repartir que le matin, puisqu'ils avaient déposé la robe pendant qu'elle était sous la douche… Ils étaient même entrés dans la salle de bains ! C'était effroyable ! Ils l'épiaient dans la maison, alors qu'elle dormait paisiblement dans son lit ! Elle tremblait. Le chat était vers elle. Il se frottait à ses pieds en ronronnant et elle le prit dans les bras.

Julie décida d'appeler Pierre Terrier afin de le remercier. Lorsqu'il décrocha, elle sentit un frisson lui caresser le corps entier.

- Bonjour ! Julie Bertin au téléphone ! « *Bien évidemment au téléphone, cette expression est stupide !* » pensa-t-elle. Puis elle reprit : Je tenais encore à vous remercier pour m'avoir consacré un peu de votre temps et m'avoir accompagnée jusqu'à la rue Battant ! lui lança-t-elle d'une traite avant de reprendre son souffle.

- Je vous en prie, Julie ! Tout le plaisir était pour moi ! J'ai réellement apprécié de vous avoir rencontrée. J'ai passé un excellent moment avec vous. Donc merci à vous !

La jeune femme resta muette un instant, puis tenta :

- Je me demandais si… si... enfin… si vous accepteriez que je vous invite au restaurant à mon tour ?

Il y eut un long silence. Julie se sentit stupide. Il était sans doute marié et pensait qu'il se faisait allumer par une femme en mal d'amour ! Elle était honteuse. Mais à sa grande surprise, il accepta.

Le seul problème, c'est qu'il devait repartir en voyage le lendemain. Il lui proposa donc de reporter leur dîner à son retour. Dîner ? Elle n'avait pas parlé de dîner, mais de restaurant. « *Un dîner, c'est génial ! C'est plus... romantique* ».

Dès qu'elle eut raccroché, elle sautilla sur place en riant et chantant telle une enfant, devant les yeux incrédules du chat. Elle ne pensait plus à son cambriolage. Elle était heureuse. Puis elle décida de prendre des nouvelles de Christophe : qu'il ne réponde pas à ses messages l'inquiétait. Une nouvelle fois, elle tomba sur son répondeur.

- Christophe, c'est Julie ! Je suis inquiète. Je t'ai envoyé des sms, laissé plusieurs messages et tu ne me réponds pas ! Que se passe-t-il ? Rappelle-moi s'il te plait ! Je t'embrasse !

Sa joie ne s'était pas dissipée. Dehors, le soleil avait fait place à de la pluie depuis le matin, mais avec tous ces évènements, elle ne s'en était pas aperçue.

31

Julie était partie faire quelques courses, le réfrigérateur étant vide. Même si sa joie de partager une soirée avec Pierre Terrier était immense, un soupçon d'inquiétude pointait son nez. Elle trouvait surprenant que le jour où elle avait eu l'impression que quelqu'un la surveillait à Besançon, sa maison avait été visitée quelques heures plus tard. D'ailleurs, la sensation d'être observée l'obsédait à nouveau. Elle regardait autour d'elle. Elle devenait folle ! Qui pouvait bien s'intéresser à Julie Bertin, cette illustre inconnue qui n'avait d'existence qu'au Centre de recherche de Lyon ? Sans son masque de scientifique, qui était-elle ?

Elle qui découvrait peu à peu son histoire familiale, pensait jusqu'à présent avoir une vie insipide. Pourtant, au fil de son cheminement généalogique, elle avait la sensation de grandir un peu plus. Tel un arbre, dont les racines s'enrichissent, elle s'élançait tout en se renforçant. Elle avait lu quelque part qu'être un arbre, cela se méritait ! Il fallait avoir des racines, des ramifications jusqu'au sommet et mesurer une certaine taille. En dessous, il s'agissait d'arbustes ou d'arbrisseaux. Elle croyait être ancrée, mais ce n'était qu'illusion. Le décès de son père l'avait laissée arbrisseau désemparé, esseulé, desséché. Puis en quelques jours, elle était devenue arbuste et enfin elle devenait arbre. Ses racines s'étalaient sous ses pieds. Elles étaient belles, fournies, robustes, vivaces…

- Excusez-moi ?

La question la sortit de ses pensées. Une dame se trouvait à côté d'elle et désignait son caddie.

- Je vois que vous avez vidé le rayonnage de tous ses pots de cancoillotte, il m'en faudrait juste un !

Interloquée, Julie découvrit que son chariot était rempli de fromage. Elle avait agi par inadvertance. Gênée, elle les sortit un à un, les reposa sur l'étagère et en tendit un à la femme. Elle passa à la caisse et rentra chez elle.

Le chat miaulait et se frottait contre son panier rempli de victuailles.

- Tiens ! Je t'ai pris une boîte de thon… Tu vas te régaler !

Julie le servit et se prépara une tartine de cancoillotte. Voilà bien longtemps qu'elle n'en avait pas mangé.

Elle en raffolait lorsqu'elle était enfant. Le fromage fondu coulait partout, elle en avait sur les doigts, mais que c'était bon ! Sur son palais, la pâte s'étalait lisse et douce. Un goût d'ail l'emportait sur la saveur initiale. Julie ferma les yeux afin de retrouver les sensations de son passé.

La pluie frappait les vitres de la cuisine. Il faisait sombre. Elle dut allumer. Le chat avait englouti son assiette et se léchait le museau, s'aidant de sa patte pour parfaire sa toilette et peut-être récupérer quelques miettes accrochées à ses moustaches. Depuis la porte ouverte de la cuisine, elle jeta un coup d'œil dans le salon. Sa respiration se coupa. Elle crut que ses jambes ne la soutenaient plus. Son sang et tout son corps se glacèrent. Elle sentit des gouttes de sueur perler sur son front et ses tempes. Elle voulait crier, mais aucun son ne sortit. Le cylindre avait disparu !

C'était impossible ! Tremblant, titubant, elle entra dans le salon. Elle balaya du regard toute la pièce. Il n'était nulle part ! Lorsque les policiers étaient venus le matin, elle avait pourtant fait le tour de la maison, mais elle n'avait pas du tout pensé à l'urne de son père. Les fonctionnaires avaient tellement insisté sur les bijoux, l'argent ou autres objets d'une valeur monétaire, qu'elle n'avait pas du tout pensé qu'on puisse lui voler son père. Affolée, elle prit le téléphone, composa le 17. On la mit en attente, puis une voix féminine lui demanda la raison de son appel.

- On m'a volé l'urne de mon père ! s'exclama-t-elle.

- C'est une plaisanterie ? demanda sèchement la voix au bout du fil.

- Non ! Je vous assure, j'ai fait une déposition ce matin auprès de deux de vos collègues ! J'ai été visitée cette nuit. A priori, rien ne manquait et je viens de m'apercevoir qu'il manque l'urne cinéraire de mon père !

- Très bien ! Je prends note. Mais il faudrait que vous puissiez passer au commissariat.

- J'arrive tout de suite !

Julie raccrocha, prit ses clés de voiture et partit aussitôt.

*

Qui avait pu commettre un acte aussi odieux ? Au commissariat de police, Julie porta plainte pour enlèvement. Depuis 2008, la loi stipulait que les restes mortels et les cendres humaines avaient le statut de personne et non plus de bien. Traumatisée, elle avait le sentiment d'avoir perdu son père une seconde fois. Les fonctionnaires de police lui avaient déclaré que le ou les coupables pouvaient encourir jusqu'à vingt années d'emprisonnement. Encore fallait-il retrouver les auteurs de ce vol. Peu importait alors à Julie ce qui pouvait advenir de ces individus. Tout ce qu'elle désirait était retrouver le cylindre ! Cet acte était inqualifiable !

De retour à la maison, les cheveux, ruisselants d'eau de pluie, collés à son visage, les vêtements trempés, elle entreprit de se sécher. Après s'être changée, complètement anéantie, elle éprouvait des difficultés à entreprendre quoi que ce soit. Un inspecteur devait venir sur les lieux du rapt afin de commencer l'enquête. Elle n'osait donc rien toucher, rien déplacer. La police allait certainement relever les empreintes, prendre des photos, comme au cinéma. Elle appela Thérèse afin de lui conter sa mésaventure. Cette dernière, consternée, décida de la rejoindre.

Trente minutes plus tard, l'inspecteur, accompagné de deux autres personnes, arriva en même temps que l'amie de son père. La jeune femme se sentit rassurée de voir tout ce monde investir sa maison. La colère et la peur se mêlaient à une question ou plutôt un mot : pourquoi ? L'inspecteur lui révéla que malheureusement ce genre de forfait avait déjà eu lieu. Cela pouvait être une personne de la famille ou un déséquilibré. Bref, il était difficile de définir une raison précise qui pouvait pousser quelqu'un à agir de la sorte. Il la questionna d'ailleurs sur les autres membres de la famille. Julie lui répondit qu'elle était seule. Elle n'avait ni frère, ni sœur, sa mère était décédée en la mettant au monde, plus de grands-parents, pas d'oncles ou tantes… excepté… L'inspecteur l'invita à poursuivre sa phrase.

- Dans une lettre, mon père m'a révélé avoir trois demi-frères, mais il n'avait jamais voulu les rencontrer. Il ne les connaissait pas et ces derniers ignoraient son existence. De plus, il ne portait pas le même nom, puisque mon grand-père ne l'avait jamais reconnu. Sincèrement, je ne pense pas qu'il faille chercher de ce côté-là.

- Avez-vous une petite idée de qui aurait pu commettre cet acte ?

- Non ! Julie était surprise, voire agacée par la question. Bien sûr que non !

L'inspecteur de police fit une moue avant de déclarer :

- Ça ne va pas être commode ! Vous me dites qu'il était veuf depuis votre naissance. Avait-il une compagne ? Il ne s'est jamais remarié depuis le temps ?

Julie se tourna vers Thérèse, ne sachant pas si elle devait dire la vérité. Elle craignait que l'amie de son père ne soit ennuyée par des questions. Thérèse lui fit un clin d'œil avant de s'adresser directement à l'inspecteur.

- Je fréquentais Jean Bertin depuis à peu près un an.

- Très bien ! Puis-je vous demander votre nom ?

- Oui, pas de souci. Thérèse Gantner ! Sa voix était faible.

Le policier notait assidument les renseignements sur un bloc-notes.

- Désolé de vous poser cette question, Madame, mais vous me dites que vous fréquentiez Monsieur Bertin, étiez-vous… Intimes ?

- Oui ! Je le connaissais depuis trois ans, puis nous sommes devenus… intimes, cela fait dix ou onze mois ! Ses lèvres frémissaient.

- Bien ! Quelle relation avez-vous avec Mademoiselle Bertin ?

Julie prit la parole.

- Excellente ! Elle est comme une amie pour moi !

La jeune femme était exaspérée par cet interrogatoire.

- Je suis désolé, Mademoiselle, mais je dois absolument faire mon travail correctement ! Je comprends que vous soyez offusquée par mes questions. Elles sont cependant nécessaires pour le bon déroulement de l'enquête !

Thérèse, dépitée, livide, encore sous le choc du vol de l'urne cinéraire, se sentit défaillir. Julie courut chercher une chaise, la soutint et l'aida à s'y installer. Puis elle lui servit un verre d'eau.

L'inspecteur et les policiers prirent congé des deux femmes. Elles étaient effondrées.

32

Depuis la disparition de l'urne, Julie ne dormait plus. La fatigue se faisait sentir. Cette profanation l'avait détournée de ses recherches. Plus rien n'avait d'importance désormais. Elle était inquiète. Qu'est-ce que ces ignobles individus avaient pu faire de son père ? Pour quelle raison avoir volé ses cendres ? Attendaient-ils quelque chose en échange ? Mis à part la rose, aucun message, aucun signe ne lui avait été laissés. Plusieurs jours s'étaient écoulés et elle était toujours sous le choc. La police n'avait aucun indice. L'inspecteur lui avait dit que le relevé des empreintes du salon où se trouvait l'urne funéraire n'avait rien donné. Il était difficile de discerner entre les siennes, celles de Thérèse qui avait dîné chez elle quelques jours plus tôt et celles d'une tierce personne, sans doute les traces de Christophe. Près de la vitre cassée, il n'y avait rien, pas un seul millimètre de traces d'ADN. Les coupables portaient certainement des gants. L'enquête piétinait, ce qui exaspérait Julie.

Ce préjudice n'était pas seul à la perturber. Le silence de Christophe inquiétait sérieusement Julie. Elle appela Robert Meyer qui lui annonça que son ancien collègue venait de prendre des vacances afin de pouvoir dès son retour se donner à fond dans le projet Spectro-Gal. Le laboratoire tournait au ralenti en juillet et août. Il en était de même dans les autres centres. L'activité devait reprendre intensément en septembre. Meyer espérait que tous seraient en forme, car il ne pouvait se permettre d'avoir une équipe bancale sur un tel projet. Il lui fit part de son inquiétude. Il appréciait Christophe Lefèvre et ne remettait pas en cause son professionnalisme. Cependant, l'enjeu étant colossal, il se demandait s'il serait à la hauteur pour gérer et manager l'équipe, même si jusqu'à présent il ne l'avait pas déçu. Julie le rassura. Elle connaissait bien son ami, il en était capable. Par des allusions, Meyer tenta une nouvelle fois de la convaincre de revenir. Elle prit conscience qu'elle avait pris du recul. Elle se surprenait elle-même. Un mois s'était écoulé depuis son départ de l'université. Il lui semblait que cela faisait une éternité et paradoxalement, en entendant son ancien patron, elle avait le sentiment qu'elle avait quitté son poste la veille.

« *C'est incroyable comme la notion de temporalité est subjective !* » pensa-t-elle.

Julie était déprimée. Lorsqu'elle appelait Thérèse, c'était davantage pour prendre de ses nouvelles et tenter de la rassurer, que pour s'épancher sur sa propre détresse, car cette dernière avait également été traumatisée par le vol de l'urne. Christophe était aux abonnés absents. Marie ne semblait plus se souvenir de sa meilleure amie. Rosette, terrorisée, s'enfermait chez elle. Elle pensait à Pierre Terrier, le seul qu'elle aurait pu appeler, mais il était en déplacement et ne reviendrait que deux jours plus tard. Elle devenait folle. Que pouvait-elle faire de son côté pour aider la police à retrouver le cylindre ? Elle tournait en rond dans la maison. Le soleil avait refait son apparition, mais elle n'avait aucune envie de sortir. Elle mangeait très peu, sans plaisir, juste pour assurer sa survie. Elle n'avait plus d'envie, plus de désir. Elle s'enfonçait peu à peu dans un gouffre profond et sombre, comme après le décès de son père. Vivre ainsi deux deuils, coup sur coup, était terrible ! Elle dépérissait. Ses joues se creusaient. Des cernes se dessinaient sous ses yeux. Elle ne faisait même plus l'effort de s'habiller. L'inspecteur était venu la veille, afin d'éclaircir juste un point, elle l'avait reçu en pyjama. Quelle décadence ! Elle s'était rendu compte qu'elle avait envie de boire de l'alcool. Pourtant, elle résistait, se disant que si elle commençait à y toucher, elle serait perdue. C'était tout ce qui lui restait de dignité.

Lorsque le week-end arriva, elle se décida à appeler Pierre Terrier qui était rentré la veille. Comme les deux autres fois, sa voix l'enveloppait, la réchauffait. En sanglotant, elle lui raconta tout ce qui lui était arrivé depuis le soir de leur rencontre. Il ne lui proposa pas de le rejoindre à Besançon. C'était lui qui allait faire le déplacement.

*

Une heure plus tard, la sonnette de la porte d'entrée retentit. Julie, vêtue, coiffée, maquillée, histoire de cacher sa mauvaise mine, ouvrit. Il était là, devant elle, plus beau que la première fois où elle l'avait vu. Elle se sentait laide, minable, non désirable. Elle mourait d'envie de se jeter dans ses bras. Mais elle lui tendit la main et le fit entrer. Il semblait inquiet pour elle. Après s'être assis, il écouta avec attention le récit de Julie.

- Je n'en crois pas mes oreilles ! s'exclama-t-il dès qu'elle eut terminé. Comment quelqu'un de censé peut-il agir de la sorte ? Il faut vraiment être taré !

Julie acquiesça du regard.

- Et la police n'a aucune piste ?

- Non, rien ! Pas le moindre indice !

Puis la jeune femme s'effondra. C'était plus fort qu'elle. Il s'approcha, la prit dans ses bras pour la consoler. Elle se laissa faire, s'abandonna contre sa poitrine. Elle frissonnait. Son odeur l'enivrait. Soudain, son portable sonna. Elle s'éloigna doucement des bras protecteurs afin de prendre le téléphone posé sur la table de salon. Il s'agissait de Christophe.

- Salut, ma Belle ! Tu as essayé de me joindre à plusieurs reprises ? Qu'est-ce qui se passe ? lui demanda-t-il d'une voix sombre.

- Rien ! Enfin si, j'étais inquiète de ne pas avoir de tes nouvelles ! Elle éprouvait des difficultés à conserver sa voix normale.

- Tu es certaine que ça va ? Je te connais depuis trop longtemps pour savoir quand quelque chose te perturbe ! Tu as des problèmes ?

- C'est que… Écoute, je te rappellerai…

Elle était très gênée vis-à-vis de Pierre qu'elle ne voulait pas laisser seul trop longtemps, autant que de Christophe, subodorant ses sentiments à son égard. Elle souhaitait le ménager.

- Tu ne peux pas me parler maintenant ? Moi, je suis disponible tu sais, tu ne m'ennuies pas !

- Non, c'est que je ne suis pas seule, je te rappellerai. Je t'embrasse !

- Ouais, à bientôt ! lui répondit-il sèchement.

Après avoir raccroché, Julie regarda Pierre et s'excusa. À sa mine, il comprit que quelque chose la contrariait. Mais il ne souhaitait pas être indiscret. Il préféra donc ne pas relever. Julie partit dans la cuisine préparer du café.

- Et votre jeu de piste ? l'interrogea-il en la suivant.

- Oh ! Et bien… À vrai dire, je n'ai plus le cœur à m'y intéresser.

- Je comprends ! Mais dites-moi… Pourquoi avoir choisi de garder les cendres chez vous plutôt que de les déposer dans un columbarium… Excusez-moi si mes questions vous importunent !

- Non, je vous en prie ! lui répondit-elle aussitôt. En fait, je n'ai pas choisi, cela faisait partie des dernières volontés de mon père. Il souhaitait que ses cendres soient dispersées sur le plateau des Mille Étangs. Vous connaissez ?

- Oui, c'est immense ! À quel endroit exactement ?

Il s'était installé en face d'elle et l'observait dans les yeux.

- C'est là que le jeu de piste commence, justement ! Je pensais que mon intuition me mènerait vers un lieu précis, chargé de sens pour lui. Mais rien ! Je suis rentrée bredouille avec l'urne. Et c'est là que j'ai trouvé la première lettre.

Elle lui sourit, examinant son attitude, afin de détecter en lui la moindre ironie. Mais elle ne lut rien de tel. Il semblait au contraire fasciné par cette histoire. Encouragée, elle continua.

- Il me proposait de découvrir son histoire grâce à des lettres, des indices. Au fil du cheminement, je devais me construire moi-même, selon lui.

Toujours pas de réaction moqueuse. Son sourire semblait sincère.

- À l'issue de ce voyage dans le temps, je devais trouver l'endroit où disperser ses cendres ! La voix de Julie dérailla.

- J'aurais adoré vivre ce genre d'expérience ! déclara-t-il subitement.

« *Il est complètement givré !* » pensa la jeune femme, « *J'aime terriblement ça !* » Ne pouvant soutenir son regard perçant, elle baissa les yeux sur sa tasse de café en rougissant.

- Julie ?

- Oui ? Elle releva la tête.

- Pourquoi m'avoir appelé moi ? Vous n'avez pas un fiancé ? Quelqu'un pour vous soutenir ?

Puis, devant son regard affolé, il s'empressa d'ajouter :

- Ne croyez pas que cela me dérange… bien au contraire !

Elle l'observa en prenant le temps de lui répondre.

- Je suis célibataire ! Je n'ai aucun homme dans ma vie ! Et je vous ai tout de suite fait confiance ! De plus, j'ai passé un excellent moment avec vous et vous êtes l'une des rares personnes, que je connaisse désormais, qui ait rencontré mon père quelque temps avant son décès. Mes réponses vous conviennent-elles ?

Les yeux de Julie brillaient.

Ils se fixèrent quelques instants. Doucement, il s'approcha d'elle. D'une main, il lui caressa le visage puis déposa un baiser sur son front, ses yeux, son nez. Elle se laissait faire. Elle sentit son cœur battre, s'affoler. Puis il déposa ses lèvres sur les siennes et l'embrassa langoureusement. Au bout de quelques minutes, il se recula, lui sourit.

- N'allons pas trop vite ! lui déclara-t-il en lui caressant les mains.

- Tu as quelqu'un dans ta vie ? Tu es marié ? l'interrogea-t-elle, inquiète.

- Non ! Je suis divorcé depuis un an !

Devant le regard interrogateur de la jeune femme, Pierre déclara avec douceur :

- Tu me plais ! Tu me plais même beaucoup ! Mais je ne veux pas vivre une amourette sans lendemain. Je n'ai plus envie de ce genre de relation !

Julie sentait encore l'empreinte des lèvres de Pierre sur les siennes. Il lui semblait vivre un rêve. Ses précédents amants n'avaient fait que passer dans sa vie. Elle savait que la relation serait éphémère dès les premiers instants. Elle était consciente d'en être la principale responsable, ne souhaitant pas jusqu'alors s'engager, peut-être par peur. Elle ne s'investissait pas dans ses relations amoureuses. Il lui arrivait quelques fois de rencontrer un homme marié, avec lequel elle pouvait vivre une brève histoire. Elle ne prenait aucun risque dans de telles situations.

Au fil de ses découvertes, lors du jeu de piste, elle avait eu le temps d'analyser son comportement. Cette angoisse qu'elle ressentait n'était-elle pas liée au décès de sa mère ? La peur d'aimer et de perdre aussitôt ? Inconsciemment, ne faisait-elle pas tout pour quitter rapidement ou faire fuir, avant que l'attachement ne soit trop ancré ? Au cours de son cheminement personnel et familial, alors qu'elle grandissait et devenait plus femme que jamais, Pierre avait surgi. Elle se sentait encore plus entière avec lui. Si elle ne vivait pas en parallèle le traumatisme du vol d'urne, elle serait comblée !

- Tu devrais te remettre en quête de l'histoire de ton père ! Je suis certain que la police finira par retrouver l'urne ! Et puis, cela t'éviterait de tourner en rond et de déprimer !

- Tu as raison ! convint-elle.

Il devait prendre congé de Julie. Sa secrétaire avait laissé un message sur son portable, il avait un rendez-vous deux heures plus tard. Le chat était entré, avait fait le tour du visiteur et, contre toute attente, s'était frotté aux pieds de ce dernier en ronronnant.

- Il t'a adopté ! lui annonça la jeune femme.

- Tant mieux ! Cela m'aurait chagriné, sinon !

Il embrassa Julie, la serrant dans ses bras

- Appelle-moi si tu as le moindre souci. Promis ?

- Promis ! Elle répondit à son baiser.

Elle aurait tant aimé qu'il reste vers elle, qu'il dorme avec elle. Mais il avait raison. Ils devaient se découvrir progressivement. Cela n'en serait que meilleur.

Julie prit le chat dans ses bras, accompagna Pierre jusqu'à sa voiture. Ils s'embrassèrent à nouveau, puis il partit. Julie souriait, en le regardant s'éloigner. Puis observant le chat :

- Je suis amoureuse ! Cet homme m'est tombé du ciel !

Le chat lui répondit en miaulant.

À peine était-elle rentrée, que son portable sonna. Persuadée que Pierre l'appelait déjà, elle se précipita au salon. Mais il s'agissait de Christophe :

- Tu es disponible cette fois ? On peut parler ? Sa voix était étrange, presque glaciale.

- Oui, c'est bon !

- Alors qu'est-ce qui t'arrive ?

- Oh ! C'est un peu long à t'expliquer ! Mais toi, comment vas-tu ? Meyer m'a dit que tu étais en congés !

- Meyer ! T'as appelé Meyer ? Sa voix était grave.

Gênée, Julie s'excusa et expliqua :

- J'étais inquiète de ne plus avoir de tes nouvelles, figure-toi ! Tu ne répondais plus à mes messages ! J'ai donc appelé Meyer pour savoir si tout allait bien, c'est tout ! J'en ai profité pour savoir si au niveau du projet cela avançait !

- Tu ne me fais pas confiance ? L'intonation était cinglante.

- Si ! Bien sûr que si ! Écoute, on ne va pas encore se disputer ! Ce n'est pas le moment !

Aucune réaction. Un silence pesant s'était installé. Au bout de quelques secondes, la voix de Christophe s'était adoucie.

- Je suis désolé, ma Juju, je suis fatigué en ce moment ! Mais parle-moi de toi !

Julie resta discrète sur les derniers événements de sa vie.

- As-tu besoin que je vienne ? lui demanda-t-il simplement.

- Non, c'est gentil, mais non !

La jeune femme prit des nouvelles de ses filles.

Elles étaient parties en vacances avec leur mère et semblaient en pleine forme. Après quelques minutes, elle raccrocha. Christophe, de son côté, jeta son portable sur le siège arrière de son véhicule où se trouvait un objet caché sous une couverture. Furieux, il démarra en trombe.

33

Julie suivit les conseils de Pierre. Elle se remit sur le jeu de piste. Elle avait étalé sur la table de la salle à manger les différents éléments du puzzle. Comment tout ce qu'elle avait appris pouvait-il la mener aux Mille Étangs ? Elle relut toutes les lettres dont elle disposait. Son père lui parlait dans l'une d'elles d'Étretat. Selon lui, c'est là-bas qu'elle aurait été conçue. Il était difficile de savoir dans quel hôtel ils avaient séjourné. Mais, ne connaissant pas la Normandie, elle se dit qu'une petite visite s'imposait sur la Côte d'Albâtre. S'éloigner un peu de Lure, tout en poursuivant sa quête, ne pourrait que lui être bénéfique. Puis elle retrouva le mot que son père lui avait laissé à Besançon. De surprenants indices concernant la période allant de son adolescence à ses vingt-sept ans y étaient mentionnés. Elle se représenta mentalement le dessin que pouvaient composer le compas et l'équerre. Il lui sembla avoir déjà vu ce graphisme quelque part. Mais sa mémoire lui faisait défaut. À son retour d'Étretat, elle mènerait ses recherches. Elle appela Pierre afin de lui annoncer sa décision.

- Génial ! convint-il.

Julie était heureuse d'entendre sa voix. Consciente que cet éloignement lui serait bénéfique, elle regrettait cependant de partir loin de lui.

- Tu penses rester combien de temps en Normandie ?

- Je ne sais pas trop. Je verrai bien en fonction de ce que je trouverai. Je te tiendrai au courant.

Il lui donna quelques adresses d'hôtels avec lesquels il était en relation. Elle allait raccrocher, lorsque Pierre lui dit qu'elle lui manquait déjà. Elle se mordit la lèvre inférieure, sourit et lui déclara :

- Toi aussi !

Julie aurait aimé être à ses côtés, voire tout contre lui, sentir à nouveau son odeur, ses lèvres sur les siennes.

Après s'être assurée que Rosette pouvait s'occuper de Sherlock, avoir passé quelques coups de fil aux différents hôtels dont Pierre Terrier lui avait donné les coordonnées, elle prépara ses affaires. La sonnette de la porte d'entrée retentit à ce moment. Un jeune garçon, caché derrière un bouquet de roses rouges lui demanda s'il s'agissait bien de Julie Bertin. Il lui tendit le bouquet et partit. Julie souriait de plaisir. Elle cherchait un message, une carte. Une petite enveloppe était agrafée à l'emballage. Aucun nom n'y était noté, juste un cœur dessiné en rouge. Elle prit son portable et envoya un sms à Pierre Terrier : « *Merci pour le bouquet. Biz.* »

Elle trouvait dommage de ne pas pouvoir profiter de ses roses, puisqu'elle partait. Néanmoins, elle les mit dans un grand vase. Peut-être seraient-elles toujours aussi belles à son retour.

Jetant un dernier regard au bouquet, elle prit son sac de voyage et sortit. Une rose rouge était posée dans l'allée du jardin. Sans doute était-elle tombée du bouquet. Elle la ramassa et s'approcha de sa voiture.

*

Christophe sortit de l'agence un sourire aux coins des lèvres. Il reprit sa voiture et démarra en trombe. Il composa le numéro de portable de Julie.

- Salut, ma Belle !

- Salut ! Et bien… Je suis restée des semaines sans avoir de tes nouvelles et désormais tu m'appelles tous les jours ! Que me vaut ton coup de fil ? lui demanda-t-elle, surprise.

- Je viens d'avoir des nouvelles des filles. Tout va pour le mieux. Elles m'ont demandé de te faire une bise de leur part dès que je te verrai ou que je t'aurai en ligne !

Touchée, Julie le remercia.

- C'est super mignon de leur part ! Je ne peux pas trop te parler là car je suis sur le point de partir.

- Ah bon ? Tu vas où ?

Julie sourit avant de répondre

- C'est un interrogatoire ? En fait, je pars quelques jours en Normandie !

- En Normandie ! Christophe était interloqué.

- Oui, je vais à Étretat ! J'ai besoin de prendre un peu de recul !

- Tu pars assez loin pour prendre du recul ! s'exclama-t-il.

- Cette destination a un sens pour moi.

- C'est toujours pour ton jeu de piste ? Décidément après Strasbourg, ce fut Besançon, et maintenant Étretat !

Christophe conduisait tout en parlant. Il brûla un feu rouge et remercia le ciel qu'aucun agent de police ne se soit trouvé dans les parages. Ça lui aurait valu de prendre du retard, or il était extrêmement pressé.

- Je te laisse ! À bientôt ! Je t'embrasse !

- Moi aussi !

Après qu'elle eut raccroché, il compléta :

- Moi aussi je t'embrasse ! Mais bientôt je pourrai te serrer dans mes bras !

Julie se demanda comment il avait pu savoir pour Besançon. Elle ne se souvenait pas lui en avoir parlé. Elle douta d'elle-même.

34

Julie était ravie. Elle avait enfin trouvé son hôtel au centre d'Étretat. En cette période de vacances, elle avait eu beaucoup de chance, car la plupart de ceux qu'elle avait contactés avant de partir étaient complets. Seul celui-ci avait encore une chambre disponible à la suite d'un désistement. Décorée avec beaucoup de goût, très confortable et à un prix abordable : elle ne pouvait pas rêver mieux.

À son arrivée, elle était épuisée. Après avoir pris possession de sa chambre, déballé sa valise et s'être douchée, elle décida de se promener dans cette station balnéaire qu'elle ne connaissait pas. Elle se dirigea vers la plage. L'odeur spécifique de la mer, le cri rieur des mouettes, la douceur de cette fin de journée lui procurèrent un sentiment de légèreté. Les touristes qu'elle croisait, rougis par une journée d'exposition au soleil, les gamins excités et fatigués de s'être tant dépensés dans les vagues de l'océan n'altérèrent en aucune façon sa sérénité. Elle avançait, calmement, attirée par le bruit des vagues qui venaient s'échouer sur les galets de la plage. Telle une enfant qui découvre la mer pour la première fois, elle sentit une joie incommensurable monter en elle. Julie se précipita alors vers les vagues mousseuses, se tordant les pieds sur les cailloux plats. Elle était heureuse, redynamisée par l'air marin, oubliant les kilomètres parcourus durant la journée. L'iode eut un effet radical. Il ne restait que quelques baigneurs téméraires qui, profitant du calme de la soirée, s'éloignaient du rivage et faisaient quelques brasses dans une forte houle. Un couple d'amoureux enlacés s'embrassait, allongé sur la plage, faisant fi des galets qui devaient torturer leurs dos. Elle remonta sur la digue, s'installa sur un banc, les yeux rivés à cette immensité.

Elle demeura ainsi longtemps, resserrant son lainage sur ses épaules. Le soleil disparaissait peu à peu sur l'horizon, teintant le ciel d'une symphonie d'orange, de rose et de pourpre dont les reflets se miraient sur l'océan. Elle resta là, témoin de ce spectacle somptueux, présente dans son corps, dans sa respiration. À l'écoute de ses sensations, elle sursauta en sentant son portable vibrer. Son cœur s'affola lorsqu'elle entendit la voix de Pierre.

Imprégnée par le charme de cet instant magique, elle lui susurra qu'elle se trouvait face au coucher du soleil.

- Tu me manques ! J'aimerais tellement que tu sois près de moi !

- Je suis avec toi ! répondit-il. J'ai les yeux fermés et je te tiens la main. J'entends les mouettes, le bruit des vagues…

Julie sourit, ferma à son tour les yeux et crut ressentir une chaleur dans sa main. Elle frémissait, ne sachant pas s'il s'agissait de la fraîcheur du soir ou de l'émotion qui déferlait au plus profond de son corps. Pierre lui demanda ce qu'était cette histoire de bouquet, comme l'indiquait le message qu'elle lui avait adressé avant de partir.

Surprise, la jeune femme lui raconta qu'un livreur lui avait apporté des roses, avec une carte comportant le dessin d'un cœur.

- J'aurais aimé en être l'auteur. Malheureusement, tu as un autre admirateur ! précisa-t-il non sans une pointe de jalousie.

La jeune femme était stupéfaite. Sereine quelques minutes plus tôt, elle commença à pâlir. Elle avait froid. Elle pensa aux roses qu'elle avait trouvées dans la maison le jour du cambriolage.

Elle fit part à Pierre de ses inquiétudes. Il tenta de la rassurer, mais en vain. Tout recommençait à s'enchevêtrer dans son esprit, les fleurs, l'urne disparue, l'intrusion dans son intimité.

Julie regagna son hôtel. Elle fit l'impasse sur le dîner car elle n'avait pas faim. Elle se dévêtit et se plongea dans son lit. Elle éprouva des difficultés à s'endormir. Elle se releva, dut ouvrir la fenêtre en grand, car elle avait la sensation d'étouffer, puis se recoucha. Les mains sur son ventre, elle essaya de se concentrer pour maîtriser sa respiration. Elle avait l'impression que son diaphragme était bloqué. Puis peu à peu, elle sentit sa poitrine se libérer, son ventre se relâcher, massé par sa respiration. Son corps s'engourdissait progressivement. Elle devint lourde et perdit tout repère. Elle sombra dans le sommeil.

Elle marchait dans les vagues, sentait la fraîcheur de l'eau salée lui picoter les pieds, les chevilles, les mollets. Elle riait aux éclats. Pierre s'approchait d'elle en lui tendant les mains. Il lui souriait, puis éclata de rire. Julie était mal à l'aise, il semblait se moquer. Son regard était narquois. Sans qu'elle ait eu le temps de réaliser, ce n'était plus Pierre qui lui faisait face, mais Christophe. Son rire était strident. La jeune femme n'en pouvait plus. Elle plaqua ses mains sur ses oreilles, le suppliant de cesser.

Un bruit terrible retentit alors et elle vit arriver le cylindre, dans lequel Christophe lança un gigantesque coup de pied. Julie s'interposa. Elle pleurait en se jetant sur l'urne.

- Ne fais pas ça ! C'est mon père ! hurla-t-elle.

Une pluie légère tomba sur elle. Un parfum enivrant lui titilla les narines. Des roses, des pétales de roses s'abattaient par milliers sur elle et couvraient le sol. Puis cette averse se fit plus violente. Elle sentit son corps fouetté par les tiges de rosiers, son visage, ses bras griffés par les épines. La douleur était insoutenable. Elle perçut la chaleur du sang glisser sur sa peau, mêlée à celle des larmes. Elle se débattait. Cependant plus elle bougeait, plus elle s'égratignait. Elle poussa un cri et s'assit, haletante.

Elle transpirait, mais ne saignait pas. Elle avait une nouvelle fois fait l'un de ses cauchemars, sans doute ravivés par la réception du bouquet. Julie était gênée. Consciente qu'elle avait crié, elle craignait que tous les pensionnaires de l'hôtel ne l'aient entendue. Elle regarda l'horloge sur son portable : une heure du matin. Elle alla boire une gorgée d'eau au robinet de la salle de bains et revint se coucher. Elle n'osait plus s'endormir, angoissée à l'idée de refaire un mauvais rêve. Mais elle était fatiguée et ne put lutter bien longtemps.

Le lendemain, elle repensa à la scène vécue durant la nuit. Une impression étrange la perturba. C'était la deuxième fois qu'elle rêvait de Christophe ayant un comportement loin d'être à son avantage par rapport à l'urne. Était-ce un signal ? Le ravisseur de l'urne, auteur du cambriolage, était-il son ancien collègue ? C'était impossible ! Même si Julie admettait que, depuis sa séparation, son attitude était de plus en plus surprenante, il lui était inconcevable que Christophe ait un lien avec cette affaire. Jamais il ne lui ferait du mal.

Julie appela Thérèse afin de prendre de ses nouvelles. Cette dernière semblait très perturbée. Sa voix avait perdu la douceur que Julie lui connaissait. La jeune femme lui annonça où elle se trouvait.

- Tiens ! Pourquoi Étretat ?

- Disons que j'avais envie de changer d'air ! En fait, mes parents y ont séjourné après leur mariage.

- C'est peut-être pour cette raison que ton père s'y est rendu, il y a quelque temps.

Julie fronça les sourcils, l'air dubitatif, surprise que son père ne lui en ait pas parlé. Elle demanda si elle se souvenait à quand remontait son petit voyage, le temps qu'il y était resté et si elle connaissait le but de ce déplacement.

- Il me semble que c'était un mois après que notre relation soit devenue plus intime. Il m'avait dit avoir une sorte de pèlerinage à accomplir là-bas, sans me donner davantage de détails. Il a dû y rester une petite semaine. À son retour, par discrétion, je ne lui ai posé aucune question. Il m'a simplement parlé de la beauté du site, des falaises. C'est tout ! Je n'en sais pas plus.

- Il ne t'a rien dit d'autre ?

- Tu sais, les mois ont passé… Je ne peux pas me souvenir de tout.

- Quelque chose qui t'ait marquée ?

Thérèse prit le temps de réfléchir. Mais rien ne vint. Elle avoua à Julie que depuis quelque temps ses idées étaient plutôt embrouillées. Bien que déçue, la jeune femme s'excusa d'avoir insisté. Elle comprenait le trouble de l'amie de son père.

*

Julie décida de sortir prendre l'air. Sur les conseils du gérant de l'hôtel, elle prit la direction de la falaise d'Amont. Essoufflée, en sueur, elle arriva au sommet où elle aperçut des pâturages, ainsi qu'une chapelle. Côté océan, la vue était imprenable. Elle longea le bord. Jamais sujette au vertige, elle ressentit cependant une sensation étrange devant cette immensité. Une boule au ventre, le souffle coupé, des frissons lui firent prendre conscience qu'une angoisse montait en elle. La peur du vide, du néant ! Elle n'avait jamais ressenti cela auparavant.

Elle, qui observait l'immensité céleste, excitée à l'idée de toucher l'infini, se sentait complètement désemparée, là en cet instant. Elle leva les yeux au ciel afin de retrouver un univers connu, rassurant. Le soleil l'éblouit. Elle ferma les yeux et respira tranquillement, le temps de retrouver son calme. Lorsqu'elle les ouvrit à nouveau, le malaise s'était dissipé. Elle admira le site. Les mouettes survolaient les falaises et certaines semblaient plonger dans l'océan, criant à qui voulait les entendre que la vie était belle, qu'elles étaient heureuses d'être libres. Julie pensa que son petit malaise était peut-être similaire à cela. Son corps s'était affolé, tant elle était ravie de cette intense liberté retrouvée. Le vent vivifiant l'incita à écarter les bras. Elle poussa un cri en tournant sur place, tel un derviche, ignorant les regards surpris ou moqueurs. Elle riait. Elle aussi était heureuse, libre ! Puis elle se laissa tomber sur le sol. La tête lui tournait. Assise en tailleur, elle resta ainsi quelques instants. Elle observait l'escarpement rocheux, se demandant ce que cette falaise si particulière lui rappelait. Puis elle se leva, partit à gauche : la vue sur la plage et la ville d'Étretat réveilla le souvenir de la lettre de son père dans laquelle il lui révélait qu'elle avait été conçue en ces lieux.

Enchantée par cette balade, elle reprit le chemin du retour. Elle découvrit un message sur son portable. Thérèse s'était souvenue d'un détail. Jean lui avait dit qu'il s'était beaucoup amusé lors de la visite d'un musée qui aurait plu à sa fille : "Le Clos Arsène Lupin". Julie comprit alors pourquoi l'aiguille creuse l'avait interpellée. Elle faisait référence à l'un des romans de Maurice Leblanc. Elle ne savait pas qu'il existait un musée consacré au célèbre cambrioleur.

À l'hôtel, le gérant lui révéla que l'auteur d'Arsène Lupin avait vécu une vingtaine d'années dans cette maison, qu'il avait rebaptisée le "Clos Lupin". La demeure avait été transformée en musée. Julie en programma la visite pour l'après-midi. Elle remercia le gérant et lui avoua avoir savouré sa sortie sur la falaise : elle tombait sous le charme d'Étretat. Elle apprit que de nombreux artistes avaient été séduits par ce site d'exception. Courbet et Monet y avaient trouvé l'inspiration, ainsi que Flaubert et Maupassant. Julie ressentit une fierté à l'idée d'avoir été conçue en ces lieux, mais elle garda le fond de sa pensée pour elle.

*

Christophe avait conduit toute la journée de la veille. N'ayant pas trouvé d'hôtel à son arrivée, il avait été contraint de faire quelques kilomètres de plus et avait pu se trouver une chambre à Fécamp. Dès son arrivée, il s'était jeté sur son lit et s'était aussitôt endormi pour ne se réveiller que le lendemain dans la matinée. Cela faisait plusieurs nuits qu'il dormait très mal. L'air marin de la côte d'Albâtre avait eu raison de son corps.

Après avoir pris son petit-déjeuner dans la salle de restaurant de l'hôtel, il sortit. Il se promena sur le port de plaisance, admirant les bateaux qui s'y trouvaient. Il s'imaginait combien cela pourrait être romantique de voguer en pleine mer avec Julie. Il se renseigna sur les tarifs de location. Évidemment, comme il n'avait pas son permis bateau, ils devraient se contenter d'une sortie à trois, la présence du propriétaire étant indispensable. Il trouva ainsi un yacht à voile. Il allait entamer une partie de son budget vacances, mais tout ce qui lui importait était de rendre son amie heureuse pour qu'elle cesse de le fuir. Il approchait de son but. Ils allaient passer des vacances, rien que tous les deux. Il comptait lui faire la surprise de sa présence dès l'après-midi.

Il attendit quatorze heures pour l'appeler. Dès qu'elle décrocha, son cœur se mit à battre à vive allure. Il sentit qu'il perdait tous ses moyens. Il n'allait pas capituler ! Pas maintenant !

- Ju… Julie ?

- Oui, salut ! Au son de sa voix, elle éprouva une gêne de l'avoir suspecté, suite à son rêve de la nuit précédente.

- Qu'est… qu'est-ce que tu fais ? s'enquit-il.

- Je m'apprête à entrer dans un musée, à Étretat. Ça doit être sympa ! Il s'agit du Clos Lupin !

- Du quoi ? s'écria-t-il.

Julie se mit à rire en imaginant la grimace que devait esquisser Christophe. Cette même moue qu'il faisait quand il s'apercevait d'une erreur dans l'un de ses calculs au laboratoire. À cette évocation, elle eut un pincement au cœur. Son travail lui manquait, la nostalgie de moments passés, de longues discussions avec son collègue à la cafétéria de l'Université, les réunions avec Meyer… À l'époque, son père était encore en vie. Entre-temps, il s'en était passé des événements ! Elle avait connu des rencontres, vécu des expériences intenses. Elle devait faire des deuils également, à commencer par celui de sa vie passée.

Christophe la ramena à la réalité en renouvelant sa question :

- C'est quoi ?

- Tu connais Arsène Lupin ? Eh bien, c'est un musée qui lui est dédié. Tu sais, la région est magnifique ! Tu devrais y venir avec les filles. Elles adoreraient. Comment te sens-tu, au fait ?

- Très bien, je ne pourrais pas me sentir mieux ! déclara-t-il.

- C'est génial ! Je suis heureuse pour toi. Allez, je te laisse, car je suis dans le parc du Clos Lupin, je viens d'acheter mon billet. À une prochaine fois.

- À très bientôt ! lui répondit-il, insistant sur l'adverbe "très".

Julie pénétra dans la demeure. Grognard[1] en personne lui remit un casque audio. Elle se retrouva dans

[1] Fidèle bras droit de Lupin.

un cabinet de travail, celui de Maurice Leblanc. Elle suivit l'itinéraire, la visite était ludique. Elle se replongea dans ses lectures d'adolescente. La jeune femme se prit au jeu, avec la sensation de basculer de la réalité à un monde fictif. Elle ne savait plus si elle était simple spectatrice ou faisait partie intégrante du scénario. En terminant la visite, elle se demanda si Arsène Lupin était un personnage sorti de l'imagination de Leblanc, ou s'il était lui-même Lupin. Elle comprit pourquoi son père avait apprécié cet endroit plutôt singulier. Elle aurait adoré partager cette expérience avec lui. Elle l'imaginait tel un gamin, excité d'avoir pénétré dans l'intimité de ce "gentleman cambrioleur", cherchant des indices dans tous les recoins des pièces visitées.

Julie resta à méditer sur la question. Elle n'y avait pas pensé plus tôt !

« *Et si ?... Il n'aurait pas fait ça tout de même ! Ce serait trop fort ! Il y est venu il y a presque un an. Depuis, si une enveloppe ou quelque chose qui ne faisait pas partie du décor y avait été cachée, le personnel s'en serait aperçu !* » Julie sourit à l'idée farfelue qu'elle venait d'avoir. Par acquis de conscience, elle posa la question à Grognard. Mais cela ne lui dit rien.

Elle sortit dans le parc. Près de la caisse, à l'entrée du jardin, Christophe l'attendait avec un large sourire. Partagée entre la surprise, l'agacement et malgré tout la joie de le voir, elle vint à sa rencontre. Encore perturbée par l'idée qui venait de lui traverser l'esprit, elle lui proposa de faire la visite avec elle.

Grognard fut surpris de voir à nouveau cette belle jeune femme présenter un billet : elle lui expliqua que c'était pour accompagner son ami.

Christophe était nettement moins heureux. Avec leurs casques sur la tête, les retrouvailles n'étaient pas des plus romantiques. Cependant, il changea sa vision des choses. Le lieu était plutôt propice à un rapprochement, de par ses lumières tamisées et l'ambiance romanesque. De plus, ils n'étaient qu'eux deux. Seul bémol, Julie ne semblait pas disposée à une quelconque proximité, tant elle était occupée à examiner chaque recoin de pièce, chaque élément du décor. Cela en était presque gênant. Il se dit que des caméras étaient certainement dissimulées un peu partout, qu'ils allaient se faire repérer et que la sécurité n'allait pas tarder à venir les chercher. En visitant le salon, Julie poussa le culot jusqu'à s'asseoir sur le canapé. Elle glissa sa main entre les coussins de l'assise, puis en dessous. Elle se releva subitement, détailla la cheminée, vérifia derrière les tableaux, revint sur ses pas, s'approcha du piano, feuilleta la partition qui y était posée. Elle observa le phonographe, plongea la main dans son pavillon. Sans un mot, elle fixa Christophe dans les yeux et repartit d'où ils venaient afin de rejoindre le cabinet de travail de Maurice Leblanc, à l'entrée du musée. Ils croisèrent quelques visiteurs, des écouteurs sur les oreilles, ébahis de voir ces deux énergumènes qui faisaient la visite en sens inverse.

- C'est certainement là ! Je suis sûre que je vais trouver quelque chose ici !

Christophe ne comprenait toujours pas ce qu'elle fabriquait. Il était tendu, mais se taisait. Julie déplaça les documents qui se trouvaient sur le bureau, essaya d'ouvrir les tiroirs, ils étaient bloqués. Elle balaya du regard les livres qui se trouvaient dans la bibliothèque derrière le fauteuil. Agacée, elle bouscula un petit cadre qui se trouvait sur l'étagère et le rattrapa de justesse.

Inquiet, Christophe regardait autour de lui, s'attendant à voir d'une minute à l'autre quelqu'un surgir de derrière une porte et les menacer d'appeler la police. Puis il se sourit à lui-même, car il se dit qu'ils se trouvaient dans le repère factice d'un gentleman cambrioleur.

Julie remit le cadre à sa place. Elle fut prise d'un fou rire nerveux.

- Je suis complètement dingue !

- Tu l'as dit, ma Belle !

Elle s'apprêtait à renoncer à ses recherches lorsque ses yeux s'attardèrent une nouvelle fois sur les tranches des livres exposés sur les étagères. Elle marqua un arrêt, s'approcha en fronçant les sourcils, tendit sa main en direction de la vitrine grillagée afin de l'ouvrir. À cet instant, quelques touristes pénétrèrent dans le bureau munis de leurs écouteurs. Julie suspendit son geste et fit mine de se gratter la tête. Ses yeux ne pouvaient se détacher de l'une des étagères.

Christophe comprit que quelque chose l'avait interpelée. Il fit semblant d'écouter les commentaires et d'observer les différents éléments du décor. Lorsque les personnes changèrent de pièce, elle s'élança. Elle ne mit que quelques secondes à pousser le grillage et attraper l'un des livres. Il était de couleur marron, avec une couverture en tissu. Sur la tranche était inscrit en lettres dorées "Madeleine BERTIN" de Jules Claretie. Devant le regard interrogateur de son ami, Julie lui expliqua que sa grand-mère paternelle se prénommait Madeleine... Madeleine Bertin. Elle prit le temps de feuilleter l'ouvrage, lorsqu'elle découvrit une feuille pliée en deux. Elle l'ouvrit et découvrit une suite de chiffres qui ressemblait à un cryptogramme "88 876883727 86 463423 72553 47 58746". Elle poussa un cri qui effraya Christophe. Cette fois, ils allaient être expulsés, c'était certain ! Julie avait à peine remis le livre à sa place, que Grognard fit irruption dans le cabinet.

- Ce n'est rien ! Désolée ! Je viens de recevoir un message important sur mon portable !

Elle avait eu la présence d'esprit de sortir son téléphone et de le brandir devant son nez. Elle lui décocha son plus beau sourire. Sans un mot, il ressortit de la pièce.

- Julie, il faut partir maintenant, cette plaisanterie ne m'amuse plus du tout ! s'exclama Christophe, rouge de colère et de honte.

- Quoi ? Si proche du but ! Tu veux rire !

La jeune femme tenait le papier dans une main. Elle comprit que son père, dont elle reconnaissait allègrement l'écriture, lui avait laissé un message crypté, sans doute pour ajouter un peu de piment dans son jeu de piste. Son ami le lui arracha des mains.

- C'est quoi ces nombres ? Que veux-tu qu'on en fasse ?

- C'est toi qui me dis ça ? Pour un scientifique, "*peut mieux faire*" !

Elle rit en s'éloignant de la pièce pour ne pas éveiller une seconde fois les soupçons de Grognard. Elle réfléchit, reprit le morceau de papier, sans lâcher son téléphone cellulaire.

- Élémentaire, mon cher Watson ! Il s'est servi de son portable. Chaque lettre correspond à un chiffre. Évidemment, il y a plusieurs combinaisons possibles. Ce ne serait pas drôle sinon !

Elle sortit un stylo de sa poche, s'installa sur un siège, les jambes croisées, la feuille sur son genou.

« 88 : *Tu.* Bien, ensuite : 876883727 : *tp, tr..m.n.o, trot, trou..t...v, trouv...* 3 : *d.e.f... trouve...* »

Christophe s'impatientait. Il se sentait devenir fou, mais essayait de contenir sa rage. Julie ne mit que quelques minutes avant de s'exclamer, les yeux pétillants :

- Bingo ! J'ai trouvé ! Viens ! lui ordonna-t-elle.

En chemin, elle lui révéla le contenu du message : « *Tu trouveras un indice Salle 47 Lupin* ». Ils se rendirent dans l'une des pièces qu'ils avaient déjà visitées. Elle contenait une coiffeuse avec un grand miroir circulaire. Le meuble, sur lequel se trouvaient diverses boîtes aux formes et tailles disparates, disposait de petits tiroirs que l'on ne pouvait ouvrir. Plusieurs portraits étaient accrochés au mur. Les deux amis fouillèrent le lieu avec minutie. Lasse de ne rien trouver, Julie reprit les boîtes entre ses mains : l'une après l'autre, elle les tourna dans tous les sens. Elle remarqua une petite inscription au feutre et reconnut l'écriture. Cette fois, il ne s'agissait pas de chiffres, mais de lettres. Le message n'avait aucun sens. Sur l'une des boîtes il était possible de lire « *nameltneg nu* », sur une autre « *tiod es* », un petit coffret comportait l'inscription « *retrop ed* » et la dernière boîte, plus grosse cette fois, « *etognider enu* ». Julie pensive, approcha machinalement l'une d'elles du miroir. Elle poussa un petit cri en manipulant toutes les boîtes devant la glace. Grâce à leur reflet, elle obtint : « *un gentleman se doit de porter une redingote* »

Elle prit Christophe par la main. Ils se précipitèrent vers un renfoncement où se trouvait une petite penderie. Ils fouillèrent les vêtements qui y étaient suspendus, Julie s'attarda sur ce qui lui semblait être une redingote. Elle fit les poches, il y en avait plusieurs et s'écria :

- Je l'ai ! Viens, dépêche-toi, on s'en va !

Ils se précipitèrent vers la sortie et se retrouvèrent face à Grognard. Julie lui montra qu'elle avait trouvé ce qu'elle cherchait. Elle lui présenta l'enveloppe sur laquelle était mentionné « *À l'attention de Julie Bertin* ». L'homme au gilet jaune rayé de noir resta sans voix. Il regarda les deux amis s'éloigner.

Tellement heureuse d'avoir trouvé la missive de son père, elle en oubliait la présence de Christophe. Ce dernier ne manqua pas de lui en faire la remarque. Il en était affecté.

- Désolée ! lui dit-elle, le prenant par le bras. Au fait, qu'est-ce que tu fais en Normandie ?

- Je voulais te faire la surprise. Lorsque je t'ai appelée hier et que tu m'as annoncé que tu partais à Étretat, l'idée m'est venue. Ne sachant pas où passer mes vacances, je me suis dit : pourquoi pas là-bas ? Je suis à Fécamp, car je n'ai pas trouvé de chambre ici.

Julie écouta ses explications.

Soudain, elle repensa à ses doutes et au bouquet de roses livré au moment de son départ. Elle devait jouer finement avec Christophe : ne pas trop lui parler, afin de découvrir avec subtilité, des indices qui pourraient la mettre sur la voie du ravisseur de son père. Elle voulait régler cette affaire en douceur. Christophe était fragile depuis quelque temps. Après tout, il ne s'agissait pas d'un psychopathe. Elle trembla à cette idée. Dans ses cauchemars, il en avait toutes les caractéristiques. Et si elle ne le connaissait pas si bien que cela ! Christophe s'était aperçu qu'elle frissonnait.

- Tu veux qu'on aille boire quelque chose ?

- Pourquoi pas.

- Je suis garé tout près.

Elle l'accompagna jusqu'à sa voiture. S'installant côté passager, elle l'observait du coin de l'œil. Elle vit un sourire qu'elle ne lui connaissait pas. Une légère angoisse pointait son nez. Essayant de ne rien montrer, elle se regarda dans le miroir de courtoisie, faisant mine de réajuster son maquillage.

Où l'emmenait-il ? Elle n'osait rien dire. Il se gara à proximité du centre-ville. Alors qu'elle s'apprêtait à remonter le pare-soleil, Julie découvrit dans le miroir qu'une couverture semblait cacher quelque chose sur le siège arrière. Persuadée que l'urne de son père était là, elle se sentit submergée par l'émotion et l'angoisse. Déstabilisée, affolée, elle cherchait la poignée de la portière afin de sortir. Ses jambes ne la soutenaient plus. Elle se retint à la voiture pour ne pas s'effondrer. Christophe accourut afin de la retenir. Il passa son bras autour de sa taille. Julie devait absolument masquer ses émois. Elle lui sourit, prétextant la chaleur étouffante qu'elle avait ressentie en sortant du véhicule doté de climatisation. Ils attendirent quelques instants. Julie respirait plus calmement. Elle essayait de se montrer la plus naturelle possible. Ils marchèrent jusqu'à une brasserie et s'installèrent en terrasse, à l'ombre d'un store.

Il était très difficile pour Julie de jouer la comédie. Pourtant, Christophe parut ne rien percevoir de son trouble. Ils parlèrent de banalités. Mais l'esprit de la jeune femme était à l'arrière de la voiture. Elle ne pensait qu'à l'urne, se demandant de quelle manière elle pourrait soulever la couverture, sans que son ex-collègue ne s'en aperçoive. Elle devait trouver un stratagème. Faisant mine de chercher quelque chose dans son sac, elle lui révéla qu'elle ne trouvait pas ses lunettes de soleil. Elle lui demanda ses clés de voiture, certaine de les avoir laissé tomber sur le plancher ou entre les deux sièges avant. Christophe la devança, ce qui l'agaça au plus haut point. Il s'était levé et se précipitait déjà en direction du parking.

- Ne bouge pas ! lui cria-t-il, j'y vais !

Il revint évidemment penaud. Elle devait imaginer une autre astuce. Elle ressentit le besoin d'en parler à Pierre. Elle prit l'option "toilettes" pour s'éclipser quelques instants. Dans ce lieu d'intimité, elle put appeler celui pour lequel son cœur battait désormais. Elle lui parla de ses doutes et du comportement de Christophe. Pierre semblait inquiet. Il lui conseilla de s'éloigner de lui et de faire appel à la police. Mais Julie ne pouvait s'y résoudre. Christophe avait été son collègue, ami et confident tant d'années !!! Si elle faisait fausse route, elle ne souhaitait pas le mettre dans l'embarras. La situation était très compliquée et gênante.

- Nous devions dîner ensemble ce soir, mais je vais décliner son invitation. Après tout, ce n'est pas moi qui lui ai demandé de venir. C'était son choix.

- Tu as raison ! Je me sentirai plus rassuré.

- Tu ne serais pas un tantinet jaloux par hasard ? lui demanda Julie.

- Un peu, mais je suis surtout très inquiet !

- C'est drôle ce qui nous arrive. Nous ne sommes qu'aux prémices d'une histoire. Nous n'avons partagé qu'un baiser et pourtant une relation s'est installée. Pour ma part, j'ai l'impression que nous sommes ensemble depuis plus longtemps, lui déclara-t-elle.

- Je ressens la même chose. Fais attention à toi, Julie !

Julie revint vers Christophe et lui annonça calmement qu'elle désirait rentrer à son hôtel. Elle avait une lettre à lire. De plus, elle se sentait lasse, sans doute en raison de l'air marin. Il était déçu, cela se lisait sur son visage. Il lui proposa de l'appeler si toutefois elle changeait d'avis. Il resterait sur Étretat et ne repartirait que le soir pour Fécamp. Il proposa de la raccompagner jusqu'à son hôtel qui se trouvait à quelques rues de la brasserie. Passant devant sa voiture, Julie loucha sur la couverture du siège arrière. Elle mourait d'envie de la soulever.

35

« Ma Chérie,

Il y a une chance minime pour que tu découvres cette missive. Si le personnel du Clos Lupin la trouve, sera-t-elle conservée et remise à celle dont le nom figure sur l'enveloppe, sous réserve qu'elle se présente un jour ?

Cependant, je fais confiance à ton intuition et au destin. Je pars donc sur l'hypothèse qu'un jour tu auras cette lettre entre les mains.

Tellement excité par ce jeu de piste, j'en suis à espérer ne pas mourir trop vieux, afin que tu puisses y participer pendant que tu es encore jeune. Quelle idée farfelue, n'est-ce pas ?

Étant donné que je ne sais pas où tu en es dans ce cheminement, je te parle de mes états d'âme de l'instant. J'ai beaucoup aimé ta mère. Tu le sais. Je ne me suis jamais rendu disponible pour laisser une autre femme entrer dans ma vie. Il n'y avait aucune place dans ma tête et encore moins dans mon cœur. Pourtant, il y a plusieurs mois, j'ai rencontré une femme, Thérèse. Tout d'abord, nous étions amis et faisions des randonnées avec un groupe. Puis, nous avons davantage fait connaissance. Et voilà trois semaines, notre relation a bien progressé. Je crois que je suis amoureux. Te rends-tu compte ? À mon âge ! Il est vrai qu'il n'y a pas d'âge pour ça ! Mais je n'y croyais plus. Elle est délicieuse, douce, attentionnée. Elle a des enfants et petits-enfants. Elle est veuve. Elle a fait une sévère dépression, il y a quelque temps. Je pense que tous les deux, nous traînions une souffrance profonde. C'est sans doute ce qui nous rapproche. Je me sens bien avec elle et je pense que c'est réciproque. Pas question d'aller trop vite cependant. Nous gardons notre indépendance, chacun sa maison. Si tu savais comme je me sens revivre, Julie ! Mais ce changement ravive chez moi des blessures non entièrement cicatrisées. Entre autres, la culpabilité ! Culpabilité d'avoir forcé le destin de ta mère qui, sans moi, serait peut-être encore en vie aujourd'hui. Culpabilité de n'avoir pas plus tôt contacté mon père. Culpabilité de ne pas avoir eu le courage de te faire toutes ces révélations en dehors de ce puéril jeu de piste. Je me rends compte que c'est ma propre thérapie que je suis en train de réaliser.

Bref, tous ces sentiments mêlés me poussent à partir là où ta mère et moi avons vécu des moments magiques. Après notre mariage, nous sommes venus passer une semaine à Étretat. Et c'est durant ce séjour que nous t'avons conçue, avec, je peux te le certifier, beaucoup d'amour. Ce voyage, je l'envisage comme un pèlerinage, avec le profond désir de me libérer d'un poids qui pèse sur mes épaules depuis trente-cinq ans. Je pourrai ainsi passer à autre chose. Pas question de me libérer de l'amour que je portais à ta mère, mais simplement ouvrir mon cœur pour d'autres possibles.

J'ai choisi le Clos Lupin dont j'avais entendu parler. Je ne sais pas encore si je pourrai glisser cette lettre quelque part. Je suis conscient que c'est pure folie, mais je tente. Le côté ludique d'un tel lieu ne peut que me rappeler nos jeux de piste d'autrefois.

Ainsi, durant notre petit voyage, ta mère et moi nous sommes promenés en haut des falaises. Nous y avons admiré la vue et l'aiguille creuse, fantasmant sur le trésor de Lupin. Évidemment, ta mère a tenu à visiter la chapelle qui se trouve en haut de la falaise d'Amont. J'ai respecté son désir. Elle y a fait une prière pour que notre amour dure éternellement et que de notre union naisse un bel enfant : l'enfant de l'amour.

L'hôtel dans lequel nous étions descendus n'existe plus. Sans doute le destin a-t-il effacé l'une des traces matérielles de notre histoire. Mais sa mémoire reste gravée au plus profond de moi-même, de mes cellules.

Sais-tu qu'Étretat a inspiré de nombreux peintres ? Claude Monet, Gustave Courbet, Camille Corot, Eugène Boudin, Eugène Delacroix et bien d'autres encore. Des écrivains sont venus chercher l'inspiration sur la côte d'Albâtre : Guy de Maupassant, Maurice Leblanc (je n'ai plus à te le présenter, car si tu me lis, c'est que tu as fait la visite du Clos Lupin), Gustave Flaubert, Alexandre Dumas (fils), André Gide, Eugène Marcel Prévost et Victor Hugo, qui a un point commun avec nous deux puisque, comme nous, il est né à Besançon.

Profite de ce séjour pour te ressourcer, comme je le fais en ce moment. Recharge-toi en iode et en lumière.

Plus haut, je te parlais de culpabilité, notamment concernant le destin de ta mère. Je ne vais pas trop t'en dire à son sujet, puisque cela concerne une autre lettre. Lors de notre séjour à Étretat, alors que nous dînions devant le soleil couchant sur l'océan à la terrasse d'un petit restaurant, Anna m'a avoué que, lors de notre rencontre, elle était partagée entre le désir de me suivre ou partir en mission au Cambodge !

Et c'est moi qu'elle a choisi. C'est étrange, le destin. À un moment de sa vie, elle s'est retrouvée face à deux directions. Elle a opté pour l'une des deux. Elle a tout de même accompli une belle mission. Elle t'a mise au monde, puis s'est éclipsée, sans bruit.

Devons-nous donner un sens à la vie ? Je n'en suis pas certain. La vie n'a peut-être pas de sens, elle est le sens. Plus je t'écris, plus je sens cette liberté s'installer en moi. Aujourd'hui, je suis libre.

Du plus loin où je puisse me trouver lorsque tu liras cette lettre, je t'embrasse bien fort.

Papa »

Julie reposa la lettre sur le lit dans lequel elle s'était installée. Son père avait vu juste en faisant confiance à son intuition et au destin. La probabilité de mettre la main sur ce message, tout comme sur l'enveloppe qu'il avait remise à Monsieur Vautherot, était quasiment nulle. Et pourtant, elle les avait découverts. Tout dans ce jeu de piste semblait incertain, mais la providence l'avait mise sur la voie. Depuis le décès de Jean, la vie de la jeune femme avait été bouleversée. Elle avait le sentiment qu'elle ne maîtrisait plus rien. Son existence lui glissait entre les mains. Paradoxalement, plus elle avançait, plus elle se sentait ancrée et entière. Les événements avaient pourtant de quoi la déstabiliser. Devait-elle vivre toutes ces épreuves pour Être, comme le souhaitait son père ?

Jean lui révélait dans cette lettre qu'Anna devait partir en mission au Cambodge. Quel en était le message ? Il lui parlait de sa culpabilité d'avoir forcé le destin. S'ils ne s'étaient pas rencontrés, elle vivrait encore. Julie n'en était pas persuadée. Si sa mère était allée jusqu'au bout de son projet initial, rien ne dit qu'elle serait toujours en vie à présent. C'était peut-être écrit. Il précise tout de même qu'elle avait accompli une jolie mission en la mettant au monde et en s'éclipsant, sans bruit. La métaphore était douce, harmonieuse : la mise au monde bruyante de l'enfant qui crie et le départ silencieux vers d'autres cieux. Utilisation subtile en pensant à la définition de l'éclipse qui n'est autre que l'obscurcissement d´un astre par l´interposition d´un autre corps céleste entre cet astre et la source lumineuse. Ces termes avaient-ils été utilisés par hasard ou son père s'adressait-il sciemment à l'astronome ? D'autre part, l'analogie entre "jolie mission" et elle-même, Julie, la fit sourire. Au-delà des figures de style, Jean sous-entendait-il que Julie était venue sur Terre pour accomplir à son tour une mission ? Mais laquelle ? Devait-elle se tourner vers l'humanitaire pour rendre hommage à celle qui lui avait donné la vie ? Toutes ces questions fusaient dans sa tête. Elle sentit une intense émotion lui serrer la gorge. Elle ne put retenir ses larmes et éclata en sanglots. Il s'agissait peut-être du trop plein de tout ce qu'elle avait vécu ces derniers jours. Des questions continuèrent de la hanter. Et si sa mère était morte à cause d'elle ? Si elle était la seule responsable ? À moins que cela ne soit la punition d'avoir fait le mauvais choix. Anna était peut-être venue au monde pour servir Dieu et aider son prochain. Julie devait dans ce cas laver les erreurs de sa mère et prendre la relève : non pas en entrant dans les ordres, mais en consacrant son temps aux plus démunis, ici en France ou à l'étranger. Le Cambodge était peut-être la solution. Cette idée s'installa dans la tête de la jeune femme et commença à germer. Dès qu'elle viendrait à bout du jeu de piste et qu'elle disperserait les cendres, elle se pencherait sur la question.

Son père lui parlait de Thérèse dans sa lettre. Il en était amoureux. Elle pouvait comprendre. Thérèse était réellement adorable. Julie se dit que, dès le lendemain, elle l'appellerait afin de prendre de ses nouvelles, la remercier de l'avoir mise sur la voie de la nouvelle lettre et la rassurer en lui révélant qu'elle était sur la piste de l'urne. Elle se levait pour prendre une douche lorsque son téléphone sonna. Christophe s'inquiétait de son état. Il lui confirma qu'il était toujours à Étretat et que, si elle changeait d'avis, ils pourraient tout de même dîner ensemble. Julie réfléchit et se dit qu'elle devait résoudre l'affaire de l'urne au plus vite. Par conséquent, elle accepta.

Elle avait un double appel, elle dut couper la communication avec Christophe. Elle se retrouva en ligne avec Pierre.

- Comment te sens-tu ?

- Mieux.

Elle n'osait pas lui avouer qu'elle s'apprêtait à dîner avec son ancien collègue.

- Génial ! J'espère que tu vas te reposer, lui dit-il avec douceur.

Après quelques petits mots tendres, ils raccrochèrent. Julie se prépara et sortit.

*

Attablés devant un plateau de fruits de mer, Julie et Christophe parlaient de leurs impressions sur Étretat. La jeune femme faisait mine de rien et son ami jubilait. Il lui proposa de compléter cet agréable séjour par une sortie en pleine mer. Julie n'en avait aucune envie. Elle ne souhaitait pas se retrouver seule au milieu de nulle part avec lui. Ne sachant pas comment justifier son refus, elle prétexta le mal de mer. Il lui dévoila ce qu'il avait prévu et qui devait être une surprise. Il semblait tellement déçu, que Julie eut un pincement au cœur. Bien qu'elle comprît qu'ils seraient accompagnés par le propriétaire du yacht, elle ne pouvait accepter cette invitation. Elle doutait que Christophe puisse financièrement assumer cette dépense. De plus, elle ne souhaitait pas lui laisser d'espoir en jouant ainsi avec ses sentiments. Elle ne connaissait pas la raison pour laquelle il avait enlevé l'urne de son père, mais elle percevait que les sentiments qu'il avait à son égard étaient toujours intenses. Elle repensa à la couverture qui se trouvait à l'arrière de son véhicule. Elle éprouvait des difficultés à se concentrer sur leur conversation. Elle devait absolument trouver le moyen de récupérer l'urne.

- Alors, cette lettre ?

La question de Christophe la sortit de ses préoccupations.

- Pardon ? interrogea Julie.

- Je te demandais ce que contenait cette lettre. C'est hallucinant tout de même que ton père ait réussi à cacher cette enveloppe et surtout que personne ne l'ait trouvée !

- Tu sais, depuis que je me suis lancée dans cette aventure, je vais de surprise en surprise. Mais j'avance progressivement. J'apprends des tas de choses sur mon père, ma mère, mes grands-parents.

- Ce que je ne comprends pas, c'est pourquoi il ne t'a pas fait ces révélations durant son vivant ?

Julie prit une profonde respiration avant de répondre.

- Je ne sais pas mais, de mon côté, je n'ai jamais posé de questions. Cela ne m'intéressait pas. Aujourd'hui, je comprends que je ne pouvais pas m'ancrer sans avoir connaissance de mes racines. Je dirais même plus, sans les ressentir au fond de moi. Certes, ce manque ne m'a pas empêchée d'évoluer et d'être celle que je suis devenue. Je me suis fait ma place dans cette société. Si j'avais su tout cela, qui serais-je devenue ? Mon père souhaitait que je fasse ma vie sans être parasitée par la connaissance d'où je viens. Il a peut-être commis une erreur… ou pas. Cela me fait penser à un enfant qui aurait été adopté et qui ne saurait rien de ses parents. Il fait sa vie et un jour il cherche tout de même à comprendre qui étaient ses parents naturels.

- Et toi, alors, qui étaient réellement tes parents ?

La jeune femme réalisa qu'elle venait de se confier à son ami, comme par le passé, loin de tous les soupçons qu'elle portait à son égard, encore quelques minutes plus tôt. Elle se ressaisit. Elle ne devait pas trop s'ouvrir. Christophe cherchait peut-être à la manipuler. Elle répondit à sa question par un sourire qui en disait long. Son ancien collègue comprit qu'il n'en saurait pas plus.

Sans détour, Julie lui annonça :

- Il y a quelques jours, quelqu'un a pénétré chez moi et m'a volé mon urne.

Christophe devint pâle. Il la fixa dans les yeux. Julie n'arrivait pas à déchiffrer ce que ce regard signifiait.

- Comment ça, on t'a volé l'urne ? Qui pourrait faire une chose pareille ?

- Et cette même personne me fait livrer des roses ! compléta-t-elle.

Son ami était livide. Il ne trouvait plus ses mots. Il préféra garder le silence. Julie le sentit mal à l'aise.

Elle venait de le confronter à son délit. Elle lui expliqua qu'elle avait déposé plainte et qu'une enquête était en cours. Devant le mutisme de Christophe, elle ne put s'empêcher de lui demander :

- Qu'y a-t-il sous la couverture dans ta voiture ?

Il semblait de plus en plus gêné. Elle ne tenait pas à le torturer davantage.

Elle lui prit la main et lui annonça :

- Je peux lever cette plainte ! Il me faut juste comprendre !

- Une surprise ! dit-il calmement.

- Pardon ?

- Je te réservais une surprise.

Julie était atterrée. Il avait volé l'urne pour le seul plaisir de lui faire une surprise. C'était surréaliste !

- Mais pourquoi ? Je ne comprends pas !

- Viens, je vais te montrer.

Julie accepta de le suivre, non sans appréhension. Elle sentait son corps secoué de tremblements. Arrivés à la voiture, il ouvrit la portière arrière et retira la couverture. La jeune femme resta interloquée.

*

Pierre Terrier n'avait pas pu informer Julie de l'initiative qu'il avait prise. Après l'avoir eu en ligne et s'être assuré que tout allait bien, il appela le dernier numéro sur sa liste des fleuristes. Par chance, une femme décrocha, alors qu'il était presque vingt heures. Comme lors de ses précédents appels, Pierre expliqua que la livraison d'un bouquet de roses avait été effectuée la veille à l'attention de Mademoiselle Julie Bertin. Il cita l'adresse, puis il expliqua que cette personne se sentait menacée et par conséquent qu'il souhaitait connaître le nom de l'auteur de la commande. La femme qui était en ligne annonça dans un premier temps qu'elle ne pouvait faire ce genre de révélation. Mais devant l'insistance de son interlocuteur, qui lui fit comprendre que la vie de cette jeune femme était en jeu, elle s'empressa de chercher sur son cahier l'information attendue. Lorsqu'elle reprit le combiné, elle révéla :

- Je n'ai aucun nom. Je me souviens toutefois qu'une femme s'est présentée dans ma boutique, a choisi un bouquet de roses et m'a demandé de le faire livrer à l'adresse que vous m'avez confirmée. Ce qui m'a marquée, c'est le cœur qu'elle a dessiné sur la petite carte à joindre. Je lui ai même demandé son nom, mais elle n'a pas souhaité qu'il apparaisse. Elle m'a réglée en espèces. Je ne peux rien vous dire de plus…

Pierre la remercia. Il raccrocha, se demandant qui pouvait être cette femme. La commerçante n'avait pas pu lui en faire la description physique, car elle ne se souvenait plus à quoi elle ressemblait. Elle recevait de nombreux clients dans une journée. L'ancien collègue de Julie avait joué finement en faisait appel à une femme pour dissimuler toute preuve le concernant. Ce type était plus manipulateur et sans doute plus dangereux qu'ils ne pouvaient le penser. Il devait absolument joindre Julie pour l'en informer. Il essaya de l'appeler sur son portable, mais en vain. Il appela l'hôtel afin qu'on lui passe la chambre de Julie. Le gérant lui expliqua que mademoiselle Bertin était sortie. Pierre sentit l'angoisse monter en lui. Il réessaya sur le portable à plusieurs reprises. Son inquiétude grandissait. Devait-il appeler la police ? Il se dit que c'était un peu prématuré. Julie ne faisait peut-être que se promener dans les rues d'Étretat ou sur la digue. Elle n'avait pas prévu de sortir avec son ancien collègue.

Lorsque tard dans la soirée, il vit le numéro de Julie s'afficher sur son portable dont la sonnerie venait de retentir, Pierre se sentit soulagé.

- Tu as essayé de me joindre ? lui demanda-t-elle.

- Oui, j'étais inquiet. Tu m'as dit que tu souhaitais te reposer.

- En fait, j'ai changé d'avis. Je suis allée dîner avec Christophe.

- Julie ! Ce n'est pas raisonnable !

Elle était agacée par son comportement paternaliste. Elle avait toujours été indépendante. Elle n'allait pas commencer à rendre des comptes à cet homme qu'elle connaissait depuis peu de temps et avec lequel elle n'avait échangé qu'un baiser. Même si elle reconnaissait vibrer rien qu'au son de sa voix et en pensant à lui, elle se refusait de tomber dans une relation étouffante, fusionnelle. Elle avait besoin d'espace.

- Tu n'as pas à me dire ce que j'ai à faire ! s'exclama-t-elle d'une voix cinglante qui glaça Pierre.

- Désolé. Je m'inquiétais, c'est tout ! Cela ne me regarde pas ! Je t'appelais simplement pour te dire de te méfier.

Il lui fit part de l'information concernant la commande du bouquet de roses.

- Une femme ? Quelle femme ?

- Aucune idée. Il est possible que Christophe ait demandé à cette femme de passer commande, de telle sorte qu'aucune preuve ne vienne le mettre en cause.

- Ce n'est pas lui ! affirma-t-elle aussitôt.

Julie s'était adoucie, consciente d'avoir réagi trop vivement. Elle était désolée et lui présenta ses excuses. Puis elle expliqua ce qu'elle venait de découvrir.

Christophe avait soulevé la couverture, révélant ainsi le cadeau qu'il avait prévu de lui faire : un télescope *Skywatcher Explorer* qu'il avait certainement payé une petite fortune. L'appareil était accompagné de son trépied. Il souhaitait lui faire la surprise. Il espérait ainsi la faire changer d'avis et revenir à ses premières amours, l'astronomie. Julie avait craqué. Submergée par l'émotion, elle avait éclaté en sanglots et s'était jetée à son cou.

- Tu te rends compte, lui expliqua-t-elle encore sous le coup de l'excitation, même si j'étais habituée à des télescopes plus sophistiqués à l'Université ou lorsque j'étais en mission au Canada, celui-ci est tout de même très puissant ! Il permet même de distinguer les bras spiralés les plus fins de beaucoup de galaxies, les structures d'autres nébuleuses et les amas globulaires aussi.

Au bout du fil, Pierre restait silencieux. Il ne comprenait rien aux indications de Julie. Pour lui, un télescope permettait de scruter le ciel afin d'y voir de plus près les étoiles. Il n'avait aucune idée de ce que pouvaient être les bras spiralés ou les amas globulaires. Quant aux nébuleuses, il n'en avait qu'une vague idée, son domaine de prédilection étant davantage la Terre. D'autre part, il se sentit mis à l'écart, du fait de son ignorance en la matière. Julie partageait une passion avec Christophe. Une pointe de jalousie fit son apparition. Un sentiment qu'il n'avait jamais ressenti auparavant. Cette femme avait un pouvoir extraordinaire sur lui, tout comme il semblerait qu'elle en ait eu sur Christophe. Il en vint à se demander si la plus dangereuse n'était pas elle-même. Mais il chassa très vite cette pensée.

Julie lui expliqua enfin qu'elle s'était ressaisie. Elle ne pouvait accepter un tel cadeau, partagée entre l'amitié qu'elle avait pour Christophe et ses doutes, encore à ce moment, à son égard. La principale raison était les sentiments peu clairs qu'il lui portait. Elle se devait de tenir ses distances. Pierre se sentit rassuré.

Elle lui rendit compte de la suite de la conversation qu'elle avait eue avec son ancien collègue. Elle l'avait questionné sur ses intentions réelles et sur son emploi du temps de ces derniers jours. Pris au piège et devant la franchise de Julie, il lui avait avoué espérer qu'une relation amoureuse s'installe entre eux et qu'elle revienne travailler à Lyon. Il désirait plus que tout au monde partager chaque instant de sa vie avec elle. Il avait gardé religieusement dans une boîte tous les objets lui appartenant qu'elle avait laissés au bureau. Julie s'était angoissée devant ces révélations et l'attitude fétichiste de Christophe. D'autant qu'il lui avait avoué l'avoir suivie un peu partout, notamment à

Besançon. Elle comprenait d'où venait cette sensation étrange qu'elle avait perçue. Il s'était pourtant fait discret. Il lui avait expliqué être entré dans l'une des boutiques et l'avoir observée derrière la vitrine alors qu'elle était en terrasse d'un café. Puis il l'avait suivie en voiture jusqu'à Lure. Il était même entré dans la supérette où elle avait rempli son caddie de pots de cancoillotte. Julie était sidérée. Cette histoire était démente. La jeune femme ne s'imaginait pas jusqu'où Christophe pouvait être entraîné. Il était pathétique. Il ressemblait à un petit garçon, complètement désemparé. Julie mourait d'envie de le prendre dans ses bras et de le rassurer. Cependant elle s'en était abstenue. Elle était restée silencieuse et l'avait encouragé à poursuivre. La veille, il était retourné à Besançon pour rendre une petite visite au gérant de l'agence de voyage *Terrier Horizon*. Il avait cru qu'il se passait quelque chose entre son amie et cet homme. Il s'était fait passer pour un client, avait parlé avec lui et s'était rendu compte qu'il était impossible que Julie puisse engager une relation avec un homme d'au moins dix ans de plus qu'elle. La jeune femme avait blêmi en entendant ses révélations. Elle l'avait ensuite questionné sur les roses. Il lui avait juré n'y être pour rien, ni pour l'urne de son père. Il lui avait précisé :

- Je suis fou à lier, je l'admets, mais jamais je ne te ferais de mal. Je sais combien cet acte est monstrueux. Je ne suis pas non plus entré par effraction chez toi, je peux te le jurer !

Julie l'avait cru sur parole. Il semblait sincère. Elle lui avait avoué qu'elle était tombée amoureuse de l'homme rencontré à Besançon. Il s'était effondré, conscient que tous ses espoirs s'étaient définitivement envolés.

36

La nuit qui suivit, Julie se trouva dans un lieu qui lui semblait connu dans son rêve et qui pourtant ne lui était pas familier. Des roses, tout autour d'elle, exhalaient leur parfum enivrant. Elle se sentit transportée dans les airs. Elle volait. Puis elle entendit à nouveau le cylindre rouler dans un bruit assourdissant. Elle se jeta au sol pour le récupérer. Elle le prit en ayant la sensation qu'une personne mal intentionnée cherchait à s'en emparer. Elle courut dans sa chambre à Lure, où elle découvrit une valise. Elle l'ouvrit, retira l'énorme télescope qui s'y trouvait et le jeta avant de le remplacer par le cylindre. Puis elle cacha la valise sous son lit. Elle partit s'acheter des roses et dessina un énorme cœur sur une carte. Elle riait aux éclats.

Lorsqu'elle s'éveilla, Julie se sentit mal à l'aise. Que signifiait ce rêve ? Elle souffrait d'une terrible migraine. Elle ressentit l'envie de vomir. Elle courut aux toilettes et se soulagea. Le dîner avec Christophe l'avait contrariée au point que rien de ce qu'elle avait mangé n'était passé. Elle descendit prendre simplement un thé, incapable d'avaler autre chose. Elle devait se ragaillardir, car elle avait décidé de reprendre la route le jour même. Elle avait appelé Rosette pour lui annoncer son retour dans la soirée. Pierre, quant à lui, semblait s'en réjouir. Elle avait hâte de le retrouver, de se blottir dans ses bras. Elle n'avait toujours pas élucidé le mystère de l'enlèvement de l'urne, mais elle savait désormais que Christophe n'était pas le ravisseur. Elle se sentit plus légère à cette idée.

Au volant de sa voiture, Julie repensa au dernier courrier de son père. Son séjour à Étretat lui avait permis de se libérer d'un poids, la culpabilité vis-à-vis du décès d'Anna. Il s'était senti disponible pour entamer une nouvelle relation. Revenant à la mission de sa mère, elle restait persuadée qu'elle devait réaliser elle aussi quelque chose d'important. Pourtant, l'idée qu'elle avait eue en Normandie de s'engager elle aussi dans une mission humanitaire ne lui correspondait pas : pas par égoïsme, mais simplement, elle comprenait que la mission que sa mère s'était donnée à un moment de son existence devenait sienne. La vie est un perpétuel mouvement et la signification que l'on y donne est aussi mouvement. La jeune femme se demandait d'ailleurs si la vie avait réellement un sens. N'était-elle pas Le Sens, comme le suggérait son père ? Au cours de ses découvertes, après le décès de Jean, Julie s'était remplie, remplie de son histoire. De jour en jour, elle se sentait entière. Des moments difficiles, des douleurs, des émotions, des joies ressentis au plus profond de son être l'avaient transportée, soutenue, parfois fait chavirer, déstabilisée. Elle sentait que ces étapes lui étaient nécessaires afin de s'ancrer. Peu à peu, elle lâchait prise. Ses rêves y contribuaient, elle en était certaine. Mais ce dernier songe lui fit l'effet d'une bombe à retardement. Elle manqua de justesse la voiture qui attendait au feu rouge devant elle. Elle dut freiner, ses pneus crissèrent, son véhicule glissa et stoppa à quelques centimètres de celui qui le précédait. Elle trembla, se disant qu'elle n'était encore pas si ancrée que cela. Elle n'était qu'aux prémices de son cheminement. Elle manquait de présence. Elle avait encore trop de doutes.

Son rêve la hantait, l'obsédait.

- Et si je souffrais d'un dédoublement de la personnalité ? se demanda-t-elle.

Cette idée l'affola. Pourtant, elle repensa à la soirée où le cambriolage avait eu lieu. Aucune trace : le malfaiteur avait brisé une fenêtre de la cave, avait pénétré, était resté toute la nuit dans ce lieu, sans pour autant lui faire de mal. Puis sur le matin, il était allé dans la salle de bains afin de prendre la robe pour l'étaler sur le lit. Il avait déposé une rose et volé l'urne. Julie avait bu la veille au soir. Elle n'avait aucun souvenir de ce qui avait pu se passer. Et si c'était elle qui avait commis ce forfait, et s'était fait livrer les roses ! Cela paraissait tellement absurde qu'elle ne savait pas si elle devait rire ou s'inquiéter de cette idée. C'était pourtant bien une femme qui s'était rendue chez la fleuriste !

- Non, c'est impossible ! Je ne suis pas cinglée !

Julie paniquait. Elle devait absolument s'arrêter. Elle appela Pierre et lui parla de ses tourments. Elle était en pleine confusion mentale. Il la rassura. Selon lui, ses doutes étaient tout à fait naturels en raison des événements qu'elle vivait depuis quelque temps. Le jeu de piste devait y contribuer aussi. Il lui parla avec douceur, persuadé qu'ils découvriraient qui était l'auteur de cette farce de mauvais goût. Ses mots tendres lui firent du bien. Elle repartit.

37

À peine arrivée dans la maison de son père, Julie fut accueillie par son chat. Il se frottait à elle, heureux de la retrouver. Elle ouvrit la porte et se trouva confrontée au bouquet de roses, qu'elle avait disposé dans un vase avant son départ pour la Normandie. Elle prit les fleurs et les jeta aussitôt. Puis elle défit son sac, sortit la lettre qui rejoignit les autres dans la boîte. Dans la salle à manger, des pétales de roses fanées avaient échoué sur la table. Il s'agissait du bouquet que Thérèse lui avait offert lorsqu'elle était venue dîner, enfin, lorsqu'elles avaient failli dîner le soir où le rôti avait brûlé. Au souvenir de cette anecdote, Julie sourit. Elle prit le vase qui dégageait une odeur putride, jeta le bouquet séché et déversa l'eau verte dans l'évier. Les effluves qui en émanaient lui étaient désagréables. Elle fit couler de l'eau afin d'évacuer tout dépôt. Ses pensées se dirigèrent vers le cylindre. Une vive émotion lui serra la gorge. Et si elle ne retrouvait jamais l'urne de son père ! Cette possibilité lui était insupportable. Elle repensa à l'incinération, moment très difficile pour elle. Puis elle en vint à se remémorer la journée des obsèques. La messe qui avait été dite à l'église, le cercueil porté par le personnel des pompes funèbres, traversant la nef avant d'apparaître sur le parvis. C'est là qu'un homme les avait rejoints. Elle n'avait pas compris pourquoi, trop submergée par le chagrin. Elle revoyait la scène. C'était étrange, car durant tous ces mois elle n'y avait pas repensé. Cet inconnu était très élégant. Un détail avait surpris Julie. Sur sa veste, étaient accrochés deux rubans. Il lui semblait se souvenir que l'un d'eux était blanc et l'autre vert, ou peut-être bleu. Cette personne était venue lui présenter ses condoléances, comme beaucoup. Pourquoi, subitement, repensait-elle à cet instant ? Hormis les rubans, quelque chose d'autre l'avait interpellée. Ces souvenirs devenaient plus précis. Il lui avait glissé quelque chose dans la main. Derrière le brouillard de ses larmes, elle avait porté son regard sur la carte de visite qu'il venait de lui donner. Julie sentit son sang se glacer. L'intuition d'avoir déjà vu le dessin du compas et de l'équerre était donc réelle. C'était sur cette carte. Qu'en avait-elle fait ensuite ? L'émotion de revivre ces moments l'empêchait de se souvenir de ce qui s'était passé après. Elle avait certainement rangé cette carte quelque part. Elle courut chercher dans le dossier contenant tous les papiers et formalités des obsèques. Elle ne trouva rien. Elle tenta de libérer son esprit, se concentrant sur sa respiration. Elle avait pris cette carte, l'avait regardée sans y prêter trop d'attention et… elle l'avait certainement rangée dans la poche de sa veste. Elle se dirigea vers sa chambre. Ne l'ayant portée que peu de temps, elle ne l'avait pas fait nettoyer. Elle ouvrit l'armoire, en sortit le vêtement et y trouva le sésame. Une carte de visite sur laquelle Julie pouvait lire :

"*Maurice Pernoud,*
Maître ébéniste"

Sur la gauche de ce petit bristol, le dessin dont parlait Jean était imprimé. Il n'y avait aucun numéro de téléphone, aucune adresse, seulement l'indication "*Aragnouet*". Elle reconnut ainsi deux indices mentionnés par son père sur l'une de ses lettres. Elle rechercha sur Internet quelles étaient les significations de ce logo. Plusieurs sites lui indiquaient le même renseignement. Il s'agissait de celui des Compagnons du devoir. Son père avait été Compagnon de seize à vingt-sept ans. Il avait acquis son savoir-faire dans ce cadre initiatique. Elle découvrit que, comme tout corps de métier, les menuisiers vénéraient une sainte patronne. Il s'agissait de Sainte Anne. La jeune femme connaissait peu de chose sur cette organisation. L'homme qui était venu à sa rencontre et lui avait remis la carte pourrait certainement la renseigner. Cependant, elle n'avait aucun numéro de téléphone pour le joindre. Elle fit de nouvelles recherches concernant Aragnouet. Ce village se situait dans les Pyrénées. Elle s'affala au fond du fauteuil de bureau.

Elle était dépitée. Elle se demandait une nouvelle fois ce que tout cela signifiait. Elle écarta l'idée que son père souhaitait l'envoyer dans la vallée d'Aure, aux portes de l'Espagne, tant elle était épuisée par son court séjour en Normandie. C'en était trop pour elle ! Elle sentit la colère prendre le dessus. Son père n'avait donc aucune compassion pour elle ! Elle éteignit l'ordinateur. Il fallait penser à autre chose. Elle en savait suffisamment sur sa famille.

Elle décida d'appeler Thérèse.

- Bonjour, c'est Julie ! Comment te sens-tu ?

- Ça va !...

Thérèse paraissait distante. Elle ne semblait pas s'être remise de la disparition de l'urne.

- Je suis rentrée ! Tu veux que l'on se voie ?

- Et bien... Je ne sais pas ! En fait, je ne me sens pas très bien !

L'attitude de Thérèse depuis quelque temps commençait à agacer Julie. Elle concevait qu'elle puisse avoir été choquée, mais cela ne servait à rien de se morfondre. Après tout, si une personne était en droit d'être affectée, c'était bien elle. C'est tout de même Julie qui avait été visitée en pleine nuit et à qui l'urne avait été dérobée.

- Où en es-tu dans ton jeu de piste ?

- J'avance, tranquillement. Je commence à apprendre pas mal de choses sur mes parents. Au fait, dans la lettre que j'ai trouvée à Étretat, mon père me parle de toi !

Le silence s'installa. Julie pensait que cette nouvelle allait remonter le moral de l'amie de son père. Elle ajouta donc.

- Il m'a écrit des choses adorables sur toi.

Pas davantage de réaction de la part de Thérèse.

- Cela te fait plaisir au moins ? insista la jeune femme.

- Ce qui me ferait le plus plaisir serait qu'il soit à mes côtés. J'ai déjà perdu mon mari, je me suis retrouvée seule. J'étais tellement heureuse d'avoir rencontré ton père, et voilà ! Il m'abandonne !

Julie était au comble de l'exaspération.

- Attends, Thérèse ! Tu me fais quoi, là ? Il ne t'a pas quittée, il est mort ! Il n'a pas choisi ! Je trouve ta réaction plutôt excessive !

Thérèse s'excusa en pleurant, prétextant une fatigue et une dépression qui refaisait surface. Elle lui expliqua qu'elle était sous antidépresseurs depuis des années et que la rencontre avec Jean lui avait permis de se sentir vivante. Elle était tellement bien avec lui. Après son décès, son bonheur de faire la connaissance de sa fille lui avait permis de garder cet élan. Mais depuis quelque temps, ses vieux démons réapparaissaient. Cette histoire d'urne n'y était pas étrangère. Julie était désolée de l'avoir brusquée. Elle aussi avait l'impression de devenir folle. Le rêve de la nuit précédente l'obsédait. Elle surfait sur la vague du doute, des paradoxes, consciente de tous les événements qu'elle vivait : elle craignait d'être une autre par moments. Elle redoutait une forme de confusion mentale. Elle avait déjà lu que cela pouvait arriver après un choc psychologique, comme un accident ou un deuil. C'était terrifiant ! Julie proposa à Thérèse de lui rendre visite le lendemain.

Dès qu'elle eut raccroché, repensant à son rêve et pour en avoir le cœur net, elle se dirigea vers sa chambre. Sous le lit aucune valise ne l'attendait. Elle se tourna vers le carton contenant le télescope de son enfance. Elle l'ouvrit. La lunette astronomique était toujours dedans.

38

Thérèse l'attendait devant sa maison. Elle avait maigri. Ses traits étaient tirés. Julie était attristée de la découvrir dans cet état, loin de la femme si belle et agréable dont elle avait fait la connaissance quelques semaines plus tôt. Elle entra chez elle. De nombreux meubles et une décoration chargée envahissaient l'espace. Des souvenirs, des bibelots, des photos, des tableaux étaient dispersés un peu partout. De styles, d'époques disparates, ces objets auraient fait le bonheur des brocanteurs. Julie était stupéfaite de découvrir cet intérieur qui ne correspondait pas à l'image qu'elle s'était faite de sa propriétaire. Thérèse lui proposa un café et se traîna jusqu'à la cuisine. Julie la suivit et s'attabla. Elle put l'observer, alors qu'elle servait le breuvage noir dans les tasses. Elle lui trouva le teint terne. Ses rides s'étaient creusées. Elle ressentit de la compassion pour cette femme qui devait être dans la souffrance. Elle désirait l'aider. Elle lui parla de son voyage à Étretat, en y mettant de petites touches d'humour. Elle scrutait ses réactions. Un discret sourire déplissa son visage, faisant apparaître une furtive étincelle dans son regard. Elle lui parla de Christophe. Thérèse redevint soucieuse. En toute franchise, Julie évoqua ses doutes à l'égard de ce dernier, puis de sa conversation avec lui. Elle lui avoua que désormais elle était persuadée qu'il n'était pas l'auteur du rapt. Elle lui parla de l'information de Pierre concernant la fleuriste. Il avait découvert qu'une femme avait passé la commande. Le visage de Thérèse s'était à nouveau assombri. Julie ne savait plus quoi faire pour lui remonter le moral.

Chagrinée par l'attitude de Thérèse, Julie renversa par maladresse du café sur son tee-shirt. Elle demanda à son amie si elle pouvait disposer de sa salle de bains, afin de nettoyer la tache. Thérèse lui indiqua le chemin. Elle prit donc le couloir, se dirigea tout droit, la dernière porte… à droite ou à gauche ? Julie ne se souvenait plus tant elle était perturbée. Elle prit au hasard et fut gênée de découvrir la chambre à coucher. Elle referma doucement la porte afin d'ouvrir celle de droite. Soudain, une image apparut. L'objet qu'elle venait de voir s'affichait dans son mental, Julie devint livide. Son sang se glaça. Elle revint en arrière. S'assurant que Thérèse était toujours dans la cuisine, elle ouvrit à nouveau la porte de la chambre. Elle avait bien vu. Il était là, trônant fièrement sur la table de nuit : le cylindre.

Julie n'avait plus envie de s'occuper de son tee-shirt. Elle revint dans la cuisine. La voyant arriver, blanche, hagarde, Thérèse comprit. Elle s'affaissa sur sa chaise, en silence.

Au terme de longues minutes, elle leva ses yeux mouillés par les larmes et dévoila :

- C'était trop dur pour moi. Son absence était tellement pesante ! Savoir qu'à l'issue du jeu de piste tu allais disperser les cendres, sans qu'il y ait un endroit où je puisse me recueillir, c'était insoutenable pour moi. De plus, je me suis rendue compte, lors de tes découvertes, que je n'avais guère de place dans tout ça. C'était ton histoire, celle de Jean et d'Anna. Comme si ces quelques mois vécus avec lui n'étaient qu'un château de sable, balayé, anéanti par la première vague.

- Pourquoi ne pas m'en avoir parlé plus tôt ? demanda Julie.

- Je ne sais pas. C'était trop difficile pour moi. Je craignais que tu ne me comprennes pas et que tu ne le prennes mal, que tu te fâches. J'avais peur de te perdre toi aussi.

- Et les roses ? L'effraction ?

- Tu m'avais parlé de ton ami Christophe. Je me suis dit que je pouvais jouer là-dessus. J'avais honte de ce que je faisais, mais après, je ne pouvais plus reculer. Je suis désolée ! Tu ne peux pas imaginer combien je m'en veux !

Thérèse ne pouvait plus soutenir le regard de sa jeune amie. Elle baissa les yeux.

- Tout était calculé, prémédité ! Je te faisais confiance, Thérèse ! s'exclama-t-elle, effarée.

Julie ne savait plus quoi penser. Il lui sembla à cet instant qu'elle perdait une amie, une mère, une confidente. Thérèse lui prit les mains, elle pleurait.

- Que puis-je faire pour que être pardonné ? Julie, ne m'abandonne pas. Je me rendrai à la police ! J'assumerai tout ! J'irai en prison ! Mais ne m'abandonne pas. Je t'en supplie !

- Il n'est pas question que tu ailles en prison ! Je vais retirer ma plainte ! J'ai juste besoin de temps pour encaisser !

Elle regarda Thérèse. Toutes les deux étaient effondrées. Elles ne comprenaient plus ce qui leur arrivait. Thérèse se leva, se dirigea vers sa chambre et revint avec l'urne que Julie prit dans ses bras.

Avant de partir, la jeune femme se retourna et calmement demanda :

- Et la robe ? Pourquoi l'avoir déposée sur mon lit ce soir-là ?

- Honnêtement, je n'ai pas compris lorsque tu m'en as parlé. Je n'ai pas touché à ta robe, je te le promets !

Julie la sentit sincère. Elle resta stupéfaite. Puis Thérèse sortit de sa poche une enveloppe qu'elle tendit à la jeune femme.

39

« Ma Chérie,

J'espère de tout mon cœur que tu auras découvert mes autres missives et ainsi rassemblé les pièces du puzzle de notre histoire familiale.

Je remets à Thérèse cette lettre. Elle n'en connaît pas le contenu, mais je lui ai fait promettre de ne pas te la donner d'emblée. Je lui ai expliqué que tu avais un cheminement personnel à parcourir avant cela, sans trop entrer dans les détails.

J'imagine que tu as vécu des moments difficiles durant cette aventure, des doutes, des remises en question, des souffrances. J'espère que tu auras également rencontré des situations plus joyeuses. Sois dans l'instant et accueille les possibles. Cette citation de Merleau-Ponty "En assumant un présent, je ressaisis et je transforme mon passé, j'en change le sens, je m'en libère, je m'en dégage" te parle sans doute davantage désormais. Sans rien connaître de ton histoire ou plutôt de celle de tes parents, tu étais engluée dans un passé qui ne t'appartenait pas, et pourtant, inconsciemment, dans tes gênes, tout était inscrit. Il n'y a pas de hasard si tu t'es tournée vers l'Univers. Désormais, tu sais d'où tu viens. À toi de changer le sens de ce passé, de t'en libérer. Tu n'as plus à traîner ma lourde valise, ni celle de ta mère. Tu n'as rien à nous prouver. Sois libre ! Cela sera notre plus belle récompense. Cela ne passe pas forcément par un changement de profession. C'est à toi de sentir les choses. Je te parle de toi, de ton être le plus profond, de ta liberté d'être. Alors seulement tu percevras que tu as grandi. Cette liberté te permettra de t'emplir d'une énergie nouvelle. De plus, si ton cœur est libre, il y aura suffisamment de place pour l'humanité. Et une place encore plus importante pour quelqu'un avec qui tu prendras plaisir à partager ton chemin. Actuellement, j'ai le sentiment que personne ne pouvait prendre sa place dans ton cœur. Tu y avais installé l'Univers et parmi toutes les étoiles de cet Univers, il y avait ta mère. Tu étais emplie de ces constellations, mais vide d'amour terrestre. Comment donc un homme pouvait-il partager ta vie ? De là où je serai, je te promets de te mettre sur le chemin de l'amour. Je ne sais pas encore comment je devrai m'y prendre mais, dès mon arrivée là-haut, je me renseignerai. Il y a bien quelqu'un qui sera prêt à m'aider. Peut-être un ange gardien... Qui sait ! De ton côté, lâche prise, C'est le seul moyen de t'accomplir en tant qu'Être. Il ne s'agit pas de se combler de travail, d'argent, d'objets pour être heureux... D'ailleurs à ce sujet, si tu pouvais l'expliquer aussi à Thérèse, cela serait sympa ! Donc, nul besoin d'Avoir pour être heureux. Lâche prise, respire ! Et Sois ! En pleine conscience ! La vie est un précieux cadeau, car elle a une fin. La vie et la mort ne sont pas des opposés, contrairement à ce que l'on croit. La vie se situe entre deux passages, celui de la naissance et celui du dernier souffle. Ce sujet est souvent tabou, notamment dans notre société. L'Homme craint la mort, en a une peur viscérale, et pourtant il n'est que dans la survie. Il ne vit pas pleinement et n'a aucune conscience de la richesse de la vie. De plus, il se lance toujours dans une course effrénée. Après quoi court-il ? Le sait-il lui-même ? Il est en recherche perpétuelle de sensationnel. Il a besoin d'aller de plus en plus loin, de plus en plus vite pour ressentir les choses. Il n'y a qu'à voir ces manèges qui mettent la tête à l'envers, avec une vitesse extrême et de plus en plus haut. L'Homme souhaite toujours posséder plus. La résultante de tous ces facteurs est qu'il s'isole lui-même. Il a des milliers d'amis sur les réseaux sociaux, mais ne connait pas son voisin. Dommage, car il passe à côté de l'Essentiel. Heureusement, un grand nombre d'entre-nous en a conscience et se détisse de cette trame étroite, serrée, étouffante. Redresse-toi, ma Fille, lève la tête et VIS !

Il me reste à te donner un dernier indice : Saint Blaise. Je te libère de l'emprise de ce jeu de piste.

Je t'embrasse de tout mon cœur. Je t'enverrai des petits messages de là-haut.

Papa »

Julie n'était pas au bout de ses surprises. Son père décrivait tout ce qu'elle avait pu ressentir depuis quelque temps, ce qu'elle avait pu analyser de sa vie, ses sentiments, ses ressentis. Il savait tout ! Soit il était fin psychologue, soit cela dépassait l'entendement. Elle aurait aimé partager avec lui le fond de sa pensée et mener une réflexion très philosophique sur la vie, la mort et leur sens.

Le décès de son père et le jeu de piste avaient complètement bouleversé sa façon d'être. Elle sentait que cette expérience lui avait permis de "grandir". À chaque pas, s'éclairaient des lampions qui illuminaient sa réalité d'aujourd'hui.

Au-delà du deuil de son père, elle avait fait le deuil de la petite fille et de l'adolescente qu'elle pensait être encore. Elle percevait qu'avant cela il existait une part d'elle qui était en décalage avec son corps. L'esprit de l'enfant habitait le corps d'une jeune femme de trente-cinq ans. Elle pensait s'assumer, mais il n'en était rien. Tout n'était qu'illusion : fantasme de la mère devenue étoile, celui du père aimant sur son piédestal et d'elle-même, la réussite professionnelle incarnée.

Son père comptait beaucoup pour elle, mais elle aimait vivre loin de lui. La distance les aidait à mieux se retrouver. Avant de partir pour suivre ses études puis s'installer à Lyon, quelques incompréhensions les amenaient fréquemment sur des terrains conflictuels. Elle prenait plaisir à revenir, mais pouvait passer des semaines, voire des mois sans le contacter.

Son père parti, elle réalisa combien l'amour que l'on porte à l'être cher est plus pur après son décès, parce que détaché de tous les travers de la personnalité, de l'ego. L'être physique n'étant plus que souvenir pour devenir l'être éthéré, peut-être idéalisé. Que se passait-il alors ? L'âme du vivant entrait-elle en communion avec l'âme du défunt ? Cette question restait sans réponse et semblait résonner en Julie, tel un écho.

Elle irait jusqu'au bout, en dispersant les cendres aux Milles Étangs. Seulement à cet instant, elle serait entièrement libre et pourrait s'accomplir pleinement. Elle devait comprendre l'indice qu'il lui avait inscrit : "Saint Blaise".

Sherlock, installé sur ses genoux, n'avait cessé de ronronner durant la lecture de la lettre et lors de ses réflexions. Julie le caressa, il la fixa, poussant un petit cri aigu de contentement. Était-il un messager envoyé par son père ? Elle n'attendait aucune réponse à cette interrogation. La question ouvre la porte à tous les possibles, la réponse enferme. Ce chat était là, c'est tout.

40

« *Blaise sourit aux promeneurs comblés* ». C'est ce que Julie avait trouvé sur le site Internet de cette commune des Alpes Maritimes. Quel rapport pouvait-il y avoir entre ce petit village et les Mille Étangs ? La jeune femme poursuivit ses recherches. Né vers 280 en Asie Mineure, Saint Blaise fut un évêque et martyr. Il se fêtait le 3 février. Anna était née un 3 février, en 1950. C'était mentionné sur le livret de famille. Ce personnage avait été un habile médecin, avant de devenir Évêque de Sébaste en Arménie. Il était réputé pour n'être que douceur et sainteté. Puis il quitta son siège épiscopal avant de se réfugier dans une caverne du Mont Argée. Il guérissait alors hommes et animaux qui venaient chaque jour le visiter. Il fut célèbre pour avoir sauvé un jeune enfant d'un étouffement provoqué par une arête de poisson bloquée dans sa gorge. Le gouverneur romain de Cappadoce, Agricola, agacé par cette popularité, le fit arrêter, juger, emprisonner, torturer et noyer dans un lac. Mais même ensanglanté, Blaise marcha sur l'eau. Il fut à nouveau capturé, martyrisé et décapité.

- Quelle horreur ! s'exclama Julie, frissonnant à l'énoncé de tant d'atrocités.

En lui donnant cet indice, où son père souhaitait-il la mener ? Elle découvrit que le culte de Saint Blaise se répandit grâce aux voyageurs, puis l'Ordre des Bénédictins permit son expansion dans toute l'Europe. De nombreux édifices religieux furent bâtis sous son vocable. Julie apprit qu'il était le patron de nombreuses confréries et corps de métier, notamment ceux du tissu, de la confection, ainsi que les activités liées au vent, au souffle, à la gorge et à la voix.

Julie devait trouver la corrélation entre le Saint et le plateau des Mille Étangs. Elle se souvenait avoir remarqué, sur l'ordinateur de son père, des liens sur les sites Internet concernant cette région. Elle s'y rendit. Le chat couché sur le bureau se redressa. Il se frotta sur le clavier et sur les mains de sa maîtresse.

Le téléphone sortit la jeune femme de ses réflexions, ce qui la ramena à la réalité de l'instant. La voix de Pierre lui fit réaliser que depuis son retour elle ne l'avait pas appelé. Il lui en fit le reproche avec douceur. Elle lui expliqua tout ce qu'elle avait vécu depuis son dernier appel. Il fut atterré d'apprendre que Thérèse était l'auteure du vol de l'urne. Il ne connaissait pas cette femme mais, influencé par ce que Julie lui en avait dit, il la percevait dotée d'une sagesse indubitable et il était en mesure de comprendre les motifs d'un tel acte. L'affaire en resterait là, puisque la plainte allait être retirée.

Lorsque Julie lui expliqua qu'elle faisait des recherches sur le dernier indice de son père, il lui revint à l'esprit qu'un client lui avait parlé d'un village proche du Ballon de Servance, dont la chapelle portait le nom de ce Saint. Il y avait une fontaine dont l'eau avait des vertus thérapeutiques. Mais il lui était impossible de se souvenir du nom du village. Selon son client qui avait découvert ce lieu lors d'une randonnée, le site était magnifique. Le guide qui accompagnait le groupe les avait fait rêver en leur expliquant qu'il était empreint de mystère. En langue celtique, *blaise* ou *bleiz* signifiait *loup*. Or Merlin l'enchanteur avait souvent à ses côtés un grand loup gris. Selon la légende, Saint Blaise était peut-être Merlin en personne.

Julie aimait décidément entendre la voix de Pierre. Lorsqu'il lui proposa de venir la rejoindre, son cœur s'emballa. Submergée par l'intense désir qu'elle ressentait à son égard, elle ne put répondre instantanément. Il en fut surpris. Mais au OUI qu'elle lui hurla de joie dans le téléphone, il fut rassuré.

Elle devait patienter plus d'une heure. Elle se précipita dans la salle de bains, se doucha, s'enduisit de crème hydratante parfumée, revêtit une robe moulante et se maquilla. Sherlock qui la fixait semblait séduit.

- Je te plais ? Désolée, c'est pas pour toi !

Il cligna des yeux et, résigné, partit se coucher sur un fauteuil.

Lorsque la jeune femme entendit sonner à la porte d'entrée, elle courut ouvrir. C'était lui, plus beau que jamais. Elle n'eut pas le temps de réaliser qu'il était entré et la serrait amoureusement dans ses bras. Elle se laissa faire. Elle se sentit chavirer, s'abandonnant, comme cela ne lui était jamais arrivé : elle qui avait l'habitude de maîtriser toute situation, y compris en amour. Il l'embrassait fiévreusement. Ses doigts experts caressaient son corps. Des fourmillements de désir l'envahirent. Elle ne savait plus qui elle était, ni où elle se trouvait. Elle avait complètement oublié le jeu de piste et l'urne. Pierre la souleva et l'emmena dans sa chambre. Il la déshabilla lentement, comme s'il déballait avec délectation une friandise. Son regard était lumineux. Elle l'observait, effleura son visage avec les doigts, puis elle poursuivit les yeux fermés. Elle approcha son nez, sentit l'odeur de ses cheveux, son front, ses joues, son menton, son cou. À petits coups de langue, elle le goûta. Son visage s'imprima dans son mental par l'utilisation de tous ses sens. Il lui sourit, l'embrassa, caressa son corps de ses lèvres.

Présente dans l'instant, en harmonie avec le corps de son amant, Julie sentit tout son être s'enflammer. À l'unisson, ils jouirent et crièrent leur plaisir, avant de retomber, épuisés, blottis l'un contre l'autre. Ils n'éprouvèrent pas l'envie de parler. Ils étaient bien, enlacés. Le temps s'était arrêté pour eux. Rien d'autre n'avait d'importance. Julie avait découvert qu'elle pouvait ressentir un plaisir intense, indescriptible. Jamais auparavant, avec les autres amants qu'elle avait eus, elle n'avait été à l'écoute de son corps, sans doute trop préoccupée à donner du plaisir. Elle se serra davantage contre Pierre. Elle aimait le contact de sa peau.

Découvrant que Pierre s'était endormi, elle se leva. Elle revêtit son peignoir en soie et se dirigea sans bruit vers le bureau afin de poursuivre ses recherches. Son corps était encore imprégné d'une sensualité exacerbée. Ces sensations étaient nouvelles pour elle.

*

Julie avait beaucoup repensé à l'homme aux deux rubans épinglés sur sa veste et à la carte qu'il lui avait remise. Son père, dans l'une de ses lettres, souhaitait lui faire découvrir quelque chose sur la période où il avait été Compagnon du devoir. Elle se devait donc d'aller jusqu'au bout. Avant d'accomplir son dernier rite en dispersant les cendres, il lui fallait rencontrer Maurice Pernoud et elle n'avait pas d'autre choix que se rendre à Aragnouet. Elle regardait sur Internet où se situait précisément ce village, lorsqu'une main se posa sur son épaule. Elle poussa un cri. Un baiser dans son cou la rassura. Pierre s'était levé. Il lui susurra de tendres mots au creux de l'oreille. Elle se retourna et l'embrassa avec fougue. Il la prit dans ses bras et la porta jusqu'au lit où ils vécurent de nouveaux moments de complicité charnelle. Julie frissonnait de bonheur. Elle regarda son amant dans les yeux, puis lui proposa :

- Ça te dirait une escapade dans les Pyrénées avec moi ?

- Dans les Pyrénées ? Pierre était étonné et amusé par l'idée originale de sa compagne.

Julie lui fit part du message de son père, de sa rencontre avec le maître ébéniste lors des obsèques et de la carte.

- Es-tu certaine de vouloir que je t'accompagne dans cette aventure ?

- C'est bien toi qui est directeur de l'Agence *Terrier Horizon*, le spécialiste du voyage initiatique, n'est-ce pas ?

Pierre lui sourit, prit son visage entre ses mains, déposa un baiser sur ses lèvres avant de lui confier :

- Je te suivrais au bout du monde, s'il le fallait !

- Donc c'est oui ?

Les yeux pétillants, elle n'attendit pas la réponse et lui sauta au cou.

*

Ils avaient roulé la journée complète. Arrivés dans la soirée, ils se rendirent à quelques kilomètres d'Aragnouet dans une chambre d'hôtes que Pierre avait eu le temps de réserver la veille. L'endroit était magnifique. Il s'agissait d'une ferme rénovée. Une terrasse dominait la vallée d'Aure. Malgré la fraîcheur de la soirée et de l'altitude, les dalles au sol et la pierre de la bâtisse avaient conservé la chaleur du soleil. Leur chambre aux poutres apparentes inspirait la sérénité grâce à ses murs de chaux aux douces teintes d'ocre. La décoration sobre et de bon goût plut instantanément aux amants. Fatigués mais amoureux, ils se jetèrent sur le lit, se câlinèrent avec passion et finirent par s'endormir.

À son réveil, Julie était impatiente de découvrir ce petit village où vivait la personne qui pourrait l'éclairer sur la période de compagnonnage de son père. Elle ne disposait d'aucune adresse, mais elle se dit qu'elle le retrouverait grâce à sa profession. Parmi les âmes de ce bourg et sans doute des localités voisines, il s'en trouverait bien une capable de les éclairer. Elle observait Pierre dans son sommeil et ressentait un intense émoi, tant elle le trouvait beau. Pas seulement physiquement, mais en sa personne. Elle vivait tant d'émotions depuis ces derniers mois, tant de chagrins, de surprises, de joies ! Sa crainte de ne connaître qu'un rêve l'oppressait, lui serrait la poitrine. Non, il était là, près d'elle. Elle s'allongea contre son torse nu. Sa peau était douce. Elle sentit sa chaleur la réchauffer. Il ouvrit les yeux, lui sourit, l'embrassa. Elle se sentait apaisée.

Ils se renseignèrent auprès de la propriétaire du gîte. Elle connaissait bien ce Maurice Pernoud, installé à Aragnouet depuis des années. Il avait plus de soixante ans, mais était toujours en activité. Son métier était sa passion. Elle leur indiqua où se trouvait son atelier.

Les deux amants reprirent la voiture et se dirigèrent vers le village. La départementale qui les y menait était tortueuse. À une intersection, Julie aperçut une pancarte qui l'interpella : "Chapelle des Templiers – XIIème siècle". Elle demanda à Pierre de s'arrêter. Ils descendirent du véhicule et avancèrent sur un sentier jusqu'à l'édifice. La jeune femme était comme hypnotisée par cette construction. Au cœur de la nature, se dressaient un clocher-mur et une chapelle aux douces courbes. Le silence des lieux accentuait le mystère qui semblait planer aux alentours. Un cimetière juxtaposé se trouvait protégé d'un muret de pierre. Ils s'approchèrent, se tenant par la main et sentirent un frisson parcourir leur corps : tout n'était que paix autour d'eux. Ils restèrent quelques instants ainsi à contempler ce décor.

- Cette chapelle a beaucoup de choses à raconter ! commenta une voix derrière eux.

Surpris, ils se retournèrent et découvrirent un homme assis sur la murette. Ils ne l'avaient pas vu, tant ils étaient absorbés par l'édifice.

L'homme s'avança, observant Julie. Son regard s'embruma.

- Je savais que vous viendriez, Julie !

Il semblait heureux de la voir.

- Bonjour ! Maurice Pernoud, n'est-ce pas ? interrogea la jeune femme.

- En chair et en os !

- Je me souviens de vous avoir vu aux obsèques de mon père ! Je suis désolée de ne pas avoir été plus accueillante ce jour-là.

- Ne vous inquiétez pas pour ça ! J'étais bien triste, moi aussi. J'aimais beaucoup votre père.

L'homme se tourna vers Pierre Terrier. Julie en profita pour le présenter. Puis contemplant l'édifice religieux, elle lui précisa qu'elle s'était sentie attirée par le lieu en découvrant l'écriteau. Maurice Pernoud leur confia qu'il avait été édifié au XIIème siècle par les Hospitaliers de Saint-Jean de Jérusalem, afin d'y accueillir les pèlerins qui franchissaient les Pyrénées pour se rendre en Espagne. Un hôpital, depuis disparu, était attenant au mur-pignon. La chapelle était désormais classée sur la liste du Patrimoine mondial, dans la catégorie des biens des "Chemins de Saint-Jacques-de-Compostelle en France".

- En fait, je viens très souvent me promener en ce lieu, précisa-t-il. J'aime ce silence empreint de spiritualité. L'histoire est gravée dans la pierre de ce clocher. Le cadre est magique, encerclé de toutes ces montagnes. Cela permet de se retrouver face à soi-même, de réfléchir. C'est aussi source d'inspiration.

Il resta quelques instants, contemplatif. N'osant le déranger dans ses réflexions, les deux amants se turent. Puis Maurice Pernoud leur proposa de l'accompagner jusque chez lui.

Il vivait dans une maison en pierre, dans l'un des hameaux d'Aragnouet. Son atelier était accolé à son habitation. Invité à pénétrer dans le local, le couple découvrit une véritable caverne d'Ali Baba. L'odeur du bois rappela à Julie l'atelier de son père. Elle aimait venir le retrouver le soir en sortant de l'école. Les outils qui étaient méticuleusement rangés la renvoyèrent quelques années en arrière. Maurice Pernoud remarqua l'attitude émue de la jeune femme.

- Votre père était Aspirant lorsque je l'ai rencontré, alors que je n'étais qu'Apprenti.

- Aspirant ? l'interrompit Julie

- C'est l'un des grades du Compagnonnage. Nous commençons comme Apprentis. Puis au bout de deux années, nous devenons Stagiaires. Nous sommes alors mis à l'épreuve, en réalisant une maquette que l'on appelle "d'adoption". Nous montrons ainsi nos motivations. Une commission nous désigne apte ou non à effectuer notre Tour de France. Alors, nous devenons Aspirants. Le stade où en était Jean.

- C'est ensuite que vous devenez Compagnons, n'est-ce pas ? interrogea Pierre, qui semblait s'intéresser aux explications de l'ébéniste.

- Oui ! C'est tout à fait ça. J'avais initialement choisi, comme Jean, la menuiserie. C'est en me perfectionnant et en approchant d'autres métiers que j'ai découvert l'ébénisterie. J'ai adoré cela.

Julie souhaitait avoir une myriade de détails concernant son père. Elle découvrit qu'il était entré chez les Compagnons du Devoir à seize ans, en 1955. Très studieux, il avait gravi les différents échelons et était devenu Compagnon en 1961. Il aurait pu accéder à ce grade plus tôt, mais le décès de sa mère survenu en 1959 l'avait beaucoup affecté. Il s'était moins concentré sur son travail. Il avait vécu une longue période d'errance. Il était revenu à la raison, grâce aux autres Compagnons. Julie apprit ainsi qu'un lien très fort soudait les membres du Compagnonnage. Ils s'épaulaient, se soutenaient. Pierre interrogea Maurice Pernoud sur les rites initiatiques, mais ce dernier resta très évasif. Il n'insista pas. Les jeunes gens changeaient régulièrement de lieu, plus exactement de siège, afin d'acquérir différentes techniques, en travaillant chez divers employeurs. Des cours d'enseignement général étaient dispensés et des sorties culturelles organisées.

- Et les rubans que vous portiez lors des obsèques de mon père ?

- Ça fait partie du rituel des funérailles. Lors de tous les événements marquants dans la vie d'un compagnon, nous nous devons de respecter ce code. C'était important pour moi, même si Jean avait pris beaucoup de recul avec l'Ordre des Compagnons après le décès de votre mère. Je souhaitais l'accompagner à ma manière. Nous sommes restés des années sans nous donner de nouvelles l'un et l'autre. Et puis l'an passé, Jean est venu me voir. Alors là, pour une surprise, ce fut une surprise ! Nous étions tellement émus que nous avons versé notre petite larme.

À ces souvenirs, Maurice avait les lèvres qui frémissaient. Julie ressentit le besoin de se blottir contre Pierre qui l'entoura de son bras. Elle observa l'homme se trouvant devant eux, d'une carrure plutôt imposante, des mains aux proportions impressionnantes, une voix grave et une sensibilité à faire pleurer les plus féroces. Elle était touchée par son attitude. Elle attendit qu'il se reprenne. Il avait les yeux larmoyants. Puis relevant la tête, il fixa les deux amants, se ressaisit, leur sourit et entreprit de leur expliquer à quoi servaient tous les objets qui les entouraient. Certains d'entre eux étaient bien connus de la jeune femme. Les outils de traçage étaient disposés sur un établi. Des compas, des mètres et plusieurs équerres dont l'une intrigua Pierre.

L'ébéniste la prit et la lui présenta. Il s'agissait d'une "sauterelle". Elle était entièrement en bois et comportait une partie amovible. Ce bel objet aux découpes artistiques servait à tracer des courbes. Son nom le plus courant était "le pistolet". Sur un autre établi, Julie découvrit des ciseaux servant à réaliser des entailles dans le bois. Varlopes, rabots, étaux et serre-joints étaient posés sur des étagères. Une presse à placage et une autre à plane maintenaient deux pièces de bois. De la sciure fraîche recouvrait le sol. Julie ressentit les mêmes sensations que dans son enfance. À l'affût du moindre bruit, elle s'apprêtait à voir apparaître son père, un rifloir à la main, prêt à travailler la sculpture d'un meuble. Tous ces objets valsaient autour d'elle, marteaux et maillets voltigeaient. Un brouillard devant les yeux, elle sentit sa tête tourner. Ses jambes ne la portaient plus. Pierre la soutint. Elle entendit les voix des deux hommes l'appeler, de plus en plus loin, puis plus rien.

Une odeur de menthe la ramena à la réalité. Elle se sentait incapable de bouger. Aucune parole ne sortait de sa bouche. Le trop plein d'émotion avait certainement eu raison d'elle. Pierre était penché au-dessus d'elle. Elle était allongée sur le sol, la tête sur un coussin, les jambes surélevées posées sur un pouf que Maurice Pernoud était allé chercher dans son habitation jouxtant l'atelier. Elle se sentait faible. Elle resta un moment ainsi, essayant de sourire pour les rassurer. Pierre était livide. Quelques minutes plus tard, la jeune femme sentit à nouveau son sang circuler dans son corps. Elle respirait calmement. Sa tête ne tournait plus. Elle se redressa lentement. Maurice les invita à quitter l'atelier afin de les installer dans son salon. Pierre aida Julie à marcher. Ils s'assirent sur un canapé de cuir. L'ébéniste était allé leur préparer un café. Il revint et s'assied en face d'eux. Puis il remit à Julie une boîte en bois, entièrement ciselée.

- Tenez ! C'est pour vous.

Face au regard interrogateur de la jeune femme, il lui expliqua :

- Jean m'avait apporté cet objet lors de sa visite. Il m'avait dit que si jamais il lui arrivait quelque chose, il me fallait entrer en contact avec vous et vous la remettre. Seulement, lorsque je suis venu aux obsèques, j'ai réalisé que j'avais complètement oublié cette boîte. Je m'en suis voulu, vous ne pouvez pas vous imaginer à quel point ! Je vous ai donc donné ma carte, vous glissant, au milieu de mes condoléances, qu'il serait bon que vous veniez me rendre visite. Mais je n'étais pas certain que vous m'ayez entendu.

Julie l'observa et regarda le coffret en bois. Elle n'osait pas l'ouvrir. Il lui sembla cependant que quelque chose se trouvait dedans. Timidement, elle souleva le couvercle. Elle découvrit une petite pierre polie, d'un beau jaune doré tirant sur le brun, en forme d'amande, accompagnée d'une lettre. Les mains tremblantes, elle la déplia.

« Ma Chérie,

Tu as rencontré Maurice. Tu sais donc que j'étais, pendant une période de ma vie, Compagnon du Devoir du Tour de France. Je ne regrette nullement ces moments. J'ai vécu des années merveilleuses avec toutefois une période difficile à la mort de ma mère. Avant de mourir, elle m'avait laissé un message concernant mon père dont je ne connaissais pas l'existence. Cela m'a beaucoup perturbé. J'ai connu une période d'errance, puis j'ai été "récupéré" par mes amis Compagnons. C'est seulement quelques années plus tard que j'ai eu le courage de retrouver celui que ma mère avait aimé et sans qui je n'aurais jamais existé.

Durant mon Tour de France, j'ai travaillé chez plusieurs menuisiers, puis ébénistes. J'ai pu alors parfaire mon savoir. J'ai ainsi découvert des villes comme Troyes, Caen, Quimper, Cholet, Bordeaux, Albi et Lyon. La liste est bien plus longue, mais ce sont celles qui m'ont le plus marqué.

La petite boîte que tu as entre les mains a été réalisée par mes soins avec beaucoup d'amour. Dedans, tu as trouvé un ambre. Sa forme d'amande complète un pendentif que je pense t'offrir prochainement, peut-être pour Noël. Par conséquent, lorsque tu trouveras ce message, tu sauras de quoi je parle. Ce bijou est composé de trois pièces. L'une en cristal, symbole de pureté, transparence et clarté. Une autre en bois, représentant la force végétale. Et enfin celle-ci en ambre qui apporte calme, force et équilibre. Les trois s'emboîtent et forment une unité. Ce pendentif repré-

sente ainsi ton cheminement durant le jeu de piste. Je t'ai éclairée sur ton histoire familiale, tu t'es renforcée tel un chêne et, je l'espère, tu auras trouvé l'équilibre en toi, entre ton corps et ton esprit.

Ton père qui t'aime. »

Julie, qui portait le bijou à son cou, intégra l'ambre au centre.

Oui, elle se sentait plus forte depuis quelque temps, elle pouvait percevoir cette transparence à laquelle son père faisait allusion et avait trouvé un équilibre au plus profond d'elle-même.

41

De retour en Franche-Comté, Julie, restée seule, son pendentif autour du cou, se remit sur la piste de la chapelle Saint-Blaise, selon les indications de Pierre.

Miellin était le nom du village d'où culminait l'édifice. Elle approchait du but. Il lui fallait se rendre en ce lieu.

Julie conduisait tranquillement sur les routes des Vosges saônoises. Elle était émue. Elle porta un regard tendre sur le cylindre placé à côté d'elle sur le siège passager.

- Je ne sais pas pourquoi tu m'amènes là-bas, mais on y arrive !

Après un long silence, elle poursuivit :

- Merci pour Pierre ! Je suis très amoureuse. Je crois que cette fois j'ai laissé une petite place pour un homme dans mon cœur. Elle sourit et se reprit : une grande place !

Elle arriva enfin à Miellin. Elle se gara près de la mairie, ainsi que le conseillait le prospectus qu'elle avait imprimé depuis le site Internet des circuits des Mille Étangs. Chaussures de randonnée aux pieds, les épaules ployant sous le poids d'un sac garni d'une bouteille d'eau et du cylindre, Julie prit la direction du village. Un vague souvenir lui revint en passant à proximité de l'église. Elle était venue avec son père, lorsqu'elle avait une dizaine d'années. Elle s'arrêta devant la fontaine, trempa ses mains, laissant couler l'eau entre ses doigts.

Elle s'engagea ensuite sur une route forestière. Elle prit plaisir à respirer l'odeur du bois, notamment des sapins qui peuplaient cette forêt domaniale. La fraîcheur matinale la redynamisa. Le calme accompagnait sa marche, loin de toutes nuisances urbaines. Seuls de bavards oiseaux piaillaient sur son passage. Il devait y avoir une multitude d'espèces.

Julie traversa un hameau silencieux et aborda une montée au milieu des broussailles et des conifères. Haletant, transpirant, elle découvrit une chapelle, surmontée d'un clocheton. Elle fit le tour de l'édifice et s'approcha d'une table en pierre. Elle y déposa son sac à dos afin de soulager ses épaules. Une légèreté l'envahit. Ses jambes étaient prises de tremblements. Elle se dirigea vers une fontaine, se rafraîchit les bras, la nuque et, recueillant au creux de sa main ce remède limpide qui selon le dépliant "tout mal apaise", elle se désaltéra avec délectation. Elle entra dans la chapelle. Elle dut s'habituer à l'obscurité contrastant avec la luminosité extérieure. Elle ressentit avec surprise le besoin de se signer devant l'autel.

Rapidement une sensation étrange la poussa à sortir : elle avait besoin d'air. Elle prit une grande bouffée d'oxygène en ce lieu régénérant. C'est à cet endroit qu'elle devait disperser les cendres de Jean Bertin. Julie le ressentait au plus profond d'elle-même. Elle refit le tour de la chapelle, auscultant avec méticulosité le sol et les alentours. Son attention fut attirée par une pierre, à quelques mètres de l'édifice, sur laquelle était gravée une petite croix. Elle surmontait une motte. Elle entreprit de creuser avec ses ongles, mais la terre était tassée et lourde. Elle se redressa, chercha autour d'elle. Elle prit un morceau de bois et reprit sa besogne. Les rayons du soleil picotaient sa peau. La chaleur lui tenaillait la tête qui lui semblait lourde. Armée de sa pioche improvisée, elle excavait, couverte de sueur. Elle aperçut alors une chemise plastifiée salie par la terre. La jeune femme jeta le bâton et, excitée, termina de creuser avec les mains. Elle se cassa les ongles, se brûla les doigts, mais elle accéléra le rythme. Essoufflée, elle retira le document contenant une enveloppe. Elle s'en empara, la déchira afin d'accéder au plus vite à son contenu.

*

« Mon Ange,

Tu viens de découvrir l'endroit exact où j'ai dispersé les cendres de ta mère... »

Julie détacha ses yeux de la lettre. Elle était stupéfaite. Elle ne savait pas qu'Anna avait été incinérée. Elle ne s'était en aucun cas posé la question. Il est vrai qu'elle n'était jamais allée se recueillir, ni sur une tombe, ni en quelque endroit symbolique. Pour elle, sa mère était une étoile, il lui était inconcevable qu'elle puisse être matérialisée par une tombe, une croix ou un emplacement sur Terre. Émue de réaliser qu'elle foulait un site qui avait accueilli les cendres d'Anna, elle sentit des larmes glisser le long de ses joues. Elle reprit sa lecture :

« Ce lieu est symbolique à plusieurs titres. Après notre voyage de noces à Étretat, nous avions fait, Anna et moi, quelques balades en ces lieux magiques et grandioses des Mille Étangs. Nous sommes tombés sous le charme de cette petite chapelle, entourée de majestueux sapins. Il s'en dégage un magnétisme surprenant. Ta mère m'avait déjà parlé de l'incinération. Elle avait conservé de sa vie à la congrégation la spiritualité, tout en gardant un esprit large sur les pratiques cultuelles, notamment en ce qui concerne les cultes funéraires. Que son corps soit enseveli ou réduit en cendres lui importait peu. En découvrant ce lieu, elle m'avait dit : « Si je meurs avant toi, j'aimerais que tu disperses mes cendres ici. Elles virevolteront et se redéposeront là où le vent le

désirera. Je serai ainsi à l'unisson avec cet environnement ». Je lui avais posé alors un doigt sur les lèvres pour l'empêcher de dire des choses si terribles. C'était insoutenable pour moi. Nous avions toute la vie devant nous et aurions bien le temps de penser à cela lorsque nous serions vieux. Elle s'était alors jetée dans mes bras en riant. Nous nous sommes embrassés longuement. Puis, main dans la main, nous sommes redescendus au village.

Neuf mois plus tard, je suis venu avec son urne près de la chapelle et j'ai répandu ses cendres. La poitrine serrée, le souffle court, le cœur brisé, je me suis mis à hurler de douleur. Le vent s'était alors levé, emportant et éparpillant les poussières de mon défunt amour autour de moi. J'étais pris dans un tourbillon et une lumière blanche intense s'était posée sur moi. Instantanément, je me suis senti serein. Je n'ai jamais oublié cet instant.

Tu venais de fêter tes dix ans, je t'ai amenée à cette chapelle. J'étais incapable de te révéler qu'Anna était là. J'ai déposé un baiser sur mes doigts et caressé le sol. Tu m'avais regardé faire, mais tu ne m'as rien demandé. Puis nous sommes repartis, en silence.

Là où tu te trouves, dos à la chapelle, face aux grands sapins, répands mes cendres. Je t'aime plus gros que l'Univers. Je te souhaite tout le bonheur du monde avec Pierre !

Ton Père qui t'aime... »

Julie poussa un cri. Elle lâcha la lettre. Elle pleurait. Son regard se porta tout autour d'elle.

- Papa ! Papa ! hurla-t-elle.

Son cri résonna en écho au milieu des hauts conifères. Elle ne se sentait pas seule. Son cœur s'affolait. Aucun bruit, même pas celui des oiseaux, ce qui la surprit. Comment son père pouvait-il savoir pour Pierre ? Quand avait-il écrit cette lettre ? Elle ne comprenait plus. Elle se tourna vers la table où était posé le cylindre. S'en emparant, elle l'ouvrit, non sans difficultés et le secoua afin de répandre à son tour les cendres. Comme l'avait décrit son père, le vent se leva, emportant les poussières dans un tourbillon qui l'encercla. Une vive lumière blanche l'éblouit. Son corps se dessinait au travers de douleurs au niveau de la mâchoire, du thorax, des jambes qui ne la portaient plus. Elle perdit connaissance.

42

Une voix de femme la tira de sa léthargie. Elle connaissait cette voix. Elle éprouvait des difficultés à bouger, tant elle était engourdie. Elle tenta d'ouvrir les paupières, mais elle les referma aussitôt, aveuglée par cette lumière intense. Que disait cette voix de femme ? Julie s'efforça de tendre l'oreille.

- Elle revient ! Elle a ouvert les yeux et les a refermés !

Cette voix… C'était bien ça, elle la reconnaissait… C'était Thérèse. La jeune femme tenta de l'appeler, mais aucun son ne sortait. Sa mâchoire la faisait terriblement souffrir. Il lui semblait que quelque chose, comme un tuyau, était introduit dans sa bouche qui était d'ailleurs sèche. Et cette voix qui poursuivait :

- Mademoiselle Bertin ? Vous m'entendez ? Remuez les paupières si vous m'entendez !

Enfin, pourquoi Thérèse l'appelait-elle Mademoiselle Bertin ? Et elle la vouvoyait à présent ? Elle était certainement en train de dormir et faisait l'un de ses nombreux cauchemars. Elle allait se réveiller. Où se trouvait-elle avant de s'endormir ? Là-haut près de la chapelle ? Non, elle avait dû regagner sa voiture ! Elle ne savait plus. Mais elle devait absolument se réveiller et quitter ce méchant rêve.

- Mademoiselle Bertin ? Essayez de bouger les paupières !

Là, c'était un comble ! Pierre ! Elle essaya de hurler son prénom. Le prénom de l'homme de sa vie ! Mais rien. Elle était incapable de prononcer la moindre parole. Que lui arrivait-il ? Où était-elle ? Pourquoi ces deux personnes pourtant si familières la vouvoyaient et l'appelaient Mademoiselle Bertin ? C'était une plaisanterie ? Pierre n'avait aucun souvenir de leurs étreintes ?

- Elle a bougé les doigts ! s'exclamèrent-ils en cœur.

« *Évidemment ! J'essaie de bouger pour vous dire combien je suis agacée que vous me preniez tous les deux pour une conne ! Mais j'ai l'impression d'être attachée. Je ne peux bouger que les doigts...* »

Ils ne semblaient pas comprendre.

- Devons-nous prévenir son…

Elle ne comprit pas la fin de la phrase de Thérèse qui venait de s'éloigner. Puis elle sentit du mouvement autour d'elle. Des bruits de machines : assourdissants. On bougea quelque chose et elle sentit comme une morsure au bras. « *Aïe ! Ça va pas, non ?* »

Malgré son insistance pour hurler, rien à faire. Elle bougea à nouveau les doigts. Mais le pincement se faisait à nouveau sentir sur son bras. Que lui faisaient-ils ? C'était Thérèse ou Pierre ? Personne ne lui parlait. Pourtant elle percevait une respiration près d'elle et un parfum… celui de Pierre. Elle tenta à nouveau d'ouvrir les yeux. Malgré l'éblouissement, elle tint le choc. Elle finit par s'habituer à la luminosité et vit le visage de l'homme penché au-dessus d'elle. Ce n'était pas exactement l'homme dont elle avait caressé le visage, mais il lui ressemblait. Il semblait soucieux. Elle sentit la douceur qui émanait de sa personne la bercer et la réconforter. Elle eut envie de sourire. Il lui était impossible de faire quoi que ce soit avec sa bouche entravée par ce tuyau.

- Mademoiselle Bertin ? lui dit-il doucement. Docteur Terrier ! Vous m'entendez ? Je suis le médecin qui vous suit depuis votre arrivée dans cet hôpital.

« *Hôpital ! Je me trouve à l'hôpital ? Docteur Terrier ? Mais c'est quoi ce bordel ? T'es pas médecin ! Tu as une double vie ? Non ! C'est une blague ! Un jeu de rôle !* »

Les paroles de Julie, transformées en un jargon inaudible, ne pouvaient pas être comprises par Pierre.

La jeune femme sentit qu'elle bavait aux commissures des lèvres. Le tuyau dans sa bouche semblait descendre plus bas dans sa gorge. Elle en prit conscience et une nausée lui fit émettre enfin un son discernable. Pierre se tourna vers une femme en blouse blanche.

- Thérèse, retirez-lui son respirateur, s'il vous plaît !

- Bien, Docteur !

Julie était abasourdie. La scène était surréaliste. Elle n'eut pas le loisir de réfléchir davantage à ce qui se passait, puisqu'elle eut le désagrément de ressentir la chose glisser du plus profond de sa gorge et remonter dans sa bouche. Là... elle allait vomir ! C'était sûr !

Thérèse la regardait en souriant. Ce n'était pas non plus réellement son visage.

- Nous avons prévenu votre père ! lui annonça-t-elle avec douceur.

Julie manqua de s'étouffer. Thérèse, inquiète, se tourna vers Pierre. Il fit un mouvement rassurant avec sa tête. Qu'avait dit Thérèse ? « *Nous avons prévenu votre père !* » Elle avait mal compris.

Pierre prit une chaise, l'installa à ses côtés. Julie réussit enfin à tourner la tête vers lui. Libérée de ce tuyau, elle se sentait déjà mieux. À ses côtés, des appareillages, un pied sur lequel étaient accrochés des sachets reliés à son bras par un cathéter. Elle était perfusée. Son regard affolé fixa l'homme qui se trouvait près d'elle. Il devait percevoir sa panique. De sa voix rassurante, il lui expliqua.

- Tout va bien ! Vous étiez dans le coma depuis trois jours à la suite d'un accident de la route. Vous êtes au Centre hospitalier de Lyon.

Déconcertée, Julie réussit à froncer les sourcils. Lyon ? Comment pouvait-elle être à Lyon en raison d'un accident alors qu'elle se trouvait dans les Vosges saônoises ? De plus, elle n'avait aucun souvenir d'avoir eu un accident de la route. Elle était en train de disperser les cendres de son père lorsqu'elle avait eu ce malaise. Pierre ou le docteur Terrier, elle ne savait plus, reprit :

- Votre père est resté près de vous tout ce temps. Il venait de sortir prendre l'air sur notre conseil, lorsque vous avez repris conscience. Nous sommes allés le chercher. Vous avez eu la visite de votre ami et de votre employeur.

- Mon ère ? Iophe ? Est a ossibe ! gémit Julie. Elle était affolée.

- Chut, calmez-vous ! Tout va bien, je vous assure ! Il lui parlait avec une extrême douceur.

- Mon ère est mo ! s'exclama-t-elle.

Des larmes coulèrent le long de ses joues. Le médecin lui passa la main sur le front, ce qui eut l'effet radical de la calmer. Elle ferma les yeux. Elle éprouvait la terrible envie de se blottir contre lui.

Elle avait vécu tellement d'événements depuis quelque temps qu'il lui semblait ne plus être la même. Cependant dans l'instant, elle aurait voulu être la petite Julie qui avait besoin d'être cajolée. Elle ouvrit à nouveau les yeux sur l'homme en blouse blanche, assis près d'elle.

- Vous avez une fracture de la mâchoire, deux côtes fêlées, ainsi que le tibia de la jambe droite, et une luxation de la cheville gauche. De plus, un hématome cérébral est à l'origine de votre coma. Tous ces traumatismes sont bénins, rassurez-vous. Votre hématome va se résorber, quant aux fractures, elles se consolideront tranquillement. Tout est question de temps. Je peux vous dire que vous aviez un ange qui veillait sur vous car, aux dires des pompiers, votre véhicule est en charpie. Vous avez été désincarcérée. Je suis heureux de vous voir ainsi éveillée.

Il lui avait pris la main avec douceur, avant de se ressaisir.

- Désolé ! Je dépasse mon rôle de médecin. Veuillez m'excuser. Sa voix semblait teintée d'une sincère émotion.

Il se leva et, se retournant, il déclara :

- Monsieur Bertin, nous vous cherchions ! Votre fille est sortie du coma. Tout va bien !

Jean Bertin accourut aux côtés de Julie. Elle n'en croyait ni ses yeux, ni ses oreilles d'entendre le son de sa voix.

- A… a… ! lui dit-elle, croyant encore rêver.

- Ma Chérie ! s'exclama-t-il en pleurant. J'ai eu si peur ! Tout va bien, je suis là ! Je t'aime tellement !

Il embrassa sa joue, serrant sa main dans les siennes.

- Lorsque ton collègue m'a appelé, j'ai cru défaillir ! Tu te rendais chez lui et sa femme pour déjeuner. Ne te voyant pas arriver, ils se sont inquiétés. Ils ont appelé sur ton portable et c'est un pompier qui a décroché. C'est ainsi qu'ils ont su ! Oh ! Quelle frayeur ! Mais tu es là !

- Iophe ? Déeuner ? Était ya ontemps ! Étais à Lue, moi !

- Excuse-moi, ma Chérie, je ne comprends pas ce que tu me dis !

Le médecin qui s'était mis à l'écart s'approcha. Il indiqua à Jean que sa fille avait besoin de se reposer. Il le raccompagna dans le couloir, après lui avoir laissé le temps d'embrasser une nouvelle fois Julie.

La jeune femme ferma les yeux. Elle était lasse, perdue, mais heureuse après la stupéfiante découverte que son père était en vie. Petit à petit, ses idées se remettaient en place dans son esprit. Elle venait de comprendre que, le dimanche où elle était invitée chez Christophe et Sylvie, elle n'était jamais arrivée à destination. Ce qui voulait dire que tout ce qu'elle avait vécu depuis, le décès de son père, le jeu de piste, les découvertes concernant ses parents, la rencontre avec Thérèse et celle de Pierre n'avaient été qu'illusions. Sa conscience avait travaillé durant ses trois jours de coma. Ce leurre lui avait tout de même permis de grandir, d'évoluer et enfin de s'inscrire dans le présent. Elle était différente. Sa conscience était-elle partie à la rencontre d'autres possibles, à la frontière du perceptible ? Ce dont elle était certaine, c'est qu'elle était VIVANTE !

Elle sentit une présence près d'elle. Elle n'ouvrit pas les yeux, faisant mine de dormir. Elle reconnaissait ce parfum. Le docteur Terrier avait nourri son imagination au point de le transformer en un amant potentiel. Elle avait sans doute réalisé un transfert sur lui. Une déception intense referma l'étau qui lui compressait la tête, accentuant ainsi la migraine qu'elle ressentait depuis son réveil.

Malgré la joie d'apprendre que son père était toujours vivant, une boule lui serra la gorge. Elle eut envie d'éclater en sanglots. Mais elle se retint. Elle était à l'affût de tous les bruits, des pas, sans doute ceux du médecin, puis d'autres qui devaient être ceux de Thérèse. Puis elle perçut des chuchotements. La femme s'était approchée du lit. Julie ouvrit les yeux. Elle découvrit l'infirmière qui lui souriait :

- Afin de vous stimuler durant votre coma et sur nos conseils, votre père vous parlait de sa vie, de votre mère et de vous. Chaque fois que j'entrais dans votre chambre, je le trouvais là, près de vous.

Des larmes perlèrent le long des joues de la jeune femme.

- C'est l'heure de ma pause, reprit l'infirmière. Je vais déjeuner. Je reviendrai vous voir tout à l'heure.

- Tout en lui parlant, elle dégrafait sa blouse, laissant apparaître une robe légère, rouge. Cette robe était familière à Julie.

Elle était épuisée. Ses paupières lui semblaient lourdes. Elle ne put résister bien longtemps. Elle les ferma et s'endormit. À son réveil, son père était près d'elle.

- Tu t'es bien reposée ? lui demanda-t-il.

Elle acquiesça du regard en lui souriant. Elle avait besoin de le toucher afin de s'assurer qu'elle ne rêvait pas. Elle lui prit la main. Elle sentait ses rides sous ses doigts. Elle serra tant qu'il dut lui demander, en riant, de presser moins fort. Il était bien là.

- Tiens, au fait ! C'est marrant, ton médecin, le Docteur Terrier, figure-toi que je l'ai connu quand il était gamin ! Il est originaire de Besançon. Son père tenait une entreprise de menuiserie dans laquelle je travaillais avant mon départ pour Lure ! Le monde est petit tout de même !

- Julie était déconcertée. Que s'était-il passé durant son coma ? Elle sentit son cœur s'affoler. Ce qu'elle ressentait pour Pierre était toujours intense. Une vive émotion lui fit venir des larmes aux yeux.

- Papa ! déclara-t-elle avec difficulté. J'ai cru… j'ai rêvé… que tu étais mort ! C'est horrible ! J'ai l'impression de t'avoir tué ! s'exclama-t-elle en pleurant.

- Ce n'est rien, ma Chérie ! Il lui caressa la main. Tu ne m'as pas tué ! Tu vois, je suis là, près de toi. Peut-être éprouvais-tu la nécessité de me tuer psychologiquement ! Qui sait, pour mieux avancer ! Ne t'inquiète pas ! Je n'ai pas prévu de mourir si tôt ! J'ai encore des tas de choses à faire ! D'ailleurs, je te prépare une énorme surprise ! lui déclara-t-il, l'air malicieux.

Julie, lasse, s'était endormie, bercée par les paroles de son père. Lorsqu'elle se réveilla, quelques heures plus tard, elle était seule dans sa chambre d'hôpital. Tournant avec difficultés la tête, elle découvrit sur sa table de nuit un pendentif composé d'une demi-lune en cristal, une autre en bois, encerclant une amande en ambre.

Une larme perla le long de sa joue et finit sa course au creux de son oreille…

Pour leurs encouragements, corrections, remarques et leur délicat rôle de premiers lecteurs,

Je remercie :

Arnaud, mon mari - Alexia, ma fille

Odette, ma mère, les deux Monique B. et Daniel B., Laurence D., Josette B., Catherine DV. et Lyse, Pascale C., Violaine N., Jacky B., Pascale R., Murielle M., Sylvie et Pascaline M., Véronique G., Béatrice P., Sylvie LB., Dominique W., André C., Céline M., Paule H., Catherine H., Bernard de « Projet 90 ».

Bruno Cupillard et Eric Trochon pour leurs précieux conseils dans la recherche d'un éditeur.

Jean-Louis Poirey (Editions du Citron Bleu) assisté de Véronique Bouillet, Danielle Colin, Colette Poirey Thérèse Viard, pour leurs conseils avisés.

Note

Les personnages et les situations de ce récit étant purement fictifs, toute ressemblance avec des personnes ou des situations existantes ou ayant existé ne saurait être que fortuite.

Les Éditions du Citron bleu

www.ed-citronbleu.fr

- La révolte des poules en bois - Jean-Louis Poirey
- Dix-huit histoires d'eau en Franche-Comté - Jean-Louis Poirey
- Gouttières story - Florence Aubry
- Implacable - Nathalie Michel
- Histoires extraordinaires en Franche-Comté - Claude Guillemin
- La chaussette écarlate - Jean-Louis Poirey
- Impitoyables - Nathalie Michel
- La petite fugueuse - Héloïse Combes
- Bienvenue au Shérif - Alain Cuche
- L'inconnue du parc - Jean-Louis Poirey
- Vengeance sans visage - Fabrice Pichon
- Les nénuphars empoisonnés - Jean-Louis Poirey
- 1000 étangs meurtriers - Nathalie Michel
- Le cercle des tueurs - Annie Ramos
- Le complexe du prisme - Fabrice Pichon

Impression & brochage sepec - France
Numéro d'impression : N03422140317 - Dépôt légal : mai 2013
IMPRIM'VERT®